Die Containerfrau

Die Autorin

Kim Småge, 1945 in Trondheim, Norwegen, geboren. Arbeitete als Lehrerin und Journalistin. Lebt heute als freie Schrifststellerin in Trondheim.
Ihre Bücher wurden in zahlreiche Sprachen übersetzt. Bei Scherz sind erschienen: »Wer die Regel bricht« (1999) und »Ein kerngesunder Tod« (2000).

Kim Småge

Die Containerfrau

Roman

Aus dem Norwegischen
von Gabriele Haefs

Scherz

Besuchen Sie uns im Internet:
www.scherzverlag.de

Die Originalausgabe erschien 1997 unter dem Titel
»Containerkvinnen« bei H. Aschehoug & Co. (W. Nygaard), Oslo

1. Auflage 2002

ISBN 3-502-51819-X
Umschlaggestaltung: ja DESIGN, Bern: Julie Ting & Andreas Rufer
Umschlagbild: Keith Wood/Getty Images, Stone
Gesamtherstellung: Ebner Ulm

Mit Dank an Edvard

1

»Das Schönste, was du mir jetzt sagen könntest, ist, dass du den Wind abstellen kannst. Oder mir deine Jacke leihst. Ich finde es überhaupt nicht schön, dass der Fjord weiß ist. *Ich frier mir einen Ast ab!*«

Kommissarin Anne-kin Halvorsen brüllt gegen den Wind an und zieht sich den Reißverschluss der Uniformjacke bis zum Kinn hoch.

»Waschlappen«, ruft der dick eingepackte Kollege Vang und steigt über die Absperrungen. Kein einziges Wort über die »verspielten Kräfte der Natur in wütendem Angriff auf den Hafen von Trondheim« sind vom Augenblickspoeten Vang zu hören. Er ist jetzt im Dienst. Wie auch Anne-kin. Viel zu dünn angezogen unter der Kutte, betrogen und an der Nase herumgeführt von einem linden Septemberföhn, der früher an diesem Tag geweht hat. Jetzt ist der Föhn verschwunden, ist einwandfrei nicht mehr von dieser Welt. Übrig ist nur der Wind. Er kommt jetzt von Osten und bringt alle kalte Luft aus den Grenzgebirgen, aus Finnland, Russland, Sibirien mit, die er sich überhaupt nur in seinen Sack stecken konnte. Jetzt leert er diesen Sack aus. Und zwar genau hier. In Trondheims Nyhavn. Tobt über der Asphaltwüste und den Lagerhallen, über Kränen, Gabelstaplern, Lastwagen und Containern. Faucht wütend angesichts der deutschen Windbrecher aus Kriegstagen, den U-Bootbunkern Dora I und Dora II, umrundet Ecken aus dickem grauem Beton und veranstaltet auf der Rückseite noch zusätzliche Turbulenzen. Die wenigen Schiffe, die am Kai liegen, reißen wütend an ihren Trossen und reiben mit ihren Fendern an der Hafenmauer. Und die wenigen Menschen, die sich dort aufhalten, scheinen jederzeit abheben zu können. Anne-kin kriecht in sich zusammen, verflucht Wind und Wetter und ihr warmes Wams, das zu Hause in der Schublade liegt. Sie geht in die Hocke und betrachtet Pflastersteine.

Die Kreidestriche sehen neu aus, denkt sie. Als sei der Mord gerade erst begangen worden. Dabei ist es zwei Tage her. Trotzdem sehen die Kreideumrisse ganz frisch aus. Trockene, präzise Kreidestriche. Es hat seit Tagen nicht geregnet. Die Kreide ist trocken.

Ein fünfundvierzig Jahre alter Mann, ein guter alter Bekannter der Polizei, hatte hier gelegen. Vor zwei Tagen. Erstochen. Das Messer war problemlos in den dünn bekleideten und schlecht ernährten armen Teufel hineingeglitten, bei dem keine Fettschicht den Stoß mindern konnte. Die wichtigsten Organe waren perforiert worden. Ein Securitas-Wächter hatte ihn gefunden. Sie hatten das »Milieu« durchgekämmt, hatten seine Freunde und Feinde aufgesucht. Freunde und Feinde waren zumeist dieselben. Die Freundschaft blühte, solange die Flasche voll war und der Kumpel spendierte. Die Feindschaft setzte in der Regel dann ein, wenn der Spender den letzten Tropfen für sich beanspruchte. Die alte Leier, dachte Anne-kin. Aber früher wurde hier nicht so oft zum Messer gegriffen. Früher stauchten die durstigen Kumpels solche Knauser mit Worten zusammen, ballten die Fäuste und ließen Eiter und Galle über ihre Lippen strömen. Schlimmstenfalls kam es zu einer unbeholfenen kleinen Schlägerei mit unsicheren Fäusten. Bei der sie, die durstigen Kumpels, wenn sie wirklich Glück hatten, einen Schwinger einsackten, der zu leichtem Nasenbluten führte. Meistens endete das Gefecht damit, dass der Angreifer umkippte. Dass er die Balance verlor und zu Boden ging.

Es war einmal. Und ist nicht mehr. Anne-kin studiert die Kreidezeichnung eines Männerkörpers und denkt, armer Teufel. Und die armen anderen. Suffköppe, die diese Auseinandersetzung gestartet hatten, denn wir leben in der Neuen Zeit, und dazu gehört es, ein Messer zu haben, mit einem Messer zu drohen, mit einem Messer zu fuchteln. Und einen tödlichen Stich einzusacken. Einen tödlichen Stich. Der ihnen sicher eine Heidenangst eingejagt hat, sie hatte brüllen lassen, jetzt müsse er verdammt noch mal aufwachen und auf die Beine kommen und wenn er da rumliegen und den toten

Mann markieren wolle, dann hätten sie zum Teufel noch mal keine Lust, mitzuspielen. Und hauten ab. Danke für den Schnaps, Alter.

Kommissarin Anne-kin Halvorsen zieht ihren Kopf noch tiefer in den Kragen und lässt Vang den Kreidekörper anstarren. Sie drehte sich zum Fjord um. Fröstelt. Der Fjord ist wirklich weiß und Vangs Berge sehen wirklich aus wie eine Theaterkulisse mit viel zu grellen Farben. Eine hochschwangere Septembersonne suhlt sich über den Gipfeln, vergoldet die Berge, den Fjord. Und den Hafen. Es ist schön. Wenn es nur nicht so verflucht kalt wäre. Und ein so offensichtlicher Mord. Den sie, die Polizei, bisher noch nicht hatten klären können. Stattdessen sperren sie den Tatort ab, sperren den Hafen ab, verbieten Laden und Löschen, haben die höflich fragende Hafendirektion am Hals und können den armen Suffkumpel nicht finden, der bei der Messerfuchtelei solches Pech gehabt hat. Der »Türke«, ein guter alter Bekannter aus Østerdalen, warum haben sie ihn noch nicht zu Hause besucht? Oben im Wald, unter einem Staudamm, da haust er. Hat sich einen Bau angelegt, wie ein Biber. Der »Türke« ist Messerexperte, ernährt sich von der Produktion von Messern, genauer gesagt, von Messergriffen. Schnitzt Holz von Birken zurecht, von Erlen, Ebereschen und ab und zu auch von den unter Naturschutz gestellten Parkbäumen. Den hätten sie aufsuchen können. Aber er wohnt zu weit weg, die Jungs von der Wache haben sicher Angst davor, sich im großen bösen Wald zu verirren. Und Sundt, ihr Chef Sundt, der zu fast allen Jahreszeiten dort umherstapft, Sundt sagt, er sagt doch wirklich, ihre Behauptung, der »Türke« hause oben im Wald, unter dem Damm, sei der pure Unfug. Er wisse das genau. Der Waldläufer Sundt, der nicht einmal registriert, ob er über Moos, Tannennadeln oder Moor läuft. Er läuft. Während sie hier stehen, nun schon am zweiten Tag, hinter einer polizeilichen Sperre aus vom Wind zerzausten Plastikbändern, und eine Kreidezeichnung auf dem Asphalt anglotzen. Um den Mörder zu finden.

Kommissarin Anne-kin Halvorsen versetzt dem Hafenboden einen wütenden Tritt und geht auf einige Lagerschuppen zu. Sucht etwas, das Windschutz geben kann. Sie kann in Lee ebenso gut denken wie im Wind. Das kann sicher auch das Wesen, das jetzt auf sie zukommt. Mit krummen Knien kommt es um die Schuppenecke geschlichen, groß und braunschwarz und mit der Fähigkeit, Menschen mit Dreck am Stecken eine Höllenangst einzujagen. Ihr Stecken ist sauber. Sie geht in die Hocke. Und schon ist es bei ihr, leck-leck-leck, ehe der Besitzer diese regelwidrige Leckerei bemerkt und »Schluss!« befiehlt. Der Hund gehorcht und zieht seine Zunge zurück. Anne-kin richtet sich auf. Lächelt den Mann, der da vor ihr steht, verfroren an: »Aber Sæter, ich kann von den Liebeserklärungen deines Hundes doch nie genug kriegen!«

»Du hast ihn verwöhnt«, sagt darauf ihr Kollege. »Du mit deinen ›Leckerbissen‹.« Anne-kin zuckt mit den Schultern und schmuggelt dem Hund ein Bonbon auf die Zunge. Der Polizeihund wedelt mit dem Schwanz, sabbert, schmatzt. Und spuckt das Fisherman's Friend sofort wieder aus. Schaut sie anklagend an. Dreht ihr den Hintern zu und will nicht mehr mit ihr spielen. Er kann des Fischers Freunde nicht leiden.

»Tut mir Leid, Garp«, sagt sie. »Ich dachte, ich hätte dir ein klebriges Smartie gegeben.« Der Hund nickt gnädig. Alle können sich irren. Nur darf es nicht zur Gewohnheit werden.

Sie suchen die Umgebung ein weiteres Mal ab. Es gibt so viele Spuren, so verdammt viele Spuren. Spuren vom Laden und Löschen, von Gabelstaplern, Gassi geführten Hunden und Liebespaaren. In irgendeiner Variante. Manche machen es mit Gummi, andere nicht. Spuren von allerlei nächtlichen Festen mit allerlei Gästen und allerlei vergessenen Gegenständen. Flaschen, die meisten unversehrt, Schals, schmutzige Kämme, Schokoladenpapier, Einkaufsnetze, Tabakspackungen. Das einzig »Frische« sind übrigens die leeren Flaschen und die Tabakspackungen. Sie hatten es offenbar eilig, sind Hals über

Kopf davongestürzt, hatten eine Scheißangst und flohen, ohne ihren Drehtabak zu retten. Übrigens liegen alle vergessenen Gegenstände auf der Wache, nur die Kreidestriche sind noch vorhanden. Das Einzige, was ihnen bleibt, sind jede Menge Kreidestriche und eine Hafendirektion, die immer saurer reagiert, die Umgebung wieder ihrem eigentlichen Zweck zuführen will: den Schiffen. Frachtern und Fischkuttern und Tankern und allem, was sonst noch etwas einbringt. Laden und Löschen, Aktivität. Nur keine Kreidestriche. Abgesperrt von den Plastikbändern der Polizei.

»He, Garp«, Anne-kin lächelt, der Hund schnüffelt an ihr herum. »Auch gerade zum Dienst erschienen?« Der Besitzer steht mit Vang zusammen, sie scheinen sich gegenseitig zu informieren, sie gestikulieren und nicken. Sehen ungeheuer beschäftigt aus. Dann fiept der Hund. Lässt den Schwanz sinken und umkreist zuerst seinen Besitzer. Keine Reaktion. Dann kommt er auf Anne-kin zu. Fiept ein weiteres Mal.

Und dann peilt er eine weniger windige Stelle an. Zwischen den Lagerschuppen. Sie folgt ihm, egal wohin, sie friert wie bescheuert. Sollen Kollege Vang und der Hundebesitzer doch auf dem offenen Platz stehen bleiben und glauben, der Wind könne ihnen die Antwort auf die Mordfrage liefern. Sie krümmt sich zusammen, biegt um eine weitere Ecke, und nun befinden sie sich im Windschutz. Der Hund bleibt stehen, dreht sich um, bedenkt sie mit einem raschen ungeduldigen Blick und läuft weiter. Kopf und Schnauze hat er gesenkt. Wie auch den restlichen Körper. Anne-kin stutzt. Seltsames Verhalten, denkt sie, Polizeihunde führen solche Künste nicht aus Jux vor, vielleicht hat das Tier irgendeine Witterung genommen? Irgendeinen verlorenen Handschuh? Eine leere Flasche? Eine Packung Tabak? Sie läuft hinterher. Krümmt sich zusammen und läuft hinterher. Der Container, den der Hund jetzt ansteuert, steht vor der Schuppenwand, außerhalb der Absperrung, ein normaler grauer, verbeulter, viel benutzter Container. Ein

Abfallcontainer. Hilfsangebot der Hafendirektion. Der Hund geht ganz dicht heran, schnüffelt, fiept, spitzt die Ohren. Und markiert. Markiert wie ein Drogenhund! Du bist kein Drogenhund, Garp, denkt Kommissarin Halvorsen, *darauf* bist du nicht trainiert. Warum zum Teufel fiepst du so? Wonach gräbst du mit deiner Pfote? Kommissarin Halvorsen hört ein kurzes Bellen, dann setzt der Hund Garp sich auf den Hintern und bleibt bewegungslos sitzen. Sein Gebell verhallt im Wind.

Plötzlich glaubt sie ein anderes Geräusch zu hören. Auch dieses Geräusch verschwindet im Wind. Echo, denkt Annekin, das muss das Hunde-Echo sein. Das gegen einen Container und wieder zurück geschleudert wird? Doch jetzt hört sie es wieder. Es ist eine Art Menschenstimme, gefolgt von dumpfem Klopfen. Das Bellen, das Garp bellt, ist so laut, dass die beiden Beamten draußen auf dem Kai blitzschnell herumfahren. Sie starren sie an, den Hund, die Schuppenwand. Und den Container. Sie winkt, brüllt gegen den Wind: »Hierher! Kommt her!« Sie sind schon unterwegs. Kollege Vang vorweg, der Hundebesitzer hinterdrein.

»Hört doch«, befiehlt Anne-kin Halvorsen. Hebt die Hand und bittet den Wind eine Pause einzulegen. Sie gehorchen unwillig, aber sie hören. Aus der Tiefe des verbeulten hafeneigenen Abfallcontainers hören sie schwache Klopfgeräusche. Und einige Menschengeräusche. *Darinnen ist jemand!*

Wieder wird geklopft. Der Hund bellt. Sie hören eine Stimme. Stimme? Nein, Stimmen klingen anders. Drei Händepaare legen sich gleichzeitig auf den Deckel, umfassen die Kante. Heben ihn hoch. Und öffnen ihn. Ein Fliegenschwarm stiebt hervor, fette blauglänzende Schmeißfliegen. Anne-kin Halvorsen duckt sich blitzschnell, macht den Flüchtlingen die Bahn frei. Sie jagen wie ein schwarzer Bienenschwarm an ihren Ohren vorbei.

Dann beugen sie sich über den Rand und starren in den Container. Der ist fast bis oben gefüllt, irgendwer renoviert, abgefetzte Tapetenreste, braunfleckige Eternitplatten, verschimmelte Teppichbodenreste und ein Geruch, ein Gestank, schlimmer als das Schlimmste, was sie je gerochen hat. Die Mietskasernen in der Oststadt sind 4711 im Vergleich, die Plumpsklos von Lamoen der pure Frühlingsduft. Hier riecht es nach Tod. Verwesung und Tod. Aber der Kopf, der mitten im Abfall liegt, ist nicht tot, ist nicht ganz leblos. Zumindest nicht die Augen, deren Ausdruck wechselt zwischen Angst und noch mehr Angst. Und die Hand, die sich zur Containerwand streckt, blutet, blutet aus zerschlagenen Fingerknöcheln. Sie hört ein Stöhnen, es stammt von ihr selber, oder von Vang. Und dann hört sie eine Frauenstimme etwas gurgeln, das »please help me« heißen kann. Kommissarin Halvorsen und Kommissar Vang versuchen schon, Holzstücke und Teppichreste, Eternitstücke und Tapeten fortzureißen. Sie graben sich tiefer, um den noch lebenden Kopf mit den noch nicht ganz erloschenen Augen freizulegen. Packen Abfall und werfen ihn auf den Boden. Der Gestank wird schlimmer, je tiefer sie in den Container vordringen.

»Handschuhe! Spritzen!«, hört sie den Kollegen warnend rufen. Er hat soeben Verstärkung und einen Krankenwagen angefordert.

Rosa Pullover, denkt Anne-kin, als ihre Finger über etwas streichen. Das hier war ein rosa Pullover. Sie versucht verzweifelt den Oberkörper des Menschen freizulegen, der dort unten liegt. Und sie hört ein schmerzhaftes Stöhnen. Vielleicht hat sie etwas gebrochen, den Nacken, den Rücken, vielleicht sollten sie nichts überstürzen und auf den Krankenwagen warten? Aber es ist unmöglich, bei diesem Gestank nichts zu überstürzen, sie können die Frau nicht eine Sekunde länger als nötig in diesem Gestank liegen lassen. Am Ende müssen sie in den Container klettern, sie stehen einander gegenüber und graben und werfen, graben und werfen. Die nächste Schicht besteht aus Ziegelsteinen, aus ganzen und halben roten Ziegelsteinen mit grauem Mörtel. Sie brauchten Handschuhe, Arbeitshandschuhe. Kalkstaub vermischt sich mit dem Gestank, macht aus ihm eine geradezu sichtbare Materie. Sie werden jetzt langsamer, der Staub soll sich legen, sie merken, dass sie dieses arme Wesen sonst ersticken könnten. Aber kein Geräusch kommt von dieser Frau, nicht ein Husten, nicht ein Stöhnen, gar nichts. Trotzdem, in den roten Augen gibt es eine Art Leben. Kommissarin Anne-kin Halvorsen fängt ihren Blick auf, ja, es gibt eine Art Leben. Sie spürt eine Wut in sich aufsteigen, schiebt sie fort, jetzt ist nicht der richtige Zeitpunkt um zu denken, wie und warum und wer, jetzt muss sie tiefer kommen, die Frau loseisen und sie an die frische Luft schaffen.

Plötzlich hört sie einen Wutausbruch, er stammt von Kollege Vang. Sie fährt zu ihm herum. Hört im selben Moment die sich nähernden Sirenen.

»O verdammte Scheiße«, hört sie ihn keuchen. Er hält einen Jackenärmel zwischen den Händen. Und aus diesem Ärmel schauen dünne, weiße Finger. An zwei Fingern sitzen Ringe, schmale Silberringe. Und die Nägel sind rot, ein wenig abgeblättert rot. Der übrige Körper ist von Ziegelsteinen verdeckt. Anne-kin packt den nächstgelegenen, will ihn wegheben. Ihre Gedanken sind das pure Chaos. Was zum Teufel ist das? Was zum Teufel soll das bedeuten? Unter den Steinen liegt ein Kopf, nein, um Gottes willen, zwei Köpfe. Dicht an dicht liegen sie da. Umsponnen von Blut und Haaren, von Zementstaub und Abfall. Anne-kin taumelt rückwärts, registriert, dass Vang sich am Containerrand anklammert, seine Beine knicken unter ihm ab. Sie selber wird vom Hundebesitzer aufgefangen, ehe sie zu Boden sinkt. Zum Dank kotzt sie ihm die Uniform voll.

Das Stöhnen, das sie hört, stammt von Vang. Er scheint auch reif für eine Ohnmacht zu sein, der kräftige Mann schwankt hin und her. Und der Karateschlag, den er der Schuppenwand verpasst, hätte diese leicht spalten können. Kommissarin Anne-kin Halvorsen stolpert wieder zum Container, beugt sich über den Rand, bückt sich und tastet, findet und packt zu. Packt eine Hand mit blutigen Fingerknöcheln und hält sie fest. Hält und hält sie fest. Spuckt sinnlose Worte aus, »bald wird alles gut, bald hört dieser Irrsinn auf, bald wird alles gut, bitte, halte durch, du musst durchhalten, hörst du.«

Der schwache Druck, den ihre Hand verspürt, muss keine Einbildung sein.

2

An Verweigerung von Überstunden dachte niemand, als der Krankenwagen angeheult kam. Kommissarin Anne-kin Halvorsen glaubt, im Weg zu stehen, wohin sie auch geht. Weißkittel rennen durch die Türen ein und aus und über den Gang. Eigentlich hat sie hier nichts mehr zu suchen, der Transport mit ihr als Begleitung ist durchgeführt worden, sie hat Flaschen gehalten, das Krankenhaus vorläufig informiert, die grauen Papiertüten mit den Kleidern zur näheren Untersuchung sind ihr überreicht worden, und sie sollte zusehen, dass sie diese Tüten zur Technik schafft. Aber sie läuft weiter hin und her und schaut jedesmal von neuem gespannt auf, wenn eine Tür geöffnet wird. »Please help me«, hatte die Frau im Schuppen aus sich herauspressen können. Und keine Frau aus Trondheim sagt so etwas, und auch keine aus dem Süden oder aus dem Norden. Anne-kin würde nur zu gern die grauen Papiertüten durchwühlen, um die Identität dieser Frauen in Erfahrung zu bringen. Denn es sind drei. Zwei von ihnen lebten noch, die Dritte hatte die Krankenwagenbesatzung vor Anne-kins Augen mit einem Laken bedeckt. Vielleicht unterschrieb in diesem Moment der Polizeidirektor die Obduktionspapiere. Was sie hier eigentlich so nervös abwartete, war die Versicherung, dass es zu keinen weiteren Obduktionen kommen würde. Du bist keine Angehörige, Halvorsen, sagte sie sich. Es kam ihr nur so vor. Dieser kleine Spatz von Mädchen, dessen Hand du gehalten hast, könnte fast deine Tochter sein. Oder zumindest deine kleine Schwester.

Wenn doch wenigstens jemand käme und etwas sagte! Aber nichts dringt aus den Operationssälen und Krankenzimmern. Sie sieht niemanden mit Hoffnung oder Trauer im Blick kommen, sie fragt und hört immer wieder: »Wir müssen abwarten« als Antwort.

Am Ende geht sie, nimmt die drei grauen Papiertüten und verlässt widerwillig das RiT. Händigt die Tüten der Technik aus und erfährt, dass Chef Sundt sie schon sucht. Er hält eine Krisenbesprechung ab. Sie sei dort erwünscht, falls ihr das genehm sei. Anne-kin seufzt, Sundts Ironie ist ziemlich durchsichtig, was sich dahinter versteckt ist der Wunsch, sie wütend zu machen. Damit aus ihrem »nach innen gekehrten Adrenalin« »nach außen gekehrtes Adrenalin« wird. Sundts eigene Ausdrucksweise, wenn er seine handgestrickte Krisenpsychologie vorführt.

3

Der Säufermord in Nyhavn gewinnt ganz neue Aktualität, jedenfalls in den Medien. Dort wird über Zusammenhänge spekuliert. Und Theorien, die jeden Erfinderpreis verdient hätten, werden lanciert. Anne-kin Halvorsen genießt die Lektüre, in so manchem Zeitungsschmierer wohnt ein kleiner Krimiautor. Ansonsten ist der Fall nicht gerade amüsant.

»Ich kann keine professionelle Distanz beibehalten, Vang«, weint sie sich bei ihrem Kollegen aus. »Ich nehme den ganzen Scheiß mit nach Hause, werde so wütend und sauer, dass . . .«

»Ach? Ist das denn nicht der Normalzustand?«, erwiderte der schnurrbärtige rotblonde, total »unwiderstehliche« Kollege und weicht sofort zurück. Hebt entschuldigend die Hände. Weiße Flagge.

»Aber sollten wir uns nicht lieber darauf konzentrieren, wer . . . wer Frauen und Abfall verwechselt?« Er wendet sich wieder seinem Bildschirm zu.

Das tun mehr, als du glaubst, Vangi, murmelt Anne-kin und drehte sich ebenfalls zu ihrem Bildschirm um. Gibt Ankunft und Abfahrt der Schiffe an, die im aktuellen Zeitraum an den Kais von Nyhavn, am Transitkai und am Ladehammerkai gelegen haben, fügt Fahrtrouten, Schiffspapiere, Frachtlisten, Zertifikate usw. usw. hinzu. Andere Kollegen nehmen sich auf dieselbe Weise die LKW vor. Noch andere die im Hafen ansässigen Firmen. Falls der Hafen bisher noch nicht vollständig abgesperrt gewesen war, so ist er das jetzt auf jeden Fall. Und jetzt muckst die Hafendirektion nicht mehr, und auch sonst niemand. Der Mord im Suff war das eine, aber drei unbekannte, nichtidentifizierte Frauen in einem Abfallcontainer in der Jubiläumsstadt Trondheim, das war einfach entsetzlich, grauenhaft. Diese Wörter waren immer wieder zu hören: »Entsetzlich, einfach entsetzlich, ganz grauenhaft. Und das ausgerechnet hier!«

Noch schlimmer wurde es, als die zweite Frau starb. Sie und die Ärzte kämpften einen ungleichen Kampf gegen den Tod. Nur der »Spatz« lebte noch. Identität unbekannt. In Taschen oder Kleidungsstücken nichts gefunden. Kleider und Schuhe stammten aus einer Kaufhauskette. Sie mochten zerrissen, verdreckt, blutverschmiert sein – Kleider und Schuhe waren trotzdem neu. Bei allen dreien. Die Silberringe waren von der Sorte, die bei jedem Straßenhändler und auf jedem Markt zu haben ist. Und der Pathologe, der die Innereien der Mädchen untersuchen sollte, würde wohl zu dem Ergebnis kommen, dass sie von innen so aussahen wie die meisten anderen jungen Frauen auch, egal, welcher Nationalität, denkt Anne-kin Halvorsen und klickt »drucken« an. Der Drucker fängt an zu brummen und zu ticken.

Der Bericht der Renovierungsfirma war eine deprimierende Lektüre. »Menschliche Tragödie« würden die Zeitungen das sicher nennen, wenn es bekannt gegeben wurde. Ein Schüler bringt während einer praktischen Woche eine Schubkarre nach der anderen voller Tapetenreste und Eternitstücke, verschimmelter Teppichfetzen und Bauschutt mit Mörtel zum Container. Und wirft die Abfälle dort hinein, wie ihm aufgetragen worden ist. Zuerst die Steine. Im vorläufigen Obduktionsbericht des Pathologen hieß es, die eine Frau sei an Kopfverletzungen gestorben, die vermutlich von einem solchen Stein verursacht worden waren. Anne-kin bekommt eine Gänsehaut. Sie hofft, dass diese Information nie an die Öffentlichkeit gelangen wird. Es hätte auch Kristian sein können, ihr kleiner Bruder, der in die neunte Klasse geht, auch er hätte diese Frau zu Tode »steinigen« können, nur weil er seine Arbeit verrichtete. Es war einer aus der achten Klasse, und seine Geschichte war genau diese. Er hatte nur seine Arbeit verrichtet.

Der Securitaswächter, der den Erstochenen gefunden hatte, hatte ebenfalls nur seine Arbeit verrichtet. Hatte seine Runden gedreht und auf seiner Liste abgehakt. Ihm war nichts aufgefallen, ehe er um eine Ecke gebogen war. Auf seiner normalen Route, zwischen zwei Gebäuden. Dort lag also ein Mensch, ihm war sofort klar gewesen, dass dort ein Mensch lag. Ob ihm etwas Ungewöhnliches aufgefallen sei, etwas Besonderes? Nur, dass es ein schöner Abend im September war, dass im Hafen ziemliche Stille herrschte, dass vor dem Bunker einige Autos standen. Das war nicht weiter ungewöhnlich, die deutschen Bunker waren ausgebaut und an allerlei Firmen vermietet worden. Einige verkauften Hundefutter, andere widmeten sich der Leibesertüchtigung. Die Junkies hielten sich an ihrer üblichen Sammelstelle auf, die Alkis dagegen waren seltsamerweise umgezogen. Jedenfalls waren sie nicht dort, wo sie sonst immer waren. Abgesehen von dem, der auf dem Boden lag. Der Securitaswächter hatte ihn sofort erkannt. Ein Stammgast in der Gegend, zusammen mit der restlichen durstigen Bande. Sie hatten ihm nie etwas getan. Und er ihnen auch nicht. Aber dort konnte er nicht liegen bleiben. Und als er versuchte, den Mann ins Leben zu rütteln, war ihm aufgegangen, dass der hier nicht nur seinen Rausch ausschlief. Hatte das sofort kapiert, war zurückgewichen und hatte die Polizei alarmiert. Ob er noch andere gesehen habe? Nein, wer sollte das denn sein? Niemand spazierte nachts durch Nyhavn, warum auch? Nicht einmal irgendeinen blöden Hundebesitzer hatte er gesehen. Aber Moment mal, war da nicht ein Wagen angelassen worden? Ja, das hatte er gehört, hinter einem Lagerschuppen, eine Straße weiter. Da war ein Motor angelassen worden. Jetzt wusste er es wieder. Sicher ein Bodybuilder, der vom Training kam, oder ein Bürovorsteher, der Überstunden gemacht hatte. Nicht weiter wichtig. Die Polizei nimmt es aber wichtig. Will wissen, wann und wo und ob er sich noch an mehr erinnern kann. Der Mann wird wütend, er hat gesagt, was er weiß. Will jetzt seine Ruhe. Es hat gereicht, den Typen tot wie einen Hering und bleich wie eine Möwe dort liegen zu sehen.

Kommissarin Anne-kin Halvorsen muss lachen. Mitten in allem Kummer muss sie laut losprusten. Sie liest den staubtrockenen Vernehmungsbericht auf ihre Weise, liest eine ganz andere Sprache, als die A4-Bögen enthalten. Sie kennt den Wächter, den Securitaswächter, er ist nicht mehr der Jüngste und betrachtet Nyhavn als sein Revier. In dem er sich auskennt wie in seiner Westentasche. Ist in der Gegend geboren und aufgewachsen. Und spricht eine ganz andere Sprache als die im Bericht. Aber er ist ein prachtvoller Wachhund, immer schon gewesen. Hat manchen Einbruch verhindert, indem er die Täter wütend angeblafft hat, jetzt sollten sie sich verdammt noch mal von dannen heben! Wenn sie schon ein Verbrechen begehen müssten, dann doch zum Henker in anderen Stadtteilen. Und wenn nicht, dann werde er ihnen die Hölle heiß machen, mit Polizeistreifen morgens, mittags und abends. Und wo sollten sie dann hin? Um sich die Spritzen zu drücken, ihren Fusel zu trinken, ihren Rausch auszuschlafen, he? »Verschwindet, ihr guten Leute!« Anne-kin Halvorsen war sicher, dass seine Argumentation sich ungefähr so anhörte. Nyhavn war eine ruhige Gegend, zumindest in den Einbruchsstatistiken. Alles

Mögliche ging dort vor sich, aber keine Einbrüche. Sie legt den Bericht beiseite und geht mit ihrem eigenen Bericht zur Besprechung.

4

Die Besprechung ist schlimm. Eine der Frauen im Container ist also, aller Wahrscheinlichkeit nach, von einem Ziegelstein erschlagen worden. Auch die andere wurde von einem Stein am Kopf getroffen, doch als Todesursache wird Lungenkollaps genannt – langsames Ersticken –, die Frau hat einfach keine Luft bekommen. Und die Dritte – Anne-kin umklammert ihren Blätterstapel – die Dritte liegt auf der Intensivstation. Kommissarin Halvorsen atmet erleichtert auf, Intensiv bedeutet lebende Menschen. Niemand widmet sich einer Toten auf intensive Weise. Intensiv bedeutet, dass der »Spatz« noch lebt.

»Aber«, sagt ihr Chef gerade, »vermutlich hat auch die Tatsache eine Rolle gespielt, dass die Frauen unter starkem Drogeneinfluss standen. Die beiden Toten und die Dritte waren dermaßen mit betäubenden, Aktivität hemmenden Mitteln vollgestopft, dass sie ins Meer hätten gehen können, ohne das zu merken.«

Sie sind aber nicht ins Meer gegangen, Sundt, knurrt Anne-kin in Gedanken, sie wurden in einen Container geworfen. Ein kleiner Unterschied, klar?

»Und deshalb glauben wir bisher, dass jemand oder mehrere die Frauen in den besagten Container geschafft hat.«

Anne-kin Halvorsen merkt, wie ihre Mundwinkel sich zu einer schiefen Grimasse nach oben ziehen. Sundt und seine Wortwahl sind einfach unbeschreiblich. Als Nächstes merkt sie einen Rippenstoß, der stammt von Vang, ihrem Hauskreuz.

»Halt die Fresse«, faucht er. Sie begnügt sich mit einem tödlichen Blick. Er ist hier laut, nicht sie.

»Wie ihr wisst, stammt ihre Bekleidung aus Norwegen, ist relativ neu, kann überall gekauft werden, gibt keine Anhaltspunkte. Das gilt auch für die Schuhe. Keine Papiere, Pässe, Quittungen, Straßenbahn-, Bus-, Bahnfahrkarten, keine Flugscheine gefunden. Keine besonderen Kennzeichen. Nichts.« Chef Sundt psalmodiert so förmlich wie auf einer Pressekonferenz.

»Aber«, lange Pause. Anne-kin starrt ihren Chef hellwach an, was hat er hier zu abern? Was weiß er? Das er nicht sofort auswürgen kann?

»Aber«, Sundt blättert in dem Papierstapel, der vor ihm liegt, dreht ihn hochkant, klopft ihn gerade, führt sich auf wie das trägste aller trägen Landeier. Und sagt: »Pathologie und Odontologie . . . der Zahnarzt, ja, vor allem der Zahnarzt, haben den Mund untersucht, ich meine, die Zähne, also die Zähne der beiden . . . der beiden toten Frauen . . . und er meint, dass sie . . . wegen der Zahnarztarbeiten, meint er also, dass die beiden Frauen aus Osteuropa stammen. Das sieht er an«, und jetzt folgt eine lange Ausführung über Unterschiede in Zahnpflege und Plomben vor und hinter dem alten Eisernen Vorhang. Wenn Nr. 3 stark genug für eine Vernehmung ist – sie müssen auf die Zustimmung des Arztes warten –, dann wird die Identität der drei bestätigt werden. Das ist noch die Frage, denkt Anne-kin, sie glaubt nicht, dass die drei per Touristenvisum eingereist sind, um den Nidarosdom zu besichtigen.

»Inzwischen«, sagte Sundt«, »sind Fotos und Beschreibungen über Interpol ausgesandt worden.« Ein Kollege kommt ihr mit der Frage nach dem Zustand der Frau zuvor. »Stabil«, lautet die Antwort.

»Stabil«, sagte Anne-kin Halvorsen zu Sundt. »Der Tod ist auch stabil.« Könnte er freundlicherweise ein wenig konkreter werden?

»Ja, natürlich.« Sundt blättert sich in seinem Stapel nach unten. Und sie bekommen in spracharroganter Ärzteterminologie etwas zu hören, was sich damit übersetzen lässt, dass die

Frau übel zugerichtet ist, ihre Finger zerschrammt und geschwollen sind, keine Brüche, keine inneren Verletzungen, die Organe funktionieren vorschriftsmäßig, aber die Kranke hat der Welt den Rücken zugekehrt. Sie will die Augen nicht aufmachen, sie will nicht sprechen, sie muss künstlich ernährt werden, sie will einfach nur im Bett liegen und »bewusstlos« sein.

»Meine Güte«, sagte Kommissar Halvorsen leise. »Bekommt sie denn fachliche Hilfe, mehr als Nahrung und Beckenleeren, meine ich, psychologische oder . . .«

»Aber sicher«, fällt Sundt ihr ins Wort. »Das steht in dem Bericht, den ich eben vorgelesen habe.« Ach, denkt sie, stand das da? Da muss ich aber endlich mal Norwegisch lernen.

Auf dem Rückweg zu Büro und Computern hält Kommissarin Halvorsen ihren Chef an und fragte: »Ich würde gern mal im Krankenhaus vorbeischauen, ist das eine gute Idee oder eine schlechte?«

»Eine gute«, sagt er. »Vergiss nicht deinen Dienstausweis.«

5

Sie geht zu Fuß zum Regionalkrankenhaus Trondheim, dem RiT, einem zwölfstöckigen pissgelben Gebäude mit einem Kellerlabyrinth, in dem man sich wunderbar verirren kann. Ehe die einzelnen Wege dort, die alle nach Beerensorten heißen, ausgeschildert worden waren, war ihr das denn auch passiert. Sie war durch den Untergrund geirrt und hatte begriffen, dass Trondheim im wahrsten Sinne des Wortes eine Unterwelt besitzt. Als sie wieder ans Tageslicht gekommen war, stand sie in einem ganz anderen Gebäude und an einem ganz anderen Ort als zu Beginn ihrer Wanderung. Jetzt will sie nicht in den Untergrund und auch zu keinem Obduktionslokal, sie will nach oben. Am Kiosk unten im Foyer kauft sie den Krankenhausstrauß der Woche – rote und weiß gesprenkelte Nelken mit Grünkram. Sie stopft sie zu den Tageszeitungen in die Tasche und geht zu Fuß die Treppen hoch. Die Kuhboxen von Fahrstuhl, die das Krankenhaus anzubieten hat, versetzen sie immer in Atemnot.

Die Krankenschwester, der sie ihren Dienstausweis vorlegt, sieht durchaus nicht überzeugt aus. Sie dreht und wendet ihn, mag sie nicht hineinlassen. Anne-kin Halvorsen findet das beruhigend. Sie könnte ja auch irgendein Besuch sein, den der »Spatz« lieber nicht empfangen will. Die Leute, die sie in den Container geworfen haben, zum Beispiel. Wenn sie sich noch immer in Trondheim aufhalten, natürlich. Aber am Ende wird sie durchgelassen, die Frau in Weiß hat offenbar jemanden angerufen. Die Vorschrift ist klar: nur ganz kurz. Aber wenn sie behilflich sein, Kontakt zur Patientin bekommen kann, dann ist das nur gut so. Denn es war doch Kommissarin Halvorsen, die dabei war, als die Polizei die Frauen gefunden hat? Anne-kin nickt. Die im Krankenwagen dabei war und die Flaschen gehalten hat? Anne-kin nickt noch eifriger.

»Ich hatte sogar ein wenig aktiven Kontakt zu ihr«, sagt sie. Die Krankenschwester lächelt, reißt sich aber schnell wieder zusammen. »Aber nur kurz«, sagt sie. »Und kein ›Verhör‹.«

Anne-kin schüttelt den Kopf.

Das Zimmer sieht nicht sonderlich »intensiv« aus. Es sieht aus wie ein ganz normales Einzelzimmer. Ein Bett, Nachttisch, Schrank, zwei Stühle, ein kleiner Tisch, ein kleines Bücherregal, in dem das Neue Testament liegt. Keine Blumen für die Patientin. Sie legt die Blumen auf den Nachttisch, sagt leise, »hello, it's me, remember?«, zieht den Stuhl ans Bett. Keine Reaktion. Bis auf, vielleicht, das haarfeine Zucken der Augenlider.

»Bist du wach«, fragt sie. »Are you awake?« Aber die Frau im Bett ist nicht »awake«, will nicht »awake« sein. Anne-kin mustert ihr Gesicht, ohne Schläuche und Klebeband und ungewaschene blonde Haare hätte sie Modell sein können. Für »the young, natural beauty-look«. Wenn diese Frau aus dem Ostblock stammt, mit dem ganzen Dreck, den diese Länder nach westlichen Informationen in die Umwelt schütten, dann hat ihre Haut das jedenfalls heil überstanden. Sie ist blass, na gut, was können wir sonst erwarten, aber sie *leuchtet*. Ist zart. Verlockend. Verlockt dazu, mit der Hand über ihre Wange zu streicheln, nur um zu spüren, wie weich-schön die ist. Hohe Wangenknochen, eine Wange geschwollen, die Stirn mit den vielen Schrammen sieht aus wie ein Waschbrett, dunkle Augenwimpern und gezupfte Brauen, schmales Kinn, rosa Mund, Babymund, Mädchenmund. Die ganze Frau ist so sehr Mädchen. Glatte, erlebnislose Unschuld. An der Oberfläche.

»Armes Würstchen«, sagte Anne-kin und stützt sich mit der Hand aufs Bett. Sieht, dass eine Hand ein wenig unter der Decke hervorlugt. Eine schmale dünne Hand. Ringlos und zerkratzt. Verfärbt. Sie legt ihre Hand darüber und spürt, dass die andere zuckt. Immerhin ein Lebenszeichen, denkt Anne-kin und redet drauflos.

»Ich hoffe, du fühlst dich jetzt besser, ich hoffe, du begreifst, dass du in Sicherheit bist, dass du weißt ...« Sie klappt den Mund zu, ihr Geplapper ist nur Unsinn, Schwachsinn, norwegischer Schwachsinn mit Trondheimer Akzent. Ja, und? Trostworte sind international, Akzent hin oder her.

»Spatz?«, flüstert sie. »Sag was, beweg ein Auge, einen Zeh, einen kleinen Finger, nur gib mir ein Lebenszeichen! Ich tu dir doch nichts, ich freue mich nur so schrecklich darüber, dass du noch lebst, verstehst du? Bitte. Please.« Schweigen. Nur das Tropfen irgendeines Behälters ist zu hören, nur das Biiep von etwas, das sie nicht sieht.

Die Frau in Weiß kommt herein.

»Keine Reaktion?« Das ist eher eine Feststellung als eine Frage. Anne-kin schüttelt den Kopf. Erwähnt das leise Zucken der Hand nicht.

»Nein, nein. Dann gehen Sie jetzt lieber, Frau Halvorsen. Sie braucht Ruhe.« Anne-kin kichert in Gedanken. Ruhe! Was zum Teufel soll an Ruhe so gesund sein? Die Frau braucht eine, die bei ihr sitzt und auf Reaktionen besteht, die bei ihr sitzt und redet und redet und sie ins Leben zurückdrängt. Oder was immer es ist, aus dem der »Spatz« zu entfliehen versucht.

»Bitte, gehen Sie jetzt«, sagt die Krankenschwester. »Sie ist müde, die Arme.« Müde, denkt Anne-kin. Sie hat Angst. Die Frau, die hier liegt, hat eine Sterbensangst. Nicht einmal geschlossene Augen und eine unsichtbare Wand mit der Aufschrift »lass mich in Ruhe« können ihre Angst verbergen. Eine Angst, die riecht, die ganz konkret ist. Sie liegt wie ein Nebel im Raum. Aber egal, sie wird gehen. Wird keine Szene aufführen, um hier bleiben zu dürfen, hier zu sitzen, die ganze Nacht, wenn es sein muss. Sie wird verschwinden. Wütend und resigniert packt Anne-kin ihre Tasche, achtet darauf, dass keine Zeitung herausfällt. Sie drückt ihre Visitenkarte in die Hand unter der Decke. Kritzelt rasch »Your friend« darauf. Und feixt sich dabei selber eins. »Police Officer so and so.« Und »your friend«. Was für ein Angebot. Liebe Güte!

Dann rennt sie durch die Tür und jagt die Treppen nach unten. Würde eigentlich am liebsten in den Fjord springen, sich kalt schwimmen. Aber sie ist zu feige, hat zu viel gefroren, braucht keine weiteren kalten Abreibungen. Also stapft sie nach Hause, streift die Schuhe ab, legt einen Blues auf. Und denkt: wann werde ich mir selbst erzählen, dass dieser Blueskram nur Flucht ist? Ein Deprikram, ohne den ich auch auskommen würde? Hab ich keine schwedische Schunkelmusik? Oder so was? Kommissarin Halvorsen schiebt eine knackende Kassette eine, eine Liveaufnahme der Ugly Hangovers. Der Kellerband von Kristian, ihrem kleinen Bruder von sechzehn. Sie dröhnen und schlagen zu. Bringen mit ihrem Protest die ganze Erwachsenenwelt um. Lassen die Sologitarre heulen, die Bassgitarre jammern und das Schlagzeug das eilig nahende Ende der Welt ankündigen. Was ihr noch mehr Depri verpasst als der blaueste Blues der Welt. Ist es so, sechzehn zu sein?

Jung zu sein? Sie hatte das fast vergessen. Hatte es vergessen. Zeit für einen Auffrischungskurs, mein Mädel, denkt sie.

Und mit voll aufgedrehter Lautstärke legt sie sich der Länge nach auf den Boden und versucht an die Zeit zu denken, ehe sie »straight« wurde. Ehe sie zu den Bullen ging. Versucht, alle Kontrollmechanismen auszuschalten, die sie sich seit damals zugelegt hat. Durch Ausbildung und Beruf. Versucht wieder zur Hinterhofkatze zu werden. Mitten in dieser Übung schläft sie ein. Schläft und träumt von Müll. Von stinkendem, pechschwarzem Müll. Umgeben von kompakten dunklen Wänden. Von kaltem, totem Metall. In dem Metall lebt etwas. Surrt. Fette Schmeißfliegen surren, sie sind eingesperrt, so wie sie selber. Fliegen und Blut. Pulsierendes Blut. Blut aus Fingern, die immer wieder gegen eine Metallwand schlagen. Dünne schmale Hände, Finger mit Silberringen, die an lachendem Metall, an höhnisch kichernden Stimmen zerschlagen werden.

Anne-kin fährt heulend hoch, der Traum sitzt ihr im Rückenmark. Sie springt hoch, sieht so unklar, dass sie gegen den Türrahmen knallt, schwankt ins Badezimmer, dreht die Dusche voll auf, krümmt sich unter dem Strahl und bleibt dort stehen, bis der Heißwassertank leer ist und der Albtraum im Abfluss verschwindet. Sie selber verschwindet fröstelnd im Schlafzimmer unter der Decke, zieht sie sich über den Kopf und weiß, dass die Nacht lang sein wird.

6

Sie hört sie kommen. Sie schleichen sich die Treppen hoch, lautlos auf weichen Pfoten kommen sie über den Flur. Sie sind weiß gekleidet. Und sie bleiben vor ihrer Tür stehen. Rasche Seitenblicke, dann wird die Türklinke langsam nach unten gedrückt. In der Hand halten sie eine Spritze.

Sie hat keine Chance. Jetzt haben sie sie.

Die Frau im Bett weiß, sie muss weg, muss verschwinden, solange noch Zeit ist. Denn sie werden kommen, früher oder später werden sie kommen. Einer oder mehrere, verkleidet in weißen Barmherzigkeitsstoff. Sie ist gefährlich für sie, sie weiß zu viel, in ihren zerschlagenen Sinnen zittert eine Gewissheit: »Sie sind unterwegs.« Denn sie wissen, wo sie ist, die Zeitung, die diese Polizistin vergessen oder verloren oder ganz bewusst hinterlassen hat, brachte Bilder und einen Text, die mit ihr zu tun haben mussten. Bilder von einem großen Krankenhaus und einem Container, von Schuppen, Booten, einem Hafen. Es war nicht ihr Hafen. Sie war nicht zu Hause.

Ein stechender Schmerz, und die Kanüle steckt nicht mehr in ihrem Handgelenk. Sie setzt sich auf, befreit sich von der Decke, starrt die Wand an und bringt das sich drehende Zimmer langsam zur Ruhe. Ihre Beine tragen sie. Aber sie sind nackt. Abgesehen von einem Druckverband auf dem einen Oberschenkel. Mit Verband und nackten Beinen wird sie nicht weit kommen. Sie haben ihr ihre Kleider weggenommen, ihre neuen Kleider. Der Schrank ist leer, dort hängt nicht einmal ein Schlafrock. Aber auch in einem Schlafrock würde sie nicht weit kommen. Das Zimmer liegt im Dunkeln, abgesehen von einem Lämpchen an der Wand. Durch den Türspalt sickert vom Flur her Licht herein. Sie wagt nicht, Licht zu machen, braucht aber auch kein Licht. Was sie braucht, sind Kleider. Und Glück. Sehr viel Glück. Denn in langen leeren Krankenhausgängen gibt es kaum ein Versteck für sie, für den Fall, dass jemand ein Becken oder eine Schlaftablette braucht. Plötzlich stutzt sie, denn durch den winzigen Türspalt, den sie geöffnet hat, sieht sie, dass der Flur durchaus nicht hell erleuchtet ist. Er liegt im Halbdunkel. Sie kann Wandschirme und Stühle erkennen, Nachttische und Betten. Aus einem Bett kommt leises Schnarchen, aus einem anderen unterdrücktes Stöhnen. Nur im Stationszimmer mitten auf dem Flur brennt helles Licht. Ein weiß gekleideter Mensch kommt durch die Glastür, eine Frau, sie trägt etwas in den Händen und geht zu den unterdrückten

Stöhngeräuschen. Ein »Danke« ist zu hören und ein Wasserglas wird auf den Nachttisch gesetzt. Die Weißgekleidete verschwindet wieder im Stationszimmer. Der Flur liegt da wie vorher. Nur ein Türspalt wird langsam immer breiter. Und nun ist er so breit, dass sie sich hindurchzwängen kann. Mit den Schmerzen in ihren Fingern kann sie leben, schlimmer ist, dass sie nicht fassen können. Am Fußende eines Bettes sieht sie eine Strickjacke, packt sie und lässt sie zu Boden fallen. Die Knöpfe klirren. Verängstigt geht sie in die Hocke. Aber die Besitzerin des Bettes ist nicht aufgewacht. Und niemand kommt aus dem Stationszimmer gestürzt. Sie setzt sich hinter einem Wandschirm auf einen Stuhl und schafft es dann endlich, die Jacke anzuziehen. Weitere Kleidungsstücke findet sie nicht. Sie muss in einem Zimmer suchen, einen Schrank finden, Kleider finden. Schuhe. Machen, dass sie wegkommt. Denn sie sind unterwegs, sie spürt, dass sie unterwegs sind. Sie schlüpft ins nächstgelegene Zimmer, es ist ein Einzelzimmer. Die Schranktür jammert, aber kein Einspruch ist aus dem Bett zu hören, als sie den Schrank von Kleidern befreit. Die Frau im Bett hat ihre schmerzstillenden Mittel bekommen und wird noch viele Stunden lang nicht erwachen. Sie zwingt ihre geschwollenen Finger, Rock und Schuhe zu fassen und zu sich zu ziehen. Der Mantel sieht teuer aus, das weiche Futter ist für ihre Hände wie eine kühlende Salbe. Aber ihre Kräfte sind verbraucht. Sie lässt sich in einer Ecke zu Boden sinken, bleibt an die Wand gelehnt sitzen, hört vor der Tür Schritte, hört klirrendes Metall. Dann ist es wieder still und eine unsicher gehende kleine Frau mit weißem Gesicht schleicht sich zum Ausgang, zum Treppenhaus. Die ganze Zeit richtet sie ein Auge auf das Stationszimmer und eins auf den nächststehenden Wandschirm. Als die Tür seufzend hinter ihr zugleitet, steht sie in einem hell erleuchteten Treppenhaus, auf der einen Seite liegt der Aufenthaltsraum, auf der anderen sind die Treppen. Der Flur auf der gegenüberliegenden Seite ist lang und hell. Dort liegt niemand, dort ist niemand unterwegs. Das ganze große Gebäude wirkt wie ausgestorben, nur schwaches Rauschen der Ventilatoren dringt an ihr Ohr.

Oder ist das Gemurmel? Murmelnde Stimmen? Flüsternde? Stimmen mit Injektionsnadeln? Woher kommen sie? Aus den Fahrstühlen? Von den Treppen? Sie schluckt und horcht mit offenem Mund. Plötzlich scheppert ein Fahrstuhl, der Pfeil frisst sich langsam aufwärts, Stock für Stock. Zwei Stock unter ihr hält er inne. Sie hört Stimmen, Frauenstimmen. Dann verschwinden auch die. Sie steht schon im Treppenhaus und das Einzige, was sie auf den vielen Schildern und Wegweisern begreift, sind die Zahlen.

Es ist weit bis nach unten.

Ihr Verschwinden wird entdeckt, noch ehe der Krankenpfleger, der sie zum Röntgen holen soll, ohne Patientin abziehen muss.

»Ist das eigentlich ein Neuer«, fragt jemand. »Den habe ich noch nie gesehen.«

7

Die Morgenbesprechung auf der Wache begann eiskalt. Dann wurde sie rot glühend. Chef Sundt sorgte für diesen raschen Temperaturumschlag.

Um 04.55 hatte eine Nachtwache aus dem Regionalkrankenhaus die Wache angerufen. Eine Patientin wurde vermisst. Dort, wo wenige Stunden zuvor eine scheinbar bewusstlose Frau gelegen hatte, lag jetzt nichts. Der Tropf war losgelöst worden, die Frau war auf der ganzen Station nicht zu finden. Und jetzt wurde auf allen Etagen und allen Stationen gesucht.

Die Kellerlabyrinthe, denkt Kommissarin Halvorsen, dort kann man sich in bewusstem und bewusstlosem Zustand gleichermaßen gut verlaufen. Das sagt sie nicht laut. Sundt zieht es vor, zu Ende reden zu können. Vor allem dann, wenn er so viel Eis in der Stimme hat wie jetzt. Kollege Vang unterdrückt ein Gähnen. Er scheint umherirrende Frauen in Krankenhaushemden nicht sonderlich spannend zu finden. Er möchte so bald wie möglich zum »Nyhavn-Mord« oder noch lieber zur »Containerfrau« übergehen. Er hat sie ja schließlich gefunden, hat die Frauen gefunden – ja, zusammen mit Kommissarin Halvorsen, und deshalb ... Anne-kin staunt immer wieder über Kollege Vangs manisches »Besitzverhältnis« zu manchen Fällen. Auch jetzt ist das ganz deutlich. Sundt sollte Kollege Vang dadurch kurieren, dass er ihn der Suchmannschaft auf der Jagd nach einer verirrten Patientin zuteilt, denkt sie ein wenig boshaft.

»Wir hielten es nicht für nötig, Wachen aufzustellen«, sagt Sundt gerade, »und ...« Mehr kann er nicht sagen, denn jetzt keuchen alle auf, ungläubige Augen starren ihn an, plötzlich begreifen sie, von welcher Frau hier die Rede ist.

»Der Spatz«, stöhnt Anne-kin. »Das ist doch nicht möglich! Sie sie kann nirgendwohin gegangen sein, nie im Leben, ich war doch gestern dort und sie sah nicht gerade fluchtfähig aus ...«

»Du hast dabei nicht zufällig das hier verloren?«

Sundts Stimmbänder sind mit Eis belegt. Er hält eine Zeitung vom Vortag hoch, die den Fall der »Containerfrau« auf vier Seiten breittritt. Mit einer Bildmontage, die zuerst Trondheim auf einer Karte von Norwegen zeigt, dann einen Pfeil zum Nyhavn in Trondheim und einen weiteren Pfeil zum Container.

»Oder hast du vielleicht eine Zeitung für sie gekauft? Um ihr ein wenig ›sachliche‹ Information zu verschaffen?« Groß-Sundts Stimme ist eine Nummer vor Sibirien. Kommissarin Anne-kin Halvorsen wird wütend. Was erlaubt dieser Trottel von Vorgesetztem sich hier eigentlich? Nie, NIE würde es er wagen, die Jungs so anzublaffen. Das sieht sie ihnen an, sie sind wie vom Donner gerührt.

»Ich habe niemandem irgendwelche Zeitungen gegeben«,

erwidert sie mit einer Stimme, die es mit der von Sundt aufnehmen kann. »Und außerdem«, fügt sie hinzu, ehe er den Mund aufmachen kann, »kann ich mich nicht erinnern, dass die Patientin unter Post- und Besuchsverbot gestellt worden ist.« Sie hört selber, wie verdammt kindisch sich das anhört, aber kindisch ist sie hier wahrlich nicht allein. Sie hofft nur, dass ihr Zeitungsstapel vom Vortag die drei Zeitungen enthält, die er enthalten soll. Was ist mit der Visitenkarte, die ich ihr hingelegt habe, denkt sie, wirst du die auch an die große Glocke hängen, Sundt? Das tut er nicht, sicher ist seine Stimme festgefroren.

»Wenn sie so weit weg war, wie Halvorsen sagt . . .« Das ist Vang. »Ja, ich war ja dabei, als wir sie gefunden haben, und ich glaube nicht, dass sie sehr weit kommen kann, sicher sitzt sie in einem Wäscheschrank oder liegt unter schmutziger Wäsche, jemand hätte da sein müssen, als die Kleine aufgewacht ist, natürlich hatte sie schreckliche Angst und wollte sich verstecken, ihr hättet mal sehen sollen, wie . . . haben die sie eigentlich sorgfältig gesucht?«

»Kommissar Vang meldet sich freiwillig zur Überprüfung der Wäscheschränke und Wäschehaufen des RiT.« Sundt hat seine Stimme wieder gefunden. Vang schaut ihn nur scheel an. Hält lieber den Mund.

»Irgendwer muss sie abgeholt haben«, sagt Anne-kin Halvorsen. »Denn wir haben doch niemanden zum Aufpassen abkommandiert, abgesehen vom Krankenhauspersonal?« Und in diesem Moment setzt bei Sundt der jähe Temperaturumschwung ein, von eiskalt zu rot glühend.

Und in diesem Moment begreift A-k Halvorsen. Begreift, warum ihr Chef Sundt, ihr ausgeglichener, tüchtiger, immer diplomatische Pro- und Contra-Chef, diese Temperaturschwankungen durchmacht. Er, der als einer der besten Verhörsleiter der Wache bekannt ist, der die Menschen durch sein ruhiges und entgegenkommendes, verständnisvolles Wesen immer zum Sprechen bringt, sie begreift plötzlich, warum.

Warum er so verdammt verquer und vergrätzt und anders ist. Die Medien, denkt Anne-kin, die Presse ...

Sundt hat die Presse am Telefon, hat gierige, fragelüsterne Wühljournalisten an der Strippe, Journalisten, die fragen und bohren und Bezug nehmen. So muss das sein. Denn wenn es etwas gibt, das Sundt den Großen sauer und unberechenbar macht, dann sind das Medienleute. Er hat eine geradezu zänkische Beziehung zu Journalisten. Sie bringen alles durcheinander, behindern die Ermittlungen, zerstören Beweise. Sundt der Große dreht völlig durch, wenn er die vierte Macht im Staate als das Böse selber beschreibt. Und außerdem war er, ehe er Chefermittler wurde, als er noch jung war, jünger, daran gewöhnt, nur positive Presse zu haben, der Orientierungsläufer Sundt auf dem Siegertreppchen, erster Platz bei den Vereinsmeisterschaften, erster Platz bei den Kreismeisterschaften, dritter Platz bei den norwegischen Meisterschaften. Der Sturz vom Sieger zum Schurken war tief. Und jetzt war er Schurke. Und hasste diese Rolle. Warum hat nicht ein einziger Scheißjournalist über ihn geschrieben, als er bei den Polizeimeisterschaften den ersten Platz im Orientierungslauf geholt hat? Für Senioren.

»Genau«, das knurrt er fast, »wir haben ›niemanden zum Bewachen abkommandiert‹, wie Kommissarin Halvorsen sich auszudrücken beliebt. Und ihr wisst, warum nicht.« Sicher, denkt Anne-kin, wir setzen unsere eigenen Leute nur dann ein, wenn Häftlinge oder Leute aus der U-Haft ins Krankenhaus müssen. Und natürlich am Nationalfeiertag, damit die Notärzte pflastern und verbinden können, ohne von besoffenen Patienten erstochen oder niedergeschlagen zu werden.

»Die Zeitungen werden großes Geschrei machen wegen der mangelnden Urteilsfähigkeit der Polizei«, sagt er jetzt sehr laut. Hör doch auf, Sundt, denkt Anne-kin, bau hier keinen Popanz auf, keine Situation, wo alle aneinander vorbeireden. Du hast wirklich andere Probleme. Und plötzlich scheint er einzusehen, wie töricht dieser Sololauf ist, sein Egolauf. Seine Gesichtsfarbe ändert sich, er setzt sich gerade. Der Mann wird wieder kühl und professionell. Schaut Kommissarin Anne-kin Halvorsen an.

»Welche Grundlage hast du zu der Annahme, dass jemand sie geholt hat«, fragt er. Ganz ohne Sarkasmus und Ironie in der Stimme.

»Sie hatte Angst, Sundt«, antwortet Anne-kin. »Der Spatz kann nicht . . . niemand kann den Ärzten Bewusstlosigkeit vortäuschen. Die Kleine war nicht bewusstlos, sie hat sich nur so gestellt. Hartnäckig. Und sie haben ihr Zeit gelassen. Aber sie hatte Angst. Sie . . .«

Anne-kin kommt nicht weiter, das Telefon klingelt. Es muss wichtig sein. Sundt lässt sich bei der Morgenbesprechung normalerweise keine Anrufe durchstellen.

Er horcht. Horcht konzentriert. Stellt einige Fragen.

Dann legt er auf. Dreht sich um und sagt:

»Sie ist nicht abgeholt worden. Sie ist von selbst gegangen.« Die anderen tauschen Blicke. Warten gespannt.

»Die Kleider im Schrank . . . im Schrank des Nachbarzimmers sind verschwunden. Schuhe, Bluse, Rock, Mantel. Die Patientin dort ist bettlägerig, das Personal ist ganz sicher, dass ihre Sachen gestern noch dort hingen. Aber jetzt sind sie verschwunden. Die Kleider und die Frau.« Er stützt den Kopf in die Hände und sieht müde aus. Dann reißt er sich zusammen und setzt die Besprechung fort, und sofort geht alles wieder geregelt weiter, wird wieder zur Routine. Keine weiteren Gefühlsausbrüche, keine eiskalten oder rot glühenden Fronten von Chef Sundt. Aufgaben werden verteilt. Fälle und Untersuchungen werden zugeteilt. Die Besprechung ist zu Ende.

Und Kommissarin Anne-kin Halvorsen weiß, dass sie und Kollege Vang wieder ein Team sind, sie bearbeiten den Fall »Containerfrau«. Allerdings zusammen mit anderen. Mit eigenen Kräften der Wache. Nicht mit Leuten von außen.

Die Wache von Trondheim hat nicht die Gewohnheit, sich an die Kripo zu wenden. Sie sind, im Verhältnis, eine Wache mit vielen Mitteln, haben einen Aufklärungsquotienten, der nicht gerade an der Spitze liegt, verlassen sich auf ihre eigenen Fähigkeiten und überlassen der Kripo Doppelmorde in Honningsvåg und Kløfta. Wo die lokalen Dorfpolizisten unterstützt werden müssen. Die Wache von Trondheim klärt ihre eigenen Morde selber auf – oder verpfuscht die Aufklärung.

Die »Containerfrau« genießt höchste Priorität. Der erstochene Penner aus Nyhavn wird ein wenig herabgestuft.

8

»Ja, und jetzt zu uns«, sagt Vang, sie sitzen vor ihrem Kaffee in Anne-kins Büro.

»Und verrat das niemandem«, er zwinkert ihr zu. »Aber das hier riecht nach einem dicken Braten.« Arschloch, denkt sie und lehnt Vangs mitgebrachte ökobiologische Zuckerwürfel dankend ab.

»Das riecht nicht nach Braten, was immer du darunter verstehst, das riecht nach ›Spatz‹, es riecht nach Dreck und Schmeißfliegen, nach Tragödie und ausgenutzten jungen Mädchen. Riecht nach etwas Großem, Widerlichen, gut Organisierten.«

Er blickt sie kurz an, dann schaut er die Wand an, vertieft sich in den Anblick seiner Kaffeetasse und sagt:

»Ja, Halvorsen, du hast Recht, das stinkt.« Und da sitzen sie nun und sehen einander an und sie hat das Gefühl, dass das Team Halvorsen & Vang wieder in Gang ist. Das ist ein gutes Gefühl.

»Der vorläufige Obduktionsbericht sagt, dass . . .«, sie blättert in den Papieren, die bei der Besprechung verteilt worden sind. »Sagt, dass die Frauen, und zwar die, die schon tot war, als wir sie gefunden haben, und die, die im RiT auf dem Operationstisch gestorben ist, beide lebensgefährlich ausgetrocknet waren. Und unter Drogeneinfluss standen. Spuren von . . .« Anne-kin liest die Fachterminologie des Pathologen vor, »wurden in beiden Leichnamen gefunden.«

»Russische Drogen«, grunzt Vang. »Das sind die billigsten, die du kriegen kann. Werden auch ›polnische Suppe‹ genannt. Könnten ein Pferd ausschalten.«

Kommissarin Halvorsen hebt nicht einmal eine Augenbraue. Kollege Vang ist Drogenexperte, weiß über vieles sehr viel, hat eine seltsame Fähigkeit, neue Trends zu wittern, ehe sie zu Trends geworden sind.

»Aber die, die noch lebt . . . die aus dem Krankenbett abgehauen ist, wenn Sundt Recht hat . . . die hatte zwar auch Spuren von diesen Stoffen im Leib, aber in sehr viel geringeren Mengen«, sagt sie nun. Vang stößt einen Pfiff aus.

»Wieso das denn?«, fragt er.

»Woher um alles in der Welt soll ich das wissen.«

»Ich habe dich nicht gefragt, ich habe nur laut gedacht«, ist seine Antwort.

Sie schweigt, gewährt dem Denker Vang drei Minuten Denkzeit. Länger lässt seine Gedankenkapazität sich nicht ausdehnen. Ehe sie auf Frauen überschaltet. Auf gesunde Frauen mit Silikontitten und Netzstrümpfen.

»Und das bedeutet?«, fragt sie.

»Dass die Frau clever ist«, sagt er. »Dass sie auf irgendeine Weise Unrat gewittert hat, dass sie ihren Drink zum Blumengießen benutzt oder ihn ins Klo gekippt hat. Das bedeutet das. Dass sie etwas kapiert hat.«

»Weiter«, sagt Anne-kin. »Erzähl mehr.« Doch Vang schweigt. Er hat nicht mehr zu sagen. Sie versucht, ihn wieder zum Reden zu bringen.

»Der Zahnarzt, der in ihren Mündern herumgewühlt hat, ist sich seiner Sache sicher«, sagt sie. »Die wenigen Plomben, die sie hatten, sind Grobarbeit. Asphalt.«

»Steht das da?«, fragt der Kollege. »Asphalt?«

»Tja, naja, indirekt. Da steht . . . Scheiße, hast du den Bericht nicht gelesen, Vang?« Sie schaut die rotblonde schnurrbärtige Erscheinung an, die die Füße auf ihren Schreibtisch gelegt hat und ihren Bizeps liebkost.

»Nein«, erwidert er. »Aber kannst du den zusammenfassen?« Der Kollege ist dermaßen unwiderstehlich widerlich, so, wie er immer schon gewesen ist, und sie will sich nicht provozieren lassen, will ihre Kräfte nicht für neue Ringrunden mit ihm verschwenden. Der Sprengstoff muss auf einer würdigere Gelegenheit warten.

»Aufgrund der vorläufigen odontologischen Untersuchung müssen wir annehmen, dass diese Frauen aus einer anderen Zahnarztkultur stammen als der westlichen. Will sagen, aus Osteuropa.«

»Pö«, hört sie Vang sagen. »Und was ist mit Südamerika? Oder Afrika? Wie kann so ein Zahnarzt-Guru behaupten, ihr Gebiss sei osteuropäische Pfuscherei?«

Anne-kin grinst. Obwohl alles so traurig ist, grinst sie.

»Vang«, sagt sie, »findest du, dass die Frauen, die wir gefunden haben, aussehen wie Frauen aus den Ländern, von denen du sprichst? Nicht wie die, die es sich leisten können, ihre Zähne zu pflegen, die Weißen, meine ich. Der ›Spatz‹ und die beiden anderen sind weder Negerinnen noch Halbmexis, schwarzweiße Mischungen aus Afrika oder sonstwas. Sie sind so bleich und weiß, dass du alle Theorien über andere Erdteile vergessen kannst. Sie haben auch keine Schlitzaugen, sind weder Thai noch Phil. Sie sind so verdammt weiß, dass ich glaube, sie haben ihr kurzes Leben in Barentsburg verbracht! Sind in der Polarnacht geboren und aufgewachsen, mit vier Monaten Sonnenlicht und acht Monaten Dunkelheit.«

»Idiotin«, ist der Kommentar, den dieser Ausbruch ihr einbringt. »Du warst ja nicht mal auf Spitzbergen, ich dagegen wohl. Und die Polarnacht, von der du da redest, ist der pure Unsinn. Soll ich dir die Wirklichkeit von Spitzbergen erklären, meine Liebe?« Vang hat sich zu ihr vorgebeugt, steckt ihr einen Finger in die Bluse und besteht darauf, ihr die Wirklichkeit von

Spitzbergen zu erklären. Anne-kin Halvorsen seufzt tief. Sie kennt diese Wirklichkeit, jedenfalls Vangs Wirklichkeit. Eigentlich hat er jetzt eine Grenze überschritten, normalerweise schildert er die Wirklichkeit erst, wenn er einen in der Krone hat, nach ein paar Bier mit Zubehör. Es gefällt ihr nicht, dass er jetzt schon mit diesem Gefasel loslegt, es gefällt ihr überhaupt nicht.

»Hör auf«, sagt sie. »Spar dir deine Geschichten bis zur nächsten Weihnachtsfeier auf. Dann kannst du erzählen, dass während deines ganzen Aufenthaltes der Mond so hell geschienen hat, dass die Gouverneurin das Licht auf dem Flughafen dämpfen musste, damit der Flieger vom Festland überhaupt landen konnte. Ich kenne die Geschichte schon. Die Logik habe ich übrigens nie begriffen.«

Sie hört ein Grunzen. Und sieht einen Mann rote Ohrläppchen bekommen, knallrote Ohrläppchen. Die Farbe greift aufs Gesicht über. Auf Stirn, Wange, Kinn, Nase. Der ganze Mann flammt in Rot.

Das gönnt sie ihm. Sagt kein einziges tröstendes Wort.

»Tja, naja, ich glaube fast, du hast Recht, Halvorsen«, sagt er schließlich, vergessen sind Röte und Scham. Vangi gelingt es meisterhaft, Unbehaglichkeiten abzuschütteln. »Ich glaube verdammt noch mal, du hast Recht, Anne-kin. Die Mädels sind sicher aus Polen, Tschechien, Estland, Litauen, Lettland eingeschmuggelt worden. Norwegen als Zwischenstation auf dem Weg in die weite Welt. Wir betreiben trotz allem keinen Menschenhandel, nicht hier in Trondheim zumindest, dieses Kaff ist zu klein, zu durchsichtig, sicher waren sie auf dem Weg zum Kontinent.«

Anne-kin Halvorsen hat sich das auch schon überlegt, hat versucht, ihre Gedanken zu ordnen und festzustellen, woher, wie und wohin. Die Frage des Warum kann sie selber beantworten. Geld, Profit. Alles geht um Geld und Verdienst. Um darum und deshalb. Immer und ewig. Manchmal legal. Manchmal illegal. Aber die Triebkraft ist immer dieselbe: Geld. Die Wache in ihrer Kleinstadt erhält regelmäßig Informationen aus »der weiten Welt«; über organisierten Frauenhandel, der fast so einträglich zu sein scheint wie der organisierte Drogenhandel. Anne-kin hat sehr viel gelesen, hat gelesen und mit den Zähnen geknirscht. Weil der Drogenhandel mit mindestens zehn Jahren Haft »belohnt« wird, wenn die Drahtzieher erwischt werden, während der »Frauenviehhandel« seinen Drahtziehern höchstens zwei Jahre einbringt. In der Gemeinschaft zum Besten aller, der EU, in der die engagierte schwedische Kommissarin Anita Gradin, die organisierte Kriminalität mit Frauen und Kindern, Import von Fleisch zur Prostitution, auf die Tagesordnung setzen wollte, wird das alles glatt und elegant unter den Teppich gekehrt. Die Regierungen der EU-Länder bestehen größtenteils aus Männern. Die das Generve der schwedischen Kommissarin zu Polizei und Rechtsstaat uninteressant findet. Randproblem, sozusagen. Es gibt wichtigere Dinge, für die sie ihre Zeit verwenden möchten.

Das Zinsniveau, zum Beispiel.

»Ich halte sie für urban«, sagt Anne-kin. Vang hat noch immer die Füße auf dem Tisch liegen und massiert seinen Bizeps.

»Ach«, sagt er und hört auf damit.

»Nur so ein Gefühl«, erklärt sie, ohne sich auf eine Diskussion über weibliche Intuition einzulassen. »Aber jetzt hat wirklich das ganze Krankenhaus nach ihr gesucht. Alle Etagen, Stationen, Zimmer, Wäscheschränke, Schränke, Klos und Duschen, Stationszimmer und Fernsehzimmer, Gänge, Fahrstühle, Keller und Garderoben sind auf den Kopf gestellt worden, mit dem einzigen Ergebnis, dass ein Schrank mit Schuhen, Bluse, Rock und Mantel leer ist. Die Nachtwache hat nichts gesehen, der Portier hat nichts gesehen. Niemand hat etwas Seltsames beobachtet, alle haben nur die üblichen Geräusche gehört, und das bedeutet, dass der ›Spatz‹ offenbar unversehrt ist. Dass sie wegwollte, fortwollte, dass sie eine Scheißangst hat. Und dass sie tüchtig ist. Es ist eine ziemliche Leistung ungesehen aus einem Krankenhaus zu entkommen.«

»Auf der Flucht in Trondheim, geschunden und ohne Geld, darin liegt keine große Zukunft«, sagt Vang. »Es wird nicht schwer sein, sie zu finden.«

»Nein, weder für uns noch für andere«, erwiderte Anne-kin leise.

»Wir machen eine Kneipenrunde und sagen den Kellnern und ein paar von unseren festen Bekannten Bescheid und natürlich auch der Securitas und den anderen Wachgesellschaften. Vielleicht will sie zurück zum Hafen. Den nehmen wir uns dann auch gleich vor«, sagt sie dann.

»Es ist nur eine Zeitfrage, bis die Zeitungen das erfahren, und dann machen sich vielleicht noch andere auf die Jagd«, sagt Vang und springt vom Stuhl hoch. »So move your ass, babe.« Und er versucht seine Enttäuschung zu verbergen, als Anne-kin sich nicht einmal dazu herablässt, die Augen zu verdrehen.

9

»Nein, was denn, Kleine, war er gemein zu dir?« Sie fährt zusammen, sieht einen Mann, der sich an einer Hausmauer festhält, einen dunklen Schatten, der etwas sagt, das sie nicht versteht. Einen Schatten, mit dem sie fast zusammengestoßen wäre. Aber er ist betrunken, ist nicht gefährlich. Sie macht einen Bogen um ihn, verschwindet hinter einer Ecke. Wo ist die Stadt? Das Zentrum? Der Hafen? Vor ihr liegt eine breite Straße, die in einer breiten Brücke endet. Sie wagt nicht über diese Brücke zu gehen, die ist so offen, so hell. Wo sind die engen Gassen, wo ist eine Stadtlandschaft, mit der sie sich auskennt? Mietskasernen weichen Einfamilienhäusern, die Straße endet mit einer weiteren Brücke. Einer schmalen Fußgängerbrücke. Mitten über die Brücke fährt ein Junge auf einem Rad, zwei große Fahrradtaschen an jeder Seite, er ist zu müde, um auf sie zu achten. Vor ihr ragt eine Kirche auf, hinter der Kirche sieht sie Hafenlichter und Meer. Dorthin. Einmal huscht sie hinter ein paar Sträucher, ein Auto kommt vorbei, ein Taxi. Es fährt zu einem Restaurant, davor stehen Autos und Motorräder, durch die hellen Fenster sind fast nur Männer zu sehen. Die Umgebung hier ist so offen, es kann nicht der richtige Hafen sein. Sie lässt sich auf eine Bank sinken, ein Stück außerhalb des das Lokal umgebenden Lichtfeldes. Als sie dann dort sitzt, fängt das Zittern an, sie kann es nicht unter Kontrolle bringen. Und der Schweiß strömt ihr über Gesicht und Hals, lässt ihre Wunden brennen. Der Essensgeruch aus dem Lokal kann durchaus Einbildung sein, sie hat keinen Hunger. Nur Durst. Entsetzlichen Durst. Die Schuhe sind ein wenig zu groß, deshalb hat sie schon Blasen. Aber sie hat sie ausgetrickst, sie ist ihren Spritzen entkommen. Das ist ihr letzter Gedanke, ehe ihr Kopf mit leisem Klatschen auf der Bank landet. Vor ihrem inneren Auge jedoch taucht das Bild von jemandem auf, der im Schatten steht und sie beobachtet.

10

Er hatte sie einfach unter den Arm genommen und auf das Motorrad gehoben, hatte sich ihre Arme um die Taille gelegt und den Motor angeworfen. Er fuhr nicht schnell, fuhr auch nicht weit. Wie lange war sie wohl bewusstlos gewesen? Lange genug, um zu vergessen, wo sie war, um nicht zu begreifen, dass sie das war, die hier auf einer Bank lag und in ein fremdes Gesicht starrte. Er stellte eine Frage, noch eine. Am Ende verstand sie zwei Wörter, »country« und »from«. Sie antwortete »Polish«. Dann hob er sie auf sein Motorrad. Er hatte nicht einmal nach ihrem Namen gefragt.

Jetzt befinden sie sich an einem seltsamen Ort. Und sie weiß nicht, ob Tag oder Nacht ist. Der Raum, in dem sie sich aufhält, besitzt nur eine Luftklappe. Er hat sie allein schlafen lassen, wie lange, weiß sie nicht. Sie ist aufgewacht und wieder eingeschlafen, aufgewacht und hat gierig aus den Colaflaschen getrunken, die er vor ihr Bett gestellt hat. Einmal wurde die Tür geöffnet, sie sah mehrere Gestalten. Die sahen schrecklich aus. Lederjacken und Jeans. Stiefel. Sie musterten sie, redeten miteinander. Als sie kehrtmachten und das Zimmer verließen, begriff sie, wer sie waren. Denn jetzt trug auch er eine andere Jacke als die, an die sie sich auf dem Motorrad angelehnt hatte. Jetzt sah sie das Emblem. Waren diese Männer der Feind? Der, der sich über die Krankenhaustreppen schlich, durch den Flur, mit einer Spritze in der Hand? Nein, dann hätten sie sie schon längst umgebracht.

Dann brachte er ihr neue Kleider, durchsuchte die, die sie bisher getragen hatte, stülpte sie um. Aber die Visitenkarte, die sie in den Schuh gesteckt hatte, fand er nicht. Er brachte ihr etwas zu essen, forderte sie zum Essen auf. Sie erbrach sich. Aber er gab nicht auf, er stopfte ihr Essen in den Mund, zwang sie zum Schlucken. Und erneuerte ihren Verband, desinfizierte die Wunde und kümmerte sich um sie. Sie fing an, sich sicher zu fühlen, sah langsam ein, dass die, die es auf sie abgesehen hatten, die sie umbringen wollten, hier keinen Zutritt hatten. Sie versank in eine Art Dämmerzustand, aß, schlief, hörte Musik auf einem kleinen CD-Gerät mit Kopfhörern, wurde in eine Art Musik hineingezogen, wie sie sie noch nie gehört hatte. In Gedanken nannte sie ihn Andrej, er hatte ein bisschen Ähnlichkeit mit ihrem großen Bruder. Auch er war aufreizend nicht-anwesend, zerstreut und einfach nicht zum Reden zu bringen.

Der neue Andrej will nicht, dass sie weint. Dann geht er weg, geht durch die Tür, aus der sie einmal verstohlen hinausgelugt hat. Einmal, als er vergessen hatte abzuschließen. Der Anblick ließ ihr Herz fast stillstehen. Ein langer Tresen, jede Menge Männer und einige Frauen. Da wusste sie, Fürsorge und Pflege ihrer Wunden bedeuteten nichts weiter, dass er sie bald zur

Prostitution einsetzen wollte. Aber auch das passierte nicht. Es kamen keine Kunden. Nur er ab und zu. Sie wehrte sich nicht, hatte irgendwie das Gefühl, es ihm schuldig zu sein. Er war weder brutal noch zärtlich. Er fickte sie einfach nur. Leerte sich aus. Aber nie in sie hinein, es wurde in hauchdünnem Gummi gesammelt. Und verknotet und in den Müll geworfen.

Ganz hinten im Zimmer gibt es eine Tür. Hinter dieser Tür kann sie stundenlang stehen, bis er kommt und sie herausbefiehlt. Dann dreht er das Wasser ab und schläft mit ihr. Sie liebt diesen kleinen Raum: die Kloschüssel, die alles wegspült, die Dusche mit dem herrlich heißen Wasser, Shampoo und Cremes, die er ihr gibt. Aber sie schaut nie in den Spiegel, der dort hängt. Oben in der Wand hat sie ein Viereck entdeckt, es ist mit Klebeband umgeben. Daneben ist der Ventilator angebracht, der sich immer einschaltet, wenn sie den Raum betritt. Wenn sie das Klebeband abzupft, flutet das Tageslicht ins Zimmer. Sie weicht zurück, blind und geblendet, klebt das braune Band wieder fest. Flüchtet sich unter die Decke, zieht sie sich weit über den Kopf.

Eines Nachts, oder war es am Tag?, wird sie von lauten Stimmen geweckt. Männerstimmen. Sie klingen wütend, sie hört Andrejs Stimme heraus, auch er scheint wütend zu sein. Das macht ihr Angst. Sie weiß, dass hier von ihr die Rede ist, dass die anderen sie los sein wollen. Aber als er hereinkommt und sich ins Bett legt, ist er so wie immer. Und dann schläft er ein. Schnarcht.

Bisher ist er danach noch nie bei ihr liegen geblieben. Sie hat Angst. Etwas passiert. Etwas wird bald passieren. So leise sie kann, steht sie auf, bleibt mitten im Zimmer stehen und verspürt nur Angst. Lautlos, ohne zu atmen, nähert sie sich der Tür, drückt auf die Klinke, vorsichtig, ganz vorsichtig. Die Tür ist nicht verschlossen. Und das Zimmer davor ist menschenleer, halbdunklel und ohne einen einzigen Menschen. Nur eine Bierreklame über dem Tresen leuchtet. Sie versucht es mit der ersten Tür. Die ist verschlossen. Dann noch eine. Auch die ist verschlossen. Doch ganz hinten findet sie noch eine Tür. Die führt in ein Lager. Dort sind Bierkästen aufeinander gestapelt, leere und volle Limokästen, Chaos und Dreck und eine dröhnende Tiefkühltruhe. Die ist groß genug für einen Menschen. Und dann ist Schluss. Keine weiteren Türen oder Fenster. Sie schleicht sich zurück, geht leise ins Dusch- und Klozimmer, setzte sich auf den Deckel und fragt sich, wie schmal sie sein müsste, um sich durch die Öffnung hinter dem braunen Klebeband hindurchzuzwängen. Sehr schmal. Ein Schlangenmensch. Hoffnungslos.

Er grunzt ganz leise im Schlaf, als sie sich vorsichtig hinter seinen Rücken legt. Aber der Schlaf will nicht zu ihr kommen. Sie bleibt wach liegen. Spürt einmal, dass er aufsteht, sich anzieht. Unten an einer Sockelleiste einen kleinen Leuchtpunkt einschaltet.

Das Nächste, was er tut, lässt sie vor Schreck erstarren. Er zieht einen Revolver hervor, eine Pistole, eine Schusswaffe, und spielt eine Weile damit herum. Dann holt er etwas, das sie für Patronen hält. Ihr liegt ein Schrei auf den Lippen, ein Geheul, das um Gnade fleht. Aber er zielt nicht auf sie. Er kehrt ihr den Rücken, macht sich an der Wand zu schaffen, schiebt lautlos das Regal beiseite, in dem CD-Gerät und CDs aufbewahrt werden, löst einen Stein aus der Wand und wirft Waffen und Kugeln in einen Hohlraum. Sie atmet so ruhig, wie nur Schlafende das können, als er sich umdreht, um sich davon zu überzeugen, dass sie schläft. Dann geht er.

Sie hört, wie der Schlüssel im Schloss herumgedreht wird.

11

Anne-kin kann gerade noch zum Hörer greifen, ehe ihr Anrufbeantworter sich einschaltet. Als sie auflegt, hat sie eine tiefe Furche in der Stirn. Dann wählt sie Stein-Jørgens Nummer und streift dabei mühsam ihren Mantel ab.

»Du musst mir einen Gefallen tun, Stein-Jørgen«, sagt sie ohne irgendeine Einleitung.

»Bitte, heißt das«, hört sie am anderen Ende der Leitung.

»Eben hat ein Informant angerufen . . .«

»Das heißt Denunziant«, fällt er ihr ins Wort.

»Und der meinte, ich solle eine Flasche Schnaps einstecken und ihn da aufsuchen, wo er haust.«

»Und das ist?«

»Der Wald. Bymarka. Unter einem Damm. Er hat sich einen Bau angelegt wie ein Biber. Ich war schon mal dort.«

»Mit Schnaps?«

»Mit Schnaps.«

»Und mit Sundts Segen?«

»Lass Sundt aus der Sache raus«, faucht sie. »Ich seh das kein bisschen moralisch. Ich will nur sichergehen, dass das keine Falle ist, dass niemand mich in einen Hinterhalt locken will.«

»Hast du in letzter Zeit mal wieder Kollegen vergrätzt?«

»Darauf antworte ich nicht. Aber wirklich, wenn ich mich innerhalb von drei Stunden nicht bei dir gemeldet habe, dann stimmt etwas nicht.«

»Ach, und was soll ich dann machen?«

»Weißt du noch, wie wir im Frühling im Wald waren, und wie ich dann zum anderen Ufer hinübergenickt und gesagt habe, dass dort eine Biberhütte liegt?«

Das weiß Stein-Jørgen noch.

»Da ist das.«

»Und wer wohnt dort?«

»Ein guter alter Knabe aus Østerdalen, lebt vom Messerverkauf und ist zeitweise trocken.«

»Und er heißt?«

»Er wird der ›Türke‹ genannt.«

»Und du bist sicher, dass er seine Messer nicht an dir ausprobieren will?«

»Der ›Türke‹ doch nicht. Aber der, der angerufen hat, der mit dem nachgeahmten Østerdalsakzent, der hat das vielleicht vor.«

»Der Teufel soll dich holen, Anne-kin«, ruft er in den Hörer. Aber Kommissarin Halvorsen hat schon aufgelegt.

12

Mit Schnaps im Rucksack und einer Spraydose in der Hand wandert Anne-kin Halvorsen in einen herbstfarbenen Wald. Ihr begegnen ein paar Jogger, dann verlässt sie den Weg. Folgt einer fast unsichtbaren Tierspur weiter in den Wald hinein. Hoher, klarer Herbsthimmel, sie fühlt sich wohl, als sie hier ausschreitet, vergisst fast, warum sie hier ist. Der Laubwald geht in Nadelwald über, dicke Tannen mit Zweigen, die kein Sonnenlicht durchlassen. Der Waldboden liegt im Schatten. Weicher federnder Boden. Sie liebt solche Märchenwälder, wo Pan hinter jedem Baumstamm lauert. Sie fühlt sich sicher im Wald, das war immer schon so. Jetzt auch, trotz ihres suspekten Unternehmens.

Am abgemachten Ort setzt sie sich hin. Es ist eine kleine Felskuppe, in guter Fernglasentfernung vom Damm. Sie kehrt dem Damm den Rücken zu und stößt einen Vogelpfiff aus, der ansonsten in der norwegischen Fauna nie vorkommt. Egal, sie ist keine Tierstimmenimitatorin. Dieser Denunziant ist offenbar ein Scherzkeks. Sie begreift nicht, was das alles soll. Dann nähert sie sich der Höhle, dem »Bau«, bleibt stehen und schaut sich um. Will er sie nicht hereinbitten? Sie hat wirklich keine Lust, einfach so hineinzuschauen. Anne-kin Halvorsens Kopf landet aber trotzdem im Bau, zuerst der Kopf, dann ihr restlicher Körper. Wütend und verängstigt liegt sie auf allen vieren da. Er muss indianischer Abstammung sein, hat sich lautlos von hinten an sie angeschlichen. Der »Türke« ist er jedenfalls nicht. Dieser hier ist viel kleiner, schlanker, jünger. Sie setzt sich auf, streift den Rucksack ab. Versucht, sich nichts anmerken zu lassen.

»Was für ein grobes Willkommen«, sagt sie. »Du hättest die Flasche zerbrechen können.« Er grunzt nur, streckt die Hand aus, lässt sich die Flasche geben. Stößt einen leisen Pfiff aus.

»Aus dem Ausland mitgebracht?«, fragt er. Sie nickt. Sieht zu, wie der Mann ihren Weihnachtsaquavit öffnet und einen Schluck nach dem anderen kippt. Dann hält er ihr die Flasche hin. Kommissarin Halvorsen schüttelt den Kopf.

»Trink nie im Dienst«, sagt sie. Er grinst, trinkt noch einmal. Sie hört, wie er etwas von »welch hohe Moral« murmelt. Der Mann redet wie jemand aus Trøndelag, sie versucht im Halbdunkel sein Gesicht zu mustern. Gar nicht leicht, er sitzt vor der Türöffnung, hat das Licht im Rücken, gut durchdachte Regie.

»Wo steckt der ›Türke‹«, fragt sie. »Hat er dir dieses Quartier geliehen oder was?«

Er gibt keine Antwort. Trinkt nur. Vor ihr sitzt ein durstiger Teufel.

»Ist in sein Tal zurückgekehrt«, sagt er endlich. »Hat 'ne Kate und 'n Stück Wald geerbt und ist in'n tiefen Wald heimgekehrt.« Er lacht über seinen eigenen Witz.

»Klasse«, sagt Anne-kin. »Ich hatte schon Angst, er könnte in den Wasserfall gestürzt sein.« Der Mann stutzt. »Hier gibt's keinen Wasserfall«, sagt er sauer. Sie schweigt. Besser, die Sache nicht zu übertreiben.

»Ich weiß Bescheid über dich«, sagt er plötzlich.

Das ist mehr, als ich über dich sagen kann, denkt sie.

»Du gehörst eigentlich gar nich zur Bullerei.«

»Nein, aber ich bin nun mal dort gelandet.«

»Deshalb hab ich dich angerufen.« Pause.

»Das war so'n Drogenkind«, sagt er dann plötzlich. »So 'n Drogenmädel, das sich von der Herde wegverirrt hatte.« Neue Pause. Neue Schlucke.

Dann stellt er die Flasche weg.

»Hörst du? Das waren nich meine Kumpels. Das war die Frau, die, die total zugedröhnt war und nich vertragen konnte, dass Manne sie ein bisschen angepöbelt hat, er hat ihr was zugerufen, was sie nich haben wollte. Können nix ab, diese Junkies«, murmelt er. Anne-kin schweigt.

»Ja Scheiße, die kleine Kuh hat ihn erstochen. Ehe wir piep sagen konnten, hatte sie schon ein Messer in der Hand und hat ihn einfach erstochen. Er konnte sich gar nich mehr wehren, sie war blitzschnell.«

»Und ihr«, fragt Anne-kin, »was habt ihr gemacht?« Sie weiß, dass diese Frage ihn provozieren wird, sie will ein bisschen Hitze erzeugen.

»Wir? Was zum Teufel hätten wir denn tun sollen? Gegen diese Furie mit ihrem Messer? Glaubst du vielleicht, wir wollten in irgendwas reingezogen werden?«

»Wie sah sie aus«, fragt Anne-kin Halvorsen. Zieht es vor, seine Frage zu überhören.

Er zögert, denkt nach.

»Klein, schmächtig und knatschverrückt. Tierisch aggressiv.«

»Haare«, fragt sie weiter. »Was hatte sie für eine Haarfarbe?«

»Rotschwarz, komische Farbe. Und jede Menge Blechgebammel in Ohren und Fingern. So Ringe, du weißt schon. Und ich weiß nich mehr, nur, dass Manne tot ist und das wir alle das nich waren. Armes Schwein.«

»Die Kleider? Was hatte sie an?«

»Was Schwarzes. Und jetzt musst du gehen. Und versuch ja keinen Scheiß. du kannst deinem Chef was von einem anonymen Anruf erzählen, kein Wort sonst, sonst . . .«

». . . bin ich meinen Job los«, fügt sie hinzu.

»Genau.« Er nickt. Sie sind einer Meinung.

»Ruf an, wenn dir noch mehr einfällt«, sagt Anne-kin und kommt auf die Beine. »Und du solltest dir Fußbodenheizung legen lassen, von unten her ist es verdammt kalt.« Er kapiert den Witz, schmunzelt, dreht für einen Moment sein Gesicht weg und sie sieht sein Profil. Und weiß, wer er ist, er ist wirklich der »Indianer«. Vier, fünf Jahre jünger als sie, in derselben

Gegend aufgewachsen. Übernachtungsgast in der Herberge der Heilsarmee, Tagespendler zu allerlei Parks und Torwegen. Jetzt hat er also das »Quartier« des »Türken« übernommen. Und ihren Weihnachtsschnaps ausgetrunken. Und vermutlich eine ganz wunderbare Lügengeschichte über messerstechende Mädels von sich gegeben. Sie richtet sich mit krummem Rücken auf und hat die Höhle schon halb verlassen, als sie hinter sich hört: »Und hier hast du das Messer. Sicher hat sie Fingerabdrücke hinterlassen. Es ist übrigens ein Messer vom ›Türken‹.« Dann drückt er ihr eine Plastiktüte mit einem Messer in die Hand. Er wirft ihr den Rucksack hinterher und ruft: »Danke für den Schnaps!«

Es dämmert schon, als sie der Spur zurückfolgt, weit weg von Wegen und keuchenden Joggern. Sie taucht wieder in den Nadelwald ein, er ist jetzt um einiges dunkler, nicht ein Laut dringt dort hin. Kein Vogel sammelt hier Beeren, keine Hummel sucht am Ende der Saison noch Nektar, es gibt nur grauweißen weichen Boden. Und jede Menge Tannennadeln. Und eine Stille, in der ihr Herzschlag sich anhört wie Donnerhall. Obwohl er nicht viel höher liegt als normaler Ruhepuls. Ein Zweig bricht, ein trockenes kleines Geräusch. Es macht ihr keine Angst, im Wald darf ja wohl ab und zu ein Zweig abbrechen. Sie orientiert sich an einer kleinen Lichtung, einer Gasse durch den Wald. Im Westen sieht sie den Damm, glaubt wirklich auch einen spiegelnden Reflex zu erkennen. Brille? Der »Indianer« trägt keine Brille. Fernglas? Vermutlich.

Na gut, dann wird sie eben mit dem Fernglas verfolgt. Der »Indianer« geht kein Risiko ein. Profi, auch nach dem vielen Aquavit.

Plötzlich hat sie das Gefühl nicht mehr allein zu sein, jemand ist hier mit ihr zusammen, etwas atmet in ihrer Nähe. Sie presst ihren Rücken gegen einen Baumstamm, mustert die Schatten. Es ist hinter ihr, hinter dem Baumstamm. Und es ist kein Elch. Und auch kein süßes Häschen. Sie hört es jetzt deutlich. Ihr

Körper spannt sich an und mit einem Sprung wirft sie sich herum, packt die Gestalt, die dort steht, und drückt sie zu Boden. Biegt ihr einen Arm auf den Rücken und bohrt ihr das Knie ins Kreuz.

»Au, zum Teufel«, hört sie. Und lässt sofort los. Es ist Stein-Jørgen.

»Und da soll ich auf dich aufpassen! Ich lern es nie«, hört sie von unten. Zuerst ist Anne-kin Halvorsen wütend. Zwei Sekunden lang. Dann muss sie lachen. Der Anblick ihres armen Ritters, der mit Tannennadeln in den Haaren bäuchlings daliegt, ist einfach zu witzig.

»Kannst du nicht Buchhälterin werden«, stöhnt der Mann unter ihr. »Oder Kassiererin im Supermarkt? Kindergärtnerin? Hausfrau?«

Anne-kin grinst. »Soll das ein Heiratsantrag sein?«, fragt sie. »Hausfrau? Weißt du nicht, dass die meisten Unfälle zu Hause passieren? He?« Er gibt keine Antwort, ist absolut damit beschäftigt sich Tannennadeln aus dem Gesicht zu fischen.

»Du bist so verdammt lange geblieben. Herrgott, ich hatte solche Angst. Blödes Frauenzimmer!« Er packt ihre Schultern, zieht sie nach unten, zieht sie an sich. Sie nimmt den Geruch von Waldboden und Mann wahr. Von Stein-Jørgen. Er riecht nach Salz. Nach salzigem Schweiß. Nach frischem Schweiß. Sie lässt ihre Zunge über seinen Hals gleiten. Hört ein Stöhnen. Schaut in Augen, die so tief sind, dass nicht einmal Pan mithalten kann, sieht darin ihr eigenes Spiegelbild, konvex, es fließt auseinander, wächst über Pupille und Iris hinaus, bis es die ganze Hornhaut bedeckt. Anne-kin schließt die Augen, sie will nicht ihr eigenes Spiegelbild lieben, sie will seine Hände spüren, seinen Geruch in sich einsaugen, will seine Hüftknochen spüren, die zuerst ein wenig pressen, und dann noch ein wenig, will Hände spüren, die zu ihren Hüften gleiten, zu ihrem Bauch, die ein wenig zudrücken, die gerade so leichtfest zudrücken, dass ihr ein Schauer durch den ganzen Leib jagt.

Die Ameisen auf dem Heimweg zu ihrem Hügel erleben an diesem Frühherbstabend im Wald bei Trondheim ihren ersten Anschauungsunterricht zum Thema menschliche Vermehrung. Die braunen Plackerinnen eilen in geordneter Formation nach Hause und möchten lieber nicht als Menschen wieder geboren werden.

Oben am Hang, unter einem Damm, lässt ein Mensch sein Fernglas sinken. Und dann breitet sich über seinem Gesicht ein breites Grinsen aus.

»Da hat die Frau Polizei sich ja eine glühend heiße Nummer geholt«, sagt der Mensch. »Das sei dir gegönnt, Halvorsen. Das war keine Vergewaltigung, das nicht, und wenn doch, dann bist du die Täterin!«

Saftig, diese Mädels aus Lamo.

Was sein Fernglas nicht sieht, ist eine Plastiktüte mit einem Messer, die unter einem umgekippten Baum verschwindet und dann mit einem Schwupp in einem Tümpel versinkt.

13

Der anonyme »Tipp« wird von Sundt absolut ambivalent aufgenommen. Der Chef hat eine seltsame Art, durch sie hindurchzusehen, denkt Anne-kin. Oder vielleicht bildet sie sich das nur ein, weil sie eigentlich ein schlechtes Gewissen hat, und überhaupt? Das sollte sie zumindest. Nach langer, langer Zeit sieht er sie an und sagt:

»Interessant, Halvorsen. Dieser anonyme Tipp ist sehr interessant. Wir werden unsere ›Jeans-Schnüffler‹ darauf ansetzen.« Sundts leicht herablassende Miene, ihm wäre es lieber, die ganze Truppe wäre frisch gewaschen und adrett gekleidet, denkt Anne-kin erleichtert. Erleichtert, weil er nicht weiter über diesen »anonymen« Anruf redet. »Wie schon heute Morgen gesagt«, fügt er hinzu, »haben wir keinen Vorsprung mehr, wir haben vernommen . . .« Er blättert im Papierstapel, der vor ihm liegt, »wir haben die Mannschaften der Schiffe vernommen, die zum aktuellen Zeitpunkt im Hafen lagen, wir haben mit fast allen LKW-Fahrern geredet, die in der Gegend waren, haben Routen und Ladungen überprüft, haben mit den Firmen in Nyhavn gesprochen, die Waren bekommen und versandt haben, wir haben überhaupt . . .«

Ohne Resultat, denkt Anne-kin.

»Das einzig Positive in der ganzen Misere ist, dass wir versuchen, den armen Jungen zu schützen, der die Steine in den Container geworfen hat. Er hat Zeitungen gelesen«, sagt Sundt, »und zwei und zwei zusammengezählt und festgestellt, dass die Steine und der Mörtel, die er geworfen hat, vielleicht zum Tod einer Frau beigetragen haben können.

Anne-kin Halvorsen stöhnt.

»Er ist an einen Experten überwiesen worden«, sagt Sundt, als Antwort auf ihr Stöhnen. »An einen Psychiater, der dem Jungen klarmacht, dass er wirklich keinerlei Schuld trägt«, fügt er nach einer Weile hinzu. »Die Einsatzwoche ist jetzt vorbei, er geht wieder zur Schule. Der Arbeitgeber hat ihm ein hervorragendes Zeugnis ausgestellt, und die Zusammenarbeit mit der Schule verläuft äußerst positiv.«

»Wie schön«, sagt sie schwach. Sieht vor sich, wie ihr Bruder Kristian schluchzend auf seinem Bett liegt und jammert: »Ich war das nicht, ich war das nicht! Ich wollte das nicht! Ich habe nur ein paar Steine in den Container geworfen. Tapetenreste und solchen Müll. Wie der Chef mich gebeten hatte. Ich konnte doch nicht ahnen, dass da jemand drin lag. Und die Steine auf den Kopf gekriegt hat!«

Anne-kin hat eine Gänsehaut. In der ganzen traurigen Geschichte kann sie nur einen einzigen Lichtblick erkennen. Nämlich, dass Sundt Gelder locker machen konnte für jemanden, der den Jungen an der Hand hält in dieser bösen Zeit, die er jetzt durchmachen muss, wenn er begreift, dass einer seiner Ziegelsteine einen Menschen getötet hat.

Sie zieht ihre Jacke fester um sich zusammen. Sie sitzen schweigend da. Ihr Chef sieht erschöpft und traurig aus. Er hat eine Tochter, die fast genauso alt ist wie Kristian. Auch sie hat im vergangenen Jahr bei einer Einsatzwoche solche Arbeiten erledigt. Auch sie hätte ...

»Der Arbeitgeber!«, ruft Halvorsen. »Was ist mit dem Arbeitgeber? Haben wir den verhört? Er hat doch den Befehl erteilt, den ganzen Schutt wegzuschaffen und ... « Sie kommt nicht weiter, denn Sundt hebt eine Hand und sagt:

»Der Arbeitgeber ist die Gemeinde und der Auftraggeber des Jungen ein armer Lagerleiter, der sich hier heute schon die Augen ausgeweint hat, als ihm der Zusammenhang aufgegangen ist.« Pause.

»Ich glaube nicht an irgendwelche lichtscheuen Verbindungen, Halvorsen.«

»Na, dann nicht«, sagt sie wohlerzogen. Und schweigt.

»Aber wir schauen diesem Unternehmen natürlich genau auf die Finger«, murmelt er. Anne-kin nickt, sie weiß, wie viele an diesem Fall arbeiten, sie weiß, dass sie und Vang nur zwei unter vielen sind, sie weiß, dass die Wache von Trondheim noch nie einen so großen Fall gehabt hat. Sie sieht alle Viertelstunde Neues auf ihrem Bildschirm, liest einlaufende Berichte, sitzt in zeitraubenden Besprechungen, wo niemand sich auch nur einen Gang zum Kaffeeautomaten bewilligt, sie weiß, dass ihre Aufgabe bei der ganzen Sache eigentlich ist, wie ein Staubsauger in Trondheim herumzuschnüffeln, um den »Spatz« zu finden. Das mit dem »anonymen Tipp« ist da von zweitrangiger Bedeutung.

»Wie gesagt, wir setzen Ermittler auf deinen Tipp an«, sagt Sundt. Sie nickt, macht sich bereit zum Gehen. Doch dann hört sie die Frage:

»Was macht denn der jüngste Halvorsen-Sprößling? Treibt er noch immer Sport, oder ...« Anne-kin drückt auf die Klinke, dreht sich um und sagt: »Du meinst Kristian? Nein, das, was er vor zwei Jahren über Doping und Dreck mitgekriegt hat, hat ihm gereicht. Jetzt klebt er vor dem Bildschirm. Mein Vater hat dem Knaben einen Computer gekauft, so ein richtig geiles Teil, und jetzt probiert Kristian zwischen Patiencen und der Suche nach dem Heiligen Gral alles aus. Das nächste Geburtstagsgeschenk ist sicher ein Modem, damit er im Net surfen und die Telefonrechnung der Alten vervielfachen kann.« Sundt nickt. Er ist dieser Art von Technologie immer um einen Schritt voraus, ist ein eifriger Livingstone im Dschungel der Computertechnologie.

Sie selber kann Stunden im Net verschwenden, um sich Informationen zu beschaffen, die die Bibliothekarin ihr innerhalb von zehn Minuten vorlegen kann. Möglicherweise, weil es ihr nicht gelingt, dem Großen Netz die richtigen Fragen zu stellen, sie ist nicht in der richtigen Net-Fragenstellung geschult worden. Und ihre Geduld reicht nicht aus, um sich den Weg per Experiment zu suchen.

Anne-kin hat Papierstapel und Mantel auf dem Schoß und weiß, dass Sundt sie jetzt loswerden möchte. Anne-kin Halvorsen geht nicht, sie hat noch mehr auf dem Herzen, sie hat Dynamit auf der Zunge.

»Morgen«, sagt sie, »morgen ist bei den Hell's Angels in Trolla Tag der offenen Tür. Der MC-Club lädt die Bevölkerung der Stadt zu Waffeln und Kaffee ein und will uns zeigen, dass sie allesamt ganz normale Mitbürger sind. Väter und Ehemänner wie ›du und ich‹, sie wollen zeigen, wie normal sie sind, dass das einzig Unnormale aus Tätowierungen und Lederjacke und Pferdeschwanz besteht und aus der Harley und . . .« Sie muss Luft holen.

Die Explosion bleibt nicht aus. Sundt wirbelt herum, sieht sie an und sagt: »Ja und?«

»Tja, ich dachte, ich könnte als normale Besucherin hingehen, nicht als Polizistin, ohne Waffen oder Drogen zu beschlagnahmen, und . . . ja, nur, um mich ein wenig umzusehen.«

»Morgen«, sagt Sundt eiskalt, »morgen wird in der Zeitung ein Artikel stehen, in dem Polizeidirektor und Polizeipräsident nachdrücklich klarstellen, dass alle, die diesen Ort besuchen, die ihn an diesem so genannten Tag der offenen Tür aufsuchen, dass sie allesamt ... zur Legitimierung von Gewalt beitragen. Und wenn du, ausgerechnet du, auch dorthin gehst, dann spielst du ihnen verdammt noch mal in die Hände!« Der gutmütige Sundt flucht, es hagelt nur so von Ausrufezeichen. Anne-kin Halvorsen wird vom Druck rückwärts gepresst. Sie dreht sich zu ihrem Chef um, sieht ihn an, mustert ihn, aus zusammengekniffenen Augen. Sie lässt sich absolut nicht gern sagen, was sie zu tun oder zu lassen hat, so war sie immer schon. Anne-kin Halvorsen salutiert, knallt mit den Hacken und lässt die Tür hinter sich ins Schloss donnern.

14

Von weit weg hört sie Stimmen, hört geschäftige Schritte und Lärm. Sie schlägt die Decke zurück, steht ganz leise auf, geht zur Tür, drückt auf die Klinke. Die Tür ist abgeschlossen. Sie ist nicht enttäuscht, die Tür ist immer abgeschlossen. Die Stimmen, die sie hört, schienen sich auf etwas vorzubereiten. Und sie ist sicher, dass es dabei um sie geht. Andrej kann sie nicht mehr beschützen. Schließlich hat sie doch bis tief in ihren Schlaf hinein Krach und wütende Stimmen gehört, streitende Männer. Sie zittert. Schlingt die Arme um den Leib und versucht, die Laute zu unterdrücken, die aus ihrer Kehle strömen wollen. Sie darf nicht weinen, sie darf kein Geräusch machen, sie muss still sitzen bleiben, damit sie sie nicht hören. Vielleicht vergessen sie sie dann. Lassen sie in Ruhe. Sie krümmt sich zusammen und starrt die Wand vor sich an. Die Wand? War nicht etwas mit dieser Wand? Mit einem Stein, der weggeschoben, und mit einer Waffe, die hineingesteckt wurde? Jemand lacht vor ihrer Tür, etwas klirrt, scheppert. Irgendwo wird ein Motor angelassen, er brüllt auf. Verstummt. Dann noch ein Motor. Auch der verstummt nach einer Weile. Sie sind viele. Sie ist allein. Andrej ist gegangen. Aber er hat seine Waffe hier hinterlassen, die Waffe, mit der sie erschossen werden soll. Und es gibt keinen Fluchtweg. Nur das kleine Loch oben in der Wand, das den Tag hereinlässt. Aber das ist nicht größer als der untere Teil der Schalterklappe zu Hause im Postamt. Und durch diese Schalter sollte gesprochen werden, nicht geflohen. Sie fröstelt, steht nackt da, reißt resolut das Laken vom Bett und knotet Kleidungsstücke hinein, die sie nie gekauft hat. Enger Pullover, dicke Leggings, Jeansjacke, kurze Stiefel, Minirock. Das alles verknotet sie im Laken. Dann geht sie ins das Zimmerchen mit der Toilette und duscht. Es ist stockdunkel dort, sie macht kein Licht. In der Dunkelheit findet sie die Cremedosen im Regal. Sie schmiert sich ein, bedeckt ihren Körper mit allen Cremes, die er ihr gebracht hat: Bodylotion, Gesichtscreme, Bade/Duschcreme, Heilcreme für ihre schmerzenden Wunden, Vaseline. Steht mitten im Zimmer und friert. Denkt an das Wichtigste, denkt an die Waffe hinter den CDs, hinter den Regalbrettern. Der Stein ist schwer, die Fächer sind eng, sie müht sich ab, muss ganz leise sein, schafft es, steht mit der Waffe in der Hand da. Kaltes Metall. Patronen in Plastikhüllen. Sie stopft alles in das Kleiderbündel. Horcht auf die Stimmen, sie scheinen von überallher zu kommen, Stimmen, Autos, Motorräder, Lärm, Leute, jede Menge Leute.

Sie muss weg.

Das braune Klebeband lässt sich problemlos vom Ventil ziehen, das Ventil steht offen, sie ist geblendet, fährt zurück, verliert das Gleichgewicht, stolpert und denkt, jetzt kommen sie. Jetzt kommen sie. Aber niemand kommt. Sie rappelt sich wieder auf, schaut zum Ventil in der Wand hoch, schaut ihr Bündel an, schaut ihren Körper an, er glänzt vor Creme. Sie steigt auf die Kloschüssel und schaut aus zusammengekniffenen Augen durch das Ventil. Und sieht nichts als Fabrikwände. Darüber einen hohen, blauen leuchtenden Himmel. Einen Zipfel Wasser, einen größeren Zipfel von einem Weg, einen Parkplatz. Der Platz steht halb voll, einige Autos fahren gerade los. Sie schaut einem Pritschenwagen hinterher. Ein Mann steigt aus, schließt die Türen ab und kommt auf sie zu, biegt dann ab und verschwindet in der Richtung, aus der die Stimmen gekommen sind. Sie nimmt Essensgeruch wahr. Lebhaften Essensgeruch, der sie an die besten Tage zu Hause erinnert, als die Königin noch gekocht hat ... ehe sie aufgab und nicht mehr wollte. Aufgab. Und sie bat, niemals aufzugeben. Es ist so lange her. Sie lehnt den Kopf an die Wand und betet, dass auf dem Parkplatz Ruhe einkehrt, dass die Leute verschwinden. Nimmt die letzten Öl- und Cremereste und verschmiert sie am Ventil. Versucht ihr Gesicht zu verbergen. Aber niemand achtet auf ein kleines weißes Gesicht oben in der Wand. Die meisten sind damit beschäftigt, ihre Autos abzustellen. Möchten wissen, was diese Hells-Angels-Knaben eigentlich zu bieten haben. Laden sie wirklich nur zu Kaffee und Waffeln ein? Einige neugierige Jugendliche beiderlei Geschlechts kommen angeschlendert, einige angejahrte Männer, die noch immer davon träumen, einmal eine Harley zu besitzen, stellen ihre Wagen mit Allradantrieb ab, etliche Familien mit zwei oder drei Nachkommen treffen ein. Harley-Kalle, ein netter Nachbar, kommt, die Schwester der Freundin des aller»nettesten« Harleyheinis, der für die Kinder Spielzeug bastelt, zwei Journalisten mit einem Fotografen im Schlepptau. Und ein Politiker aus der linken Mitte. Der es sich verbeten möchte, dass Polizeidirektoren und Polizeipräsidenten und Gott und die Welt ihm erzählen wollen, wohin er gehen darf und wohin nicht. Er steht auf ziemlich verlorenem Posten, die restliche »Obrigkeit« hat begriffen, was Polizeidirektor und Polizeipräsident in der Lokalzeitung und im Lokalfernsehen verkündet haben. Sie wollen nicht Kriminellen in die Hände spielen. Sie bleiben weg. Backen selber Waffeln, kochen sich ihren Samstagskaffee allein.

Der Politiker stellt sein Auto dort ab, wo noch Platz ist, am

Rande des Parkplatzes. Er schließt sorgfältig die Türen des Pritschenwagens ab, der Familienkutsche, die sonst seine Frau fährt. Und geht auf ein großes Schild mit der Aufschrift WILLKOMMEN zu.

Durch ein schmales Fenster, ein Ventil, wird etwas herabgelassen. Und zwar ein Bündel mit Kleidern. Und mit einer Waffe. Gleich darauf wird ein Kopf hindurchgepresst. Zwei nackte, schmale Schultern scheinen sich zusammenzufalten. Und pressen. Pressen Millimeter um Millimeter.

Und oben auf der Straße fährt ein weißer Datsun Cherry im Leerlauf. Er blinkt zum alten Fabrikgelände hinunter, fährt langsam auf Willkommensschild und Kaffeeklatsch zu. Dann hält er zögernd an. Und wird scharf herumgerissen, beschleunigt, dass Sand und Kies nur so aufstieben und ein vom Alter gezeichnetes Auto aufjammert. Sundt, denkt Anne-kin Halvorsen, du hast Recht. Kein Grund, für die Gratisreklame zu machen. Und dann fährt Kommissarin Halvorsen innerhalb des erlaubten Geschwindigkeitsrahmens zurück in die Stadt.

15

Nichts mindert den Fall, der Boden besteht aus Lehm und Sand, nur direkt vor der Wand wachsen einige Grasbüschel. Sie kriecht auf allen vieren hinter Kästen und alte Reifen, zieht das Bündel hinter sich her, schaut an der Wand hoch. Es ist gar nicht so schrecklich hoch, aber sie war abgerutscht, ihre Füße hatten sich nicht mehr halten können, sie war einfach hinaus- und hinabgeglitten. Für einen ganz kurzen Moment bleibt sie sitzen und versucht festzustellen, ob etwas gebrochen ist. Sie glaubt es nicht, aber die heftigen Schmerzen, die sie jetzt verspürt, können mehr verbergen als nur eine Fleischwunde. Sie späht durch die Reifen, hinter denen sie sitzt. Der Platz vor ihr ist leer, aber dort stehen ungeheuer viele Autos. Langsam zieht sie sich an, wischt sich mit dem Laken die ärgsten Cremeansammlungen ab, schiebt es tief unter den Reifenhaufen. Findet die Innentasche in der taillenkurzen Jeansjacke und versteckt darin die Waffe.

Diese vielen Autos, warum stehen hier so viele Autos? Und wer sind diese vielen Leute? Fabrikarbeiter? Oder Zivilpolizei? Läuft hier eine Razzia? In dem Fall hat sie noch weniger Zeit zu verlieren denn je. Sie zieht den Kopf ein und schleicht zum nächsten Auto weiter. Richtet sich auf und überlegt. Sie kann keine Stadt sehen, nur einen steilen Berghang mit schweren Nadelbäumen auf der einen Seite, auf der anderen Seite einen breiten, blanken, öden Fjord. Kein Bootsverkehr mit Lastschiffen, Tankern, Militärschiffen, nur einige kleine Boote. Es ist so offen, es ist so anders! Sie muss die Stadt finden, aus der sie gekommen ist, die Stadt mit dem großen Krankenhaus. Die muss doch einen Hafen besitzen? Als sie den Parkplatz fast verlassen hat, erstarrt sie. Langsam fährt ein Motorrad über die Einfahrt. Sie lässt sich hinter ein Auto fallen und hört das Motorrad vorüberfahren. Stille. Eine Weile. Dann Schritte, Stimmen, Autotüren, die geöffnet und wieder geschlossen werden, ein Motor wird angelassen. Sie folgt dem Auto mit den Augen, begreift sofort, dass sie dort nicht gehen kann, die viel befahrene Straße ist zu gefährlich für sie. Und in den dunklen, hoch aufragenden Wald will sie nicht. In ihrem Kopf nimmt eine Idee Form an. Sie sagt sich, dass die auch nicht weniger wahnwitzig ist, als einer Straße zu folgen, von der sie nicht weiß, wohin sie führt. Auf dem Platz steht eine Hand voll Pritschen- und Lieferwagen. In den beiden nächststehenden blinkt etwas Rotes. Ein Alarm. Der Wagen ganz außen dagegen hat keine blinkenden Lampen. Nur sind die Türen abgeschlossen, alle vier. Sie lässt ihre Augen hin und her wandern, um nichts in der Welt darf sie entdeckt und als Autodiebin festgenommen werden. Als sie auf das Schloss der Hecktür drückt, springt die auf.

Und kein Alarm schaltet sich ein. Sie riecht Hundegeruch, schaut sich vorsichtig im Auto um. Aber kein Hund springt vor und schnappt nach ihrer Kehle. Dabei liegt dort eine Decke, voller Hundehaare. Und weiter drinnen liegt noch ein Stoffstück, ein steifes Segeltuch mit angenähten Bleistücken. Sie gleitet unter dieses Tuch. Und die Decke. Macht sich klein. Macht sich ein Atemloch und wartet. Wartet. Spricht kein Gebet. Von der Königin hat sie keine Gebete gelernt, sondern nur das Überleben. Hat gelernt, aus Situationen hinauszugleiten, durch die Hintertür zu verschwinden, einen Schritt rückwärts zu machen, dann noch einen, bis sie in Sicherheit ist. Nur dumme Menschen, tote Menschen, spielen Held oder Heldin. Solche Menschen wie sie und die Königin wollen nur überleben. Jetzt liegt sie hier und überlebt. Als sie hört, wie die Autotür geöffnet wird, wie ein vor sich hin murmelnder Mann einsteigt, wie er den Zündschlüssel einschiebt und den Motor anlässt, liegt sie da und überlebt. Als er zurücksetzt, ohne zu entdecken, dass Segeltuch und Hundedecke höher liegen als vorher, liegt sie da und überlebt.

Sie liegt und überlebt ganz passiv, bis der Wagen eine scharfe Kurve macht, bei der ihre Hand plötzlich gegen etwas Hartes gedrückt wird, etwas, das in ihrer Jackentasche steckt. In der Innentasche. Die Waffe. Und die Plastiktüte mit den Patronen. Die Waffe ist sicher geladen, sie sollte doch erschossen werden. Aber sie hat sie ausgetrickst, hat Andrej ausgetrickst, hat alle ausgetrickst. Vielleicht werden sie Andrej erschießen, wenn sie feststellen, dass sie verschwunden ist. Das hat er nicht verdient, er war lieb. Hat ihr gezeigt, wo er die Waffe versteckt hatte, hat ihr Cremes gebracht, damit sie sich durch das enge Ventil aalen konnte. Ihre Hand schließt sich um ein Stück hartes Metall, sie darf jetzt nicht weinen, darf nicht um Andrej weinen. Er redet ja doch nie mit ihr, ist nur zerstreut und gereizt, kümmert sich um seinen eigenen Kram und sagt nie, wer seine Freunde sind, woher er das viele Geld hat, und warum er nicht mehr in der Fabrik arbeitet. Er hatte auch keine Zeit, um zur Beerdigung der Königin zu kommen. Das wird sie ihm nie verzeihen.

Der Wagen hält. Der Motor läuft. Dann fährt er weiter. Sie hört Geräusche. Stadtgeräusche. Autos, die fahren, Busse, die beschleunigen, eine Hupe, sie hört leise Stadtgeräusche, die durch ihre Decken gefiltert werden. Der Wagen hält und fährt weiter. Immer wieder. Sicher hält er vor Ampeln, sie wagt nicht, aus dem Fenster zu sehen. Am Ende geht es abwärts, der Motor hört sich anders an. Dann hält der Wagen. Der Motor wird ausgedreht. Und die Wagentür fällt knallend ins Schloss. Sie liegt mäuschenstill in ihrer Dunkelheit, die jählings um viele Nuancen heller wird. Sie umklammert krampfhaft die Waffe und wartet nur darauf, hinauskommandiert zu werden. Fünf Minuten lang liegt sie wie tot da, bewegt nicht einen einzigen Muskel. Zehn Minuten vergehen, fünfzehn. Dann schaut sie hervor.

Schiebt langsam ein Stück Hundedecke weg und sieht mit einem Auge. Licht. Neonlicht. Sie richtet vorsichtig ihren Oberkörper auf. Und ihr sinkt das Herz. Keller. Sie befindet sich in einem Keller! Auf einem unterirdischen Parkplatz für Menschen, die Macht haben. Die sie holen, sie aus dem Wagen zerren und zum Verhör schleifen werden. Die sie so lange festhalten werden, bis sie zusammenbricht. Sie wird ihnen von Andrej erzählen, dass er nicht mehr in der Fabrik arbeitet und kein Geld haben dürfte, dass er aber mit Dingen um sich wirft, die sie früher nie gesehen haben. Und besessen haben schon gar nicht. Plötzlich richtet sie sich noch ein wenig weiter auf. Hier stimmt etwas nicht. Hier stimmt sehr viel nicht. Die Autos, die hier stehen, hat sie nie gesehen, in den Straßen zu Hause hat sie nie solche Autos gesehen. Und die Lampen unter der Decke, an den Wänden, auch sie sind so seltsam fremd. Sie befreit sich ein wenig weiter von Segeltuch und Decke, schaut aus großen Augen in eine Kellergarage. Sie erinnert sich. Die Nummernschilder erwecken in ihr die Erinnerung, bringen Ruhe in ihre Gedanken. Sie ist nicht zu Hause. Sie war schon lange nicht mehr zu Hause, ist schon lange unterwegs. Sie befindet sich an einem anderen Ort. In einem anderen Land, dem Land, von dem sie ihr versprochen hatten ... Jetzt wagt sie, sich an das zu erinnern, was sie die ganze Zeit vergessen hatte. Sie zieht das Segeltuch über sich und weint leise. Aber die Königin lässt sie nicht hier liegen und weinen. Die Königin befiehlt ihr, aufzustehen und in jede Ecke zu schauen, jeden Winkel zu untersuchen, sich jedes Detail einzuprägen. Unter der Decke und an den Wänden hängen Schilder. Darauf ist ein gehender Mann zu sehen. Die beiden Buchstaben daneben bedeuten sicher »Ausgang«. Sie müht sich mit der Tür ab, die lässt sich nicht von innen öffnen. Sie kriecht nach vorn auf den Fahrersitz und öffnet die Tür, steht auf unsicheren Beinen auf einem Betonboden. Kein Mensch zu sehen. Aber sie hört einen Fahrstuhl. Aus diesem Fahrstuhl kommen ein Mann und eine Frau, die durchaus nicht auf sie achten, wie sie sich hier hinter einem Zementpfeiler versteckt. Sie geht auf den Fahrstuhl zu, fährt sich mit der Hand durch die Haare und spürt, dass die von Creme und Öl total verklebt sind. Dann steht sie vor dem Fahrstuhl, öffnet die Tür, geht hinein, betrachtet das Schild. Drückt.

»Niedlich, diese Studentinnen«, sagt eine Frauenstimme unten in der Tiefgarage. »Woll-Leggings und Minirock.« Der Mann schmunzelt nur und lässt den Wagen an.

Die Welt, die sie nun betritt, die Welt, die sie sieht, als die Fahrstuhltür sich öffnet, ist anders als alles andere. Sie bleibt wie gelähmt stehen, dann breitet sich auf ihrem Gesicht ein Lächeln aus, ein strahlendes Lächeln.

Hier ist es, das hier wollte sie, jetzt hat sie es gefunden.

Ein hoher, großer Raum, eine Landschaft mit Menschen, grünen Pflanzen, vielen Treppen und Fenstern, hoch oben ein Glasdach, Glaswände und Marmor, Kerzen, Kellner und Läden, Klaviermusik und schöne Kleider. Kleider. Kleider nähen zu lernen, wie diese Frauen sie tragen. Ihren Traum zur Wahrheit werden zu lassen. Sie ertappt sich plötzlich dabei, dass sie mit offenem Mund glotzt. Reißt sich zusammen, sie darf hier nicht auffallen, die Aufmerksamkeit auf sich lenken, niemand darf sie anstarren. Ein Mann kommt auf sie zu, sie sinkt in sich zusammen, er ist fein angezogen, als er sie anrempelt, sagt er »sorry« und läuft eilig weiter zum Fahrstuhl. Hinter ihm hängt der Geruch von Zigarren und Schnaps in der Luft. Aber sie hat schon den nächstliegenden Ausgang entdeckt. Eine Glastür, die sich immer wieder um sich selbst dreht. Sie steht eine Weile vor dem Glashaus, ehe sie sich näher wagt. Denn draußen liegt die Stadt, liegen die Straßen, doch die Straße, die sie hier sieht, ist hoffnungslos breit. Egal, wo sie auch sein mag, in Hafennähe ist sie jedenfalls nicht. Sie holt tief Luft und schiebt an der Tür.

Niemand achtet weiter auf eine junge Frau, die auf der Treppe zum Olavskvartal in der Stadt Trondheim steht. Weder die Fahrgäste im Flughafenbus vor dem Royal Garden noch die Fahrer am Taxiplatz finden an ihr etwas Aufsehenerregendes. Niemand starrt, sie ist nur eine normale junge Frau.

Die »normale« junge Frau schaut nach links, sieht eine flache Landschaft mit Straßen, Brücken, niedrigen Häusern. Offen. Sie dreht den Kopf nach rechts, hier ist mehr Verkehr, die Häuser stehen dichter, enger. Sie überquert die Straße und geht am Wasser entlang.

16

Der »Jäger« sah sie sofort, als sie hereinkam. Sie kam hinter drei anderen Frauen, die kannte er, aufgeblasene Studentinnen, die eigentlich total zombie im Kopf waren. Er hatte einmal versucht, mit ihnen zu reden, zu diskutieren. Aber dieses Wort gab es nicht im Wortschatz der Mädels. Die hier jedoch war neu. Sah absolut interessant aus. Als habe sie etwas im Kopf, als könne man mit ihr reden. Er sieht, wie die drei sich auf freie Stühle setzen, die zwei Jungen für sie freigehalten haben. Er sieht sie lächeln und danken. Eine bekommt einen Kuss auf die Wange. Die Letzte, die Neue, steht leicht verloren da, abgewiesen gewissermaßen. Er sieht, dass sie eine Hand auf einen Stuhlrücken legt und sich im Lokal umschaut, ihre Augen suchen einen freien Platz. Aber es gibt nicht viele freie Plätze in dieser Kneipe, der Unikneipe. Literaturabend mit Musik, neue Studiendarlehen, billiges Bier und Semesteranfang. Er stößt fast seinen Stuhl um, als er aufspringt sie am Arm packt, als sie schon wieder gehen will. Er zeigt auf seinen Tisch, er hat einen freien Stuhl. Will nicht sehen, dass sie den Kopf schüttelt, schiebt sie einfach vor sich her. Das Stimmengewirr ist so laut, dass er nur auf seine Cappuccino-Tasse zeigt und durch seine Mimik fragt, ob sie auch einen möchte. Ein rascher, forschender Blick, und sie nickt. Der »Jäger« bahnt sich einen Weg zum Tresen. Dieser Abend fängt immerhin gut an.

17

Sie war nicht richtig an diesem Ort, sie war hier einwandfrei nicht richtig. Das hier hatte sie nicht gesucht. Aber sie wusste im Grunde auch nicht, was sie suchte. Das hier aber auf keinen Fall. Egal, jetzt ist sie eine in der Menge, anonym, unter Gleichaltrigen. Obwohl die drei Mädchen sie abgewiesen hatten, ihr Lächeln erwidert, sie ansonsten aber abgewiesen hatten. Sie lässt sich auf ihrem Stuhl zurücksinken, dankt durch ein Nicken für den Kaffee, der vor sie hingestellt wird. Seltsamer Mann, er passt irgendwie nicht in diese Szene. Schräg gegenüber sitzen die drei Mädchen, an die sie sich angehängt hatte, denen sie gefolgt war. Hierher. Sie haben Biergläser vor sich stehen, diskutieren lebhaft, schauen sich um und grüßen in alle Richtungen. Sie trinkt einen Schluck Kaffee, der schmeckt süß.

Gut. Über die Tasse hinweg betrachtet sie den Mann, der ihr den Stuhl angeboten hat. Er hat etwas Intensives, etwas Unruhiges, etwas ... Er sieht nicht ganz gesund aus. Sein Körper ist zwar gesund und durchtrainiert, aber etwas stimmt nicht mit seinem Blick, seinen Bewegungen. Und dann redet er, redet wie ein Wasserfall. Sie versteht kein Wort. Aber er soll ruhig reden. Auf irgendeine Weise fühlt sie sich hier sicher. Am Ende stellt er eine direkte Frage. Sie schüttelt den Kopf. Versteht nichts. Er beugt sich ganz weit zu ihr vor und sagt etwas, ihr geht auf, dass es Englisch ist, dass er wissen will, woher sie kommt.

»Polish«, antwortet sie. Er schnippt mit den Fingern, sagt »aha« und verbreitet sich dann ausgiebig auf Englisch darüber, dass er schon einmal in Polen war. Namen von Städten werden aufgezählt. Sie einigen sich darüber, dass sie aus Danzig stammt. Dann wechselt er offenbar das Thema.

»Do you understand?«, fragt er immer wieder. Sie nickt. Sie versteht so gut wie nichts, erfasst nur Bruchstücke seines Vortrags. Es geht offenbar um »hunt«. Er ist Jäger, jagt, ist im Wald unterwegs, hat ein Gewehr und schießt und denkt. Dann erzählt er ihr von seinen Gedanken. Sie nickt ab und zu, lässt ihre Tasse noch einmal mit süßem Kaffee füllen. Merkt, dass sie jetzt müde wird. Er ist nicht müde. Er redet wie ein Wasserfall, gestikuliert und zeigt ihr allerlei seltsame Dinge, mit den Händen. Plötzlich erstarrt sie. Diese Bewegung kennt sie, das ist ein Ladegriff. Vor ihr sitzt ein Mensch, der zielt, den Finger um den Abzug krümmt und drückt, abdrückt.

»Peng«, sagt er mit glücklichem Gesicht. Und legt dann die Arme ruhig auf die Tischplatte.

»So you come?«, hört sie. »I pick you up in ten minutes.«

Das Letzte begreift sie nun gar nicht. Sie sieht nur, dass er seine Jacke schnappt, seine Tarnjacke, und aus dem Lokal rennt. Er verabschiedet sich nicht einmal. Sie atmet auf. Verrückte Mannsbilder gibt es also nicht nur bei ihr zu Hause. Aber dieser hier war doch nett, lud sie zum Kaffee ein und verschwand danach ganz einfach. Sie schaut sich um, trinkt den Rest des süßen Kaffees und betrachtet ihre Umgebung. Irgendwer baut auf einer Bühne etwas auf, ein Mann testet die Lautsprecher, »one, two, one two.« Die Anlage knackt. Er macht noch einen Versuch. Dann sieht sie aus dem Augenwinkel heraus, dass die drei Frauen, mit denen sie zusammen gekommen ist, sie betrachten. Sie stecken die Köpfe zusammen und tuscheln und flüstern und schielen zu ihr herüber. Sie fühlt sich unbehaglich, Zeit, zu verschwinden. Zu verduften. Den Hafen zu finden, Schiffe, die von Oslo weiter nach Hause fahren. Irgendein Schiff zu finden, das sie nach Hause bringt. In ein Rettungsboot schlüpfen, sich eine Plane über den Kopf ziehen und die Notration verzehren. Alle Schiffe und Boote haben doch Notrationen. Und wenn sie entdeckt wird, wird der Kapitän sie sicher nicht über Bord werfen. Sie will nach Hause, nach Hause, zu einer Sprache, die sie versteht, und zu Menschen, die ... ihr treten Tränen in die Augen. Jetzt versucht sie, ihren Traum aufzugeben. Den Traum vom Westen, den Traum davon, als Näherin dazuzulernen und für schöne Frauen schöne Kleider zu nähen. Ihre Moden kennen zu lernen, ihren Geschmack, ihre Codes. Nicht so hoffnungslos naiv an die Sache heranzugehen wie Olga und die anderen Frauen, die viele Kleider nähten und dann nach Norwegen fuhren und glaubten, die Frauen dort würden Schlange stehen. Die Frauen standen nicht Schlange. Sie lachten. Prusteten los. Fragten, ob das hier Karnevalskostüme sein sollten. Olga war völlig fertig, als sie zurückkam. Und ruiniert. Hatte sich mit einer Kollektion von Kleidern ruiniert, die niemand kaufen wollte.

Sie steht auf und geht, hat Probleme mit den flüsternden, tuschelnden Mädchen. Auf dem Gang draußen sieht sie ein großes schwarzes Brett. Daran hängen viele Plakate und weiße, eng beschriebene Zettel, Informationen. Sie sieht oben auf einem Zettel das Wort »Universität«. Daneben, hinter Glas und Rahmen, hängt eine Karte. Sie erkennt die Karte, erkennt das Land. Es ist der lange Schlauch im Westen, vor dem Atlantik, der Norwegen heißt. Aber warum ist die Stadt gleich daneben auf einer anderen Karte vergrößert? Und warum steht überall Trondheim? Sie wollten doch nicht nach Trondheim, sie wollten nach Oslo. Ist sie nicht in Oslo? Sie tritt dicht an die Karte heran, betrachtet sie, begreift, dass der breite Fjord durchaus der sein kann, den sie auf der Flucht vor Andrej und der Liquidierung gesehen hat. Oslo liegt im Süden, an einem Fjord, doch der zieht sich in die andere Richtung.

Sie befindet sich nicht in der Hauptstadt, sie ist irgendwo in der Provinz gelandet, deshalb findet sie keinen richtigen Hafen mit vielen Schiffen und geschäftigem Verkehr. Sie haben sie betrogen, die ganze Zeit haben sie sie betrogen. Haben sie und die anderen betrogen. Wo mögen die jetzt sein? Vielleicht haben sie es bis Oslo geschafft, vielleicht ist nur sie hier ausgesetzt worden. Wenn sie nur wüsste, warum. Gab es Ärger mit ihrem Pass? Sie haben gesagt, der sei in Ordnung. Oder mit der Einreisegenehmigung? Sie haben gesagt, das sei kein Problem, Norwegen brauche tüchtige Näherinnen wie sie, sie haben gesagt, zuerst bekomme sie eine Aufenthaltsgenehmigung für drei Monate, dann die Arbeitsgenehmigung, und danach werde alles laufen wie geschmiert. Denn Leute wie sie würden gebraucht. Arbeitskräfte. Sie begreift langsam, welche Art von »Arbeitskraft« damit gemeint war. Sie war einfach nur dumm. Und etwas ist schief gegangen, absolut schief. Für die anderen. Ihr Instinkt hat Recht, sie wollen sie umbringen, machen Jagd auf sie, sie muss . . . Sie stürzt zur Tür. Und voll in die Arme des seltsamen Mannes.

18

»Don't rush«, sagt er und packt sie am Arm. Führt sie aus dem Haus und zu einem Wagen, einem großen hohen Wagen. Er öffnet die Tür und schiebt sie hinein. Der Motor läuft, sie will die Tür öffnen und hinausspringen. Findet den Griff nicht, kann die verdammte Tür nicht öffnen. Schreit ihn an: »Out! I out! Please!«

»Take it easy«, hört sie, als er um eine Ecke biegt. »Take it easy.« Und er wirft ihr einige Kleidungsstücke zu, Militärkleider. Jacke und Hose in Tarnfarben. Ihr schaudert.

»We, you and I, go hunting«, sagt er und schiebt eine Kassette ins Gerät. Musik strömt heraus, die Ähnlichkeit mit der hat, die Andrej ihr gegeben hatte, der, die sie auf seinem CD-Gerät gehört hat.

»I am a kind man«, sagt er und starrt die Fahrbahn an. »I do not hurt anybody. And I like you. Please.«

Sie kann die Tür nicht öffnen, sie sitzt eingesperrt im Wagen eines freundlichen Irren. Sie atmet langsam auf, denkt an die geladene Waffe in ihrer Jackentasche, denkt, wenn er anhält und irgendwelche Versuche macht, dann wird sie . . . Sie wird jedenfalls nicht in einer Stadt, die gar nicht Oslo ist, einem Irren zum Opfer fallen.

Sie fahren. Sie fahren weit. Die Stadt verschwindet, die Lichter verschwinden, die Straße verschwindet. Er summt zur Musik, biegt von allem ab, was Ähnlichkeit mit Hauptstraßen hat, und fährt im Zickzack durch ein Gelände, das ihr eine Höllenangst macht. Durch Wald. Dichten, dunklen Wald. Das Tageslicht geht zur Neige, sie sieht die Konturen einer Wildnis. Einer undurchdringlichen düsteren Wildnis. Hoher Nadelwald. Die wenigen Lichter, die sie sieht, lassen die einsame Natur noch einsamer aussehen. Das Gewicht der Waffe in ihrer Tasche fühlt sich gut an. Endlich hält er. Biegt auf einen Parkplatz ab, schaltet den Motor aus und sagt: »Here we are.« Und dann steigt er aus. Öffnet die Tür für sie und lädt sich einen Rucksack auf. Ein zerbrochenes Gewehr schaut heraus, oder ist es ein Jagdgewehr? Auf jeden Fall ist es eine Waffe.

»No«, sagt sie, weigert sich, den Autositz zu verlassen, will hier absolut nicht weitergehen. Diese dunkle Wand, die da vor ihr aufragt, will sie um keinen Preis durchdringen. Es riecht gut, ein scharfer, kalter, frischer Geruch, aber der Mann soll sie nicht in die Irre führen. Sie wird nicht in einen dicken, undurchdringlichen norwegischen Tannenwald hineingehen.

»Come on.« Der Mann vor ihr ist jetzt ungeduldig, er sagt etwas von »a long walk« und »before it gets dark«.

»NO!«, wiederholt sie und wird gleich darauf aus dem Auto gestoßen.

»Women«, sagt er, und dann lacht er resigniert. Sie sieht, wie er Autoschlüssel und Mobiltelefon in die Tasche seiner Tarnjacke steckt. Aber inzwischen hat sie schon zu ihrer Waffe gegriffen, hat sie aus der Jackentasche gezogen und auf ihn gerichtet. Legt die Hand an den Abzugshahn und sagt noch einmal »no«. Wenn er überrascht ist oder sich fürchtet, so zeigt er das jedenfalls nicht. Er zuckt nur mit den Schultern, kehrt ihr den Rücken zu und geht. Geht wie ein Schatten über einen Weg, mit Rucksack und Gewehr auf dem Rücken, geht einfach nur. Sie schaut sich hastig um, glaubt, überall wilde Tiere und Gefahren zu sehen, sie steht allein auf dem Platz, reißt an den Autotüren. Die sind verschlossen. Und sie ist allein in etwas, das schlimmer ist als alles andere. Allein in einem Wald, meilenweit von anderen Menschen entfernt, ohne Ahnung von den Richtungen. Sie hebt die Waffe, zielt auf die Baumwipfel, das kann er ihr doch nicht antun, feuert. Sie hört nur ein Klick, ein kleines leeres Klick. Davor erschrickt nicht einmal ein Regenwurm. Sie lässt die Waffe sinken und sieht, wie er auf sie zukommt. Langsam kommt er angeschlendert, kommt ganz dicht auf sie zu, versucht nicht, ihr die Waffe wegzunehmen, die sie noch immer umklammert hält, er schaut diese Waffe nur an, mustert sie.

»Beautiful, so beautiful«, sagt er und zeigt auf ihre Tasche. »Hide it.« Und mit einer Kopfbewegung geht er wieder auf den dunklen Wald zu. Er ist verrückt. Aber hier stehen, hier allein sein, wenn die Nacht kommt ... dann wird sie verrückt.

Mit Minirock, Leggings, Stiefeln und Jeansjacke und mit einer ungeladenen Waffe in der Jackentasche folgt sie ihm und verschwindet durch das Tannenportal in einen norwegischen Nadelwald.

19

Wenn das Telefon der Trondheimer Wache für die Hinweise auch nicht gerade heißläuft, so kommen doch immerhin einige Anrufe. Ein Betrunkener, der sich an einer Hausmauer festhält, ruft an und erzählt etwas von einer Frau, mitten in der Nacht, in der Nachbarschaft des RiT. Ihr Gesicht war ein bisschen verziert, vielleicht war das die, die sie suchen? Der Mann lebt von seiner Frau getrennt und braucht deshalb keiner übellaunigen Gattin seine nächtlichen Eskapaden zu erklären. Die Polizei notiert.

Ein Taxifahrer auf dem Weg nach Skansen und zu einer Tasse Kaffee in einem Lokal, das die ganze Nacht geöffnet hat, meldet ein Mädchen, das von der Ila-Kirche kam und sich im Gebüsch versteckte, als er vorbeifuhr. Sicher eine Gymnasiastin auf Abwegen, die schreckliche Angst vor einem nächtlichen Streifenwagen hat, hatte er gedacht. Aber es könnte doch auch . . . Die Polizei notiert. Ein Bote, der im Halbschlaf über die Fußgängerbrücke radelte, um »Adresseavisen« auszutragen, meldet sich nie. Der Junge liest keine Zeitungen, er trägt sie nur aus. Im Halbschlaf.

Und kein Pieps kommt von dem Mann, der ihr den Platz in der Herberge verschafft hat.

Ihnen war nichts anderes übrig geblieben, sie hatten eine Suchmeldung herausschicken müssen, nachdem die Frau aus dem Krankenhaus verschwunden war. Es ist unmöglich, einem ganzen Krankenhaus einen Maulkorb zu verpassen. Sogar Sundt hatte das eingesehen. Einem Krankenhaus, das auf dem

Kopf stand und überall nach einer verschwundenen Patientin suchte, in Kleiderschränken und Kellergängen, in Fahrstuhlschächten und Wäschekammern, unter Betten und überall. Sie konnten sogar ihre Kleidung beschreiben, dafür sorgten die Verwandten der Frau im Nachbarzimmer. Es war ein teurer Mantel, mit Seidenfutter, aber eigentlich war er hoffnungslos anonym, dachte Anne-kin Halvorsen. Sie und Vang schauten kurz in der Wache vorbei, um ihre Computer auf neue Informationen hin zu überprüfen. Sie hatten die Unterstadt mit ihren Kneipen und Lokalen und Gastwirtschaften erledigt, hatten im Hafen mit Kontaktpersonen gesprochen, hatten unter Brücken und an Orten nachgesehen, wo sich möglicherweise Leute aufhielten, die etwas gesehen hatten, die etwas wussten, wenn sie ihnen nur hart genug zusetzten. Niemand wusste etwas, alle litten an Alzheimer. Wie immer. Das Einzige, was bei der Aktion herauskam, war, Büsche und Sträucher und der Fluss mussten einiges an Drogen zu sich nehmen. Anne-kin war das scheißegal, sie und Vang suchten schließlich nicht danach. Sie gab Vang ein Zeichen, die Suche unter freiem Himmel fortzusetzen. Vang riss sich widerstrebend von seinem Bildschirm los und kam angetrottet.

»He, Action-Kalle«, sagt sie und stupst ihn in die Seite. »Ist es nicht toll, in der Glotze zu sein? Fescher junger Ermittler und fesche junge Ermittlerin auf Polizeijagd in der großen fiesen Welt?« Der Kollege grunzt nur. Anne-kin weiß, dass er später an diesem Abend ein wichtiges Stelldichein hat. Alle Stelldicheins sind wichtig für Vang. »Los geht's«, sagt sie und sie gehen die Hintertreppe zum Parkplatz hinunter. Und zur Akutwache.

Die Akutwache ist nicht überfüllt, sie sieht nur so aus. Bei den »Akuten« handelt es sich um zwei Mädels, sie sehen aus wie Schwestern. Ein Teil vom Arm des Gesetzes wuselt um sie herum. Anne-kin mustert die eine. Es ist eine kleine, schlaffe, klapperdürre Person mit rotschwarz gefärbten Haaren und jeder Menge Blechgebammel in Ohren, Nase und an den Fingern. Sie läuft mit ihrem Gebammel hin und her und scheint verzweifelte Sehnsucht nach dem nächsten Schuss zu haben. Die andere kehrt ihr den Rücken zu. Auch sie hat rotschwarz gefärbte Haare, hat etwas mehr Fleisch auf den Rippen, sieht nicht so verzweifelt aus. Hat hier und dort Ringe sitzen. Und ist stocksauer. Spuckt eine lange, beredte unglaubliche Wortreihe aus, bei der die Uniformen zurückfahren.

Anne-kin grinst. Toll, dass die Herren Boys auf verbalen Widerstand stoßen.

Dann dreht das Mädel sich um. Schaut Kommissarin Halvorsen in die Augen. Anne-kin fährt zusammen.

Du hier?, denkt sie. Die beiden, die gerade die Mädels registrieren, schauen unruhig zu ihr herüber. Die Miene von Kommissarin Halvorsen gefällt ihnen nicht. Die Frau scheint sich zu amüsieren.

Anne-kin Halvorsen amüsiert sich nicht, wenn das hier die Messerstecherin ist, die Messerstecherinnen, die die Spitzel aus Nyhavn eingebuchtet haben, dann sind sie noch blöder, als sie gedacht hatte.

»Hallo«, sagt die wütendere Rotschwarze. Anne-kin erwidert den Gruß. Sagt »hallo«. Sieht im selben Moment, dass das andere rotschwarze Bündel einknickt, dass ihre mageren Beine nachgeben und ihr Körper zu Boden sinkt. Sofort sind sie da, die Helfer, und ziehen sie auf die Beine. Sie sieht aus wie eine zerzauste Hinterhofkatze.

»Sie muss zum Arzt«, sagt die andere.

»Danke«, sagt ein Kollege schroff zu Anne-kin. »Aber das entscheiden wir.« Anne-kin seufzt, dreht sich zu ihm um und sagt:

»Du solltest auf eine ausgebildete Schwesternhelferin hören, Sæter.« Sie nickt zur Rotschwarzen hinüber. »Und wenn ihr Karin K. in Lamoen gefunden habt, dann ist das kein großes Wunder. Da wohnt sie nämlich, und wenn ich mich nicht sehr irre, dann bist du eine der Leiterinnen der Aktion ›Lamoen soll leben‹.« Sie wendet sich wieder an die Frau, die vor ihr steht, und die kriminell geworden ist, weil sie nicht so aussieht, wie sich das für eine Schwesternhelferin gehört. Karin K. nickt.

»Danke für die Unterschrift«, sagt die. Und lächelt. Anne-kin erwidert das Lächeln und fegt aus dem Raum, ohne auf die glotzenden Gesichter ihrer Kollegen zu achten. Sie hört Vang hinter sich lachen. Er findet es immer wieder komisch, wenn andere sich blamieren. In dieser Hinsicht ist er kindisch, ihr Vangi. Aber im Grunde geht es ihr nicht viel anders. Denn wenn Karin K. irgendwen erstechen würde, dann garantiert keinen alten Penner. Bürgermeister Marvin wäre da schon eher ihr Stil. Er und die Gemeinde Trondheim, die Trondheimer Stadtentwicklungsgesellschaft und alle öffentlichen Personen in allerlei Behörden, die ihre und die Wohngegend von hunderten anderen Jugendlichen wegsanieren wollen. Und die der wenigen Älteren, die sich in ihren Wohnungen auf der falschen Seite der Eisenbahnlinie festgekrallt haben.

»Du machst keine Witze«, fragt Vang, als sie den Parkplatz verlassen. »Sie ist das, was du behauptet hast, oder?«

Kann die Schadenfreude wohl nie hinter sich lassen, dieser Vang. Anne-kin lässt sich nicht zu einer Antwort herab.

»Wo sollten wir jetzt anfangen«, fragt sie. »In der Uni? Den Gemeindezentren? Bei der Heilsarmee?« An den üblichen »Zufluchtsorten« ist der »Spatz« ja nicht zu finden. Kein Taxifahrer, Busfahrer, Straßenwagenschaffner hat sich von der Suchmeldung angesprochen gefühlt. Sie kann die Fähre genommen haben, sich an Bord geschlichen haben. Ein LKW kann sie mitgenommen haben, obwohl die Gesellschaften auch informiert worden sind. Sie kann mit einem Privatwagen per Anhalter gefahren sein. Einen Linienflug hat sie auf keinen Fall genommen.

»Sie kann in Hustadvika in einer Kapitänskajüte sitzen oder in einem Graben oder unter einem Gullydeckel liegen«, schlägt Vang hilfsbereit vor. Kommissarin Halvorsen schaut ihn wütend an.

»Wir gehen davon aus, dass sie noch in der Stadt ist. Und zwar lebendig«, fügt sie für sich selbst hinzu.

Sie peilt die Oststadt an, fragt sich, warum eigentlich? Dort gibt es doch im Grunde nur Straßen und Mietskasernen und kaum Lokale oder Verstecke für eine, die sich nicht auskennt. Es hat also Zeit. Sie macht kehrt und fährt über die Bakkbrücke zurück. Andere Ermittler nehmen sich andere Stadtteile vor. Sie hält vor dem Royal Garden und Vang will unbedingt einen Kaffee trinken, ehe sie die Kjøpmannsgate absuchen, die Søndre gate absuchen, die Stichstraßen Thomas Angels-, Dronningens- und Kongensgate absuchen. Hier liegt ein Lokal neben dem anderen. Vang bekommt bei dem bloßen Gedanken schon Blasen und Löcher in den Socken.

Im Bierkeller der Olavshalle steht Randi hinter dem Tresen. Das Lokal ist frisch renoviert, aber Randi ist noch die Alte. Sie nickt Anne-kin zu und will einen Halben zapfen, wirft dem Schnurrbartcharmeur Vang einen schrägen Blick zu und begreift, dass Anne-kin im Dienst ist. Sie sagt unaufgefordert, sie habe Augen und Ohren offen, doch leider, leider bisher keine »Verdächtige« gesehen. Jedenfalls keine, die Ähnlichkeit mit der hatte, über die sie in der Zeitung gelesen hat.

»Daniel aus Veita«, der längst Veita verlassen und sich an der Ecke gegenüber dem Staatlichen Alkoholladen hinter Einwegfensterscheiben angesiedelt hat, ist der nächste Anlaufpunkt. Gut, dass er dort sitzt, dann hat die Polizei doch eine Illusion vom Standort des Drogenhandels in der Stadt. Daniel will gerade Feierabend machen. Er besteht aus schlechter Erfahrung darauf, seinen Laden zu schließen, ehe die anderen öffnen. Und dann haben sie noch die Norwegische Bank und die Bibliothek. Sie schauen beim Bibliothekscafée Gjest Baardsen vorbei, für Nichtraucher und Nichttrinker, aber mit dem besten Kuchen der Welt. Geschlossen. Die Schwulenkneipe ›Remis‹ im altehrwürdigen ›Haandverkeren‹ freut sich immer über neue Kundschaft. Sie werden hereingedienert. Anne-kin hat wirklich den Eindruck, dass der Charmeur Vang seinen Hintern einzieht. Sie grinst. Witziger Typ, dieser Vang, im Grunde hat er Schiss. Und dann bleiben ihnen nur noch Trondheims einziges schlossartiges Bauwerk, ein Heim für Senioren und vor allem Seniorinnen, und der Dom. Sie machen auf dem Absatz kehrt und folgen der Piste entlang der Bootsanleger.

»Hast du gewusst, dass die Straße früher mal ›Søgaden‹ hieß, also Seestraße?«, fragt Anne-kin ihren Kollegen. »Dass das sozusagen die Hafenschuppen und Klohäuschen der Kaufleute waren, die dort?« Sie zeigt auf die leicht pompösen Steinbauten der Kjøpmannsgate.

»Verschon mich«, lautet die Antwort. »Ich weiß nur, dass die Ausgrabungen hier auf Jahre die Anlage von Wasserleitungen, Kloaken und Stromleitungen verzögert haben, weil sie hier Klos entdeckt hatten. Die sie für historisch hielten. So richtig stinkende Wikingerlatrinen!« Anne-kin kichert. Der Historiker Vang hat ja wirklich tolle Perspektiven.

Das Klatschcafée ›Breiflabben‹ hat geschlossen. Sie schenken sich den ersten Stock, in dem ein Fischrestaurant für anspruchsvolle Gaumen und dicke Brieftaschen liegt. Danach gibt es einige Sprachprobleme, denn hier liegen die China-Restaurants, die lieber keine vermissten Mädels auf der Speisekarte haben wollen. Und aus dem Lokal, dem Café für Bosnier, muss Anne-kin Vang schnell hinausziehen, weil er den Gästen eine Heidenangst einjagt.

Noch ehe sie die Unikneipe betreten, stoßen sie auf eine solide Klangmauer. Auf der Bühne steht eine Band, die absolut nichts mit Stromsparen am Hut hat. Die Dezibel werden nur so in den Raum gepumpt. Halvorsen und Vang stehen in der Türöffnung, das Lokal ist überfüllt. Dann schlagen die Dezibel in Applausssalven um und ein Mann entert die Bühne. Ein Poet. Er trägt seine Gedichte vor. Anne-kin lauscht, die sind wirklich nicht schlecht, sie haben etwas, sie haben . . . Plötzlich wird sie energisch in den Arm gekniffen.

»Muss das sein? Muss das wirklich sein?« Vang sieht restlos verzweifelt aus.

»Ja«, faucht sie zurück. »Wir müssen bis zur Pause warten.

Du, als großer starker und zäher Mann, such uns einen Tisch!« Vang verdreht die Augen und geht zum Tresen, lässt sich Klappstühle geben, und sie setzen sich. In der Pause geht sie zum Tresen, bittet um zwei Kaffee und stellt ihre Fragen. Vang sieht einfach nur unglücklich aus. Im Saal wimmelt es dermaßen von zartem Lammfleisch, dass der Arme nicht weiß, wohin er schauen soll, denkt Anne-kin. Sie dreht sich zu der Tresenfrau um. Im Lärm der Pausenmusik zeigt die diskret auf drei Mädchen, die an einem Tisch sitzen.

»Frag die«, sagt sie. »Als sie gekommen sind, waren sie zu viert.«

Kommissarin Halvorsen bahnt sich einen Weg. Und wird mit Misstrauen empfangen.

Sie haben nichts gesehen und nichts gehört. Sie sind nicht zu viert gekommen, sondern zu dritt. Dass sich ein Wesen an ihre Hacken geheftet hatte, das mag ja sein, aber sie kannten diese Person nicht und hatten sie nicht eingeladen. Sie hat sich einfach an sie gehängt. Dann verstummen sie. Schauen in die Luft und warten auf den nächsten Poeten. Anne-kin Halvorsen geht zurück zur Tresenfrau und nimmt sie beiseite. Sie hat keinen Nerv, immer weiter Fragen zu stellen, während ihr Gegenüber ins Bierzapfen vertieft ist.

Diese junge Studentin hat wirklich ein glänzendes Gedächtnis, denkt Anne-kin, Zeitdruck und reißender Absatz helfen dem Erinnerungsvermögen auf die Sprünge. Doch, die Tresenfrau kann sich an die Frau erinnern, die hinter den dreien gekommen ist und doch allein war, doch, sie weiß noch, wie sie gekleidet war. Und dann kommt eine Beschreibung einer Kleiderordnung, die Kommissarin Halvorsen jegliche Hoffnung nimmt, dass sie dem »Spatz« auf der Spur sein könnten. Anne-kin verliert das Interesse, gibt der anderen zu verstehen, dass sie wieder ihre Bierzapferinnenposition einnehmen kann.

»Und außerdem war sie blond und sehr hübsch. Hatte ein paar Wunden auf der Stirn«, sagt die auf dem Rückweg zum

Tresen. »Und als ich am Tisch vorbeiging, hörte ich sie sagen, dass sie aus Polen stammt.« Kommissarin Halvorsen fährt herum, packt die andere am Arm.

»Aus Polen? Und sie war allein, hast du gesagt. Hat sie Selbstgespräche geführt?«

»Der ›Jäger‹ hat ihr Gesellschaft geleistet«, lautet die Antwort. »Sie saß an seinem Tisch und ich glaube, sie hat kein Wort von seinem Gerede gerafft. Hat einfach immer nur genickt.«

»Der ›Jäger‹«, sagt Anne-kin und umklammert weiterhin ihren Arm. »Wer ist das?«

»Ein etwas seltsamer Stammgast«, sagt die Tresenfrau. »Eine Art ewiger Student, jobt ein bisschen, studiert ein bisschen und geht ausgiebig auf die Jagd. Wir haben seine Jagdgeschichten allesamt restlos satt.«

Anne-kin lächelt.

»Hat dieser ›Jäger‹ auch einen Namen«, fragt sie. »Eine Adresse oder so?«

»Er ist nicht so arm, wie du vielleicht denkst«, sagt die Studentin. »Er fährt eine Spitzenkarre mit Allradantrieb und wohnt in einer Supergegend.« Sie nennt eine ungefähre Adresse und einen Nachnamen. Du hattest schon mal ein Auge auf ihn geworfen, denkt Anne-kin, als sie sich nach dem Vornamen erkundigt. Und ihn erfährt, dankt, sich Vang schnappt und beide aus dem Laden bugsiert, ehe der nächste Poet auf die Bühne steigt.

»Wir haben noch nicht alle Kneipen durch«, grunzt er, als sie ihn am Arm nimmt und auf den Wagen zustrebt.

»Die können warten«, sagt Kommissarin Halvorsen und will nicht mehr verraten, ehe sie im Wagen sitzen.

»Hier«, sagt sie, »hier sind ein Name und eine Adresse. Der Mann hat sich früher heute Abend mit einer Frau unterhalten, die dem ›Spatz‹ ähnlich sah, einer mit Wunden im Gesicht, die sich als Polin ausgegeben hat. Die Kleidung stimmt zwar nicht, aber . . .« Vang streckt die Beine aus, findet eine Pause eigentlich ziemlich gut.

»Die Wache soll Wagentyp, Modell und Nummer überprüfen«, sie nickt zu seinem Handy hinüber. Ausgesprochen widerstrebend führt Vang diesen Auftrag aus, er hat noch nie gern von Frauen Befehle entgegengenommen. Sie fahren zur angegebenen Adresse, die nicht weit von der Alten Stadtbrücke entfernt liegt. Ein steinernes vierstöckiges Haus, mit Aussicht über die ganze Stadt. Sie schellen. Keine Reaktion. Sie schellen noch einmal. Alles tot. In seiner Wohnung brennt nur wenig Licht. Und vor dem Haus steht kein Wagen mit Allradantrieb. Sie setzen sich ins Auto und warten. Die Nacht ist noch jung.

Sie ruft bei der Wache an, erzählt, »was bisher geschah«, und lässt sich ihren Vorschlag bestätigen.

Danach bittet sie Vang, sich die restlichen Lokale in der Kjøpmannsgata vorzunehmen, während sie im Auto sitzen bleibt, und er sagt nicht nein. Vang wartet nicht gern. Vang mag Bewegung, mag »Äkschn«. Warten ist nicht seine Stärke.

Anne-kin schiebt den Sitz zurück, versucht die Beine auszustrecken, lässt sich zurücksinken und hat den ganzen Himmel und die Häuser und den Bürgersteig mit den Rosenbüschen vor den Mauern unter Kontrolle. Unter Blick-Kontrolle. Die Wohnungen hinter den hohen Fenstern im Erdgeschoss und im ersten und zweiten Stock kommen ihr gemütlich vor. Den dritten Stock sieht sie nicht, dort liegt eine Dachwohnung. Der »Jäger« wohnt im ersten Stock. Im Keller scheint ein Musikfreak zu hausen. Vielleicht ein Student. Keine Vorhänge, keine Topfblumen, kein gar nichts. Nur weiße Wände mit Jimi-Hendrix-Plakaten, Dylan und Himmel! Ist das Tina Turner? Vielseitigen Geschmack hat der Knabe, der auf dem Boden sitzt und vor sich hintrommelt. Sein Kopf bewegt sich auf und ab, seine Hände ebenso. Große Trommeln, kleine Trommeln, harte Schläge, weiche Schläge. Anne-kin starrt ihn fasziniert an. Dann reißt sie sich zusammen und hält Ausschau nach einem Auto, das hoffentlich bald angefahren kommt. Einem Jeep

Cherokee 1995. Dieser Information folgte ein Pfeifen. Echte Statuskarre für fesche Jungs mit Jagd als Lebensinhalt. Kein Jeep Cherokee kommt. Kein »Jäger«. Nur ein hoch gewachsener gut aussehender dunkler Typ mit Pferdeschwanz und einem gewaltigen Neufundländer. Der Hund hebt das Hinterbein und schießt einen langen Strahl gegen einen Laternenpfahl ab. Markiert aufs Heftigste. Anne-kin grinst. Am Ende kommt Vang. Er ist sauer. Anne-kin Halvorsen will den Grund gar nicht wissen, bringt es nicht über sich, ihm zu erzählen, dass er als Spitzel im Grunde total ungeeignet ist, mit seinem Schnurrbart, der schreit doch schon auf weite Entfernung »Bulle«. Solche Schnurrbärte sind ja nett in lustiger Runde, aber davon kann im Moment wohl kaum die Rede sein. Aber ein frisch rasierter Vang? Ein gerupfter Truthahn? Diesen Gedanken lässt sie sofort fallen.

Sie werden von einem neuen Team abgelöst und fahren in ihre Wohnungen und warten dort. Für Anne-kin bedeutet das, dass sie das Telefon mit unter die Dusche nimmt und die Anlage im Wohnzimmer ausgeschaltet lässt. Kein einziger Bluesston ist aus ihrem verdunkelten Heim zu hören. Sie setzt sich einfach aufs Sofa, zieht die Beine an, hat Kissen hinter Rücken und Kopf und betrachtet schläfrig die Welt im Laternenlicht vor ihrem Fenster. Nickt ein. Sieht ein Lichtspiel, ein Windschattenspiel im Septemberlaub und in den Baumwipfeln, das ihr Wohnzimmer in einen Zauberwald verwandelt, einen wogenden, tanzenden Zauberwald. Fast, als habe sie Gäste bekommen. Als hielten die unterirdischen Geister und Feen, die Wichtel und Schwanenfrauen ihrer Kindheit in ihrer guten Stube ein übermütiges, lautloses Gelage ab. Sie machen ihr keine Angst, sie lebt mit ihnen, seit sie ein Kind war. Sie kommen ihr fast vor wie Verwandte.

Mit einem zischenden Schnarchen aus engen Nebenhöhlen schläft Kommissarin Halvorsen dann ein.

Es sticht. Es schlägt. Es schreit. Tote Menschen und wilde Vögel schreien. Tannennadeln und Spinnen stechen. Zweige peitschen und zerkratzen ihr Gesicht, Lippen, Wange. Und überall liegen Schlangen auf der Lauer, hinter jeder Wurzel, hinter jedem Baum liegt giftiges Gewürm, und Zweige bewegen sich, wenn sie weiter stolpert. Dünne Fäden im Gesicht, etwas Dünnes, Seltsames im Gesicht. Und dann ist es so still, so dunkel, so finster, so grausam still und finster und dunkel.

Sie spricht kein Gebet, sie weiß kein Gebet, sie kennt nur das Wort der Königin: Überleben! Sie ruft ihn, fleht ihn an, zu warten. Er wartet. Sie hält sich an seinem Rucksack fest, lässt ihn nicht los, geht dicht, dicht wie ein Schatten hinter ihm her, wird zu seinem Schatten. Richtet ihren Blick auf das durchgebrochene Gewehr, das auf und ab wippt, richtet ihren Blick darauf. Und lässt ihn dort ruhen.

Sie sind seit Stunden unterwegs, seit Tagen, seit Monaten. Sind schon so lange unterwegs, dass das Tageslicht ganz verschwunden und die Welt undurchdringlich schwarz geworden ist. Gehen und stolpern. Stolpern und gehen. Immer im Kreis. Gehen tiefer in etwas hinein, aus dem sie nie wieder herausfinden wird. Sie klammert sich an dem Rucksack vor ihr an.

Plötzlich bleibt er stehen. Bleibt stehen, dreht sich um und sagt:

»Here we are.« Und dann macht er Licht, schaltet eine Taschenlampe ein. Lässt den Lichtstrahl über Steine, Steine und noch mehr Steine fegen. Sie befinden sich in einer gewaltigen Geröllhalde.

»Here we are«, sagt er noch einmal und lässt den Lichtstrahl über mit Moos und Flechten bewachsene Steine fegen. Und zwischen allen Steinen und allem Moos öffnet er eine Tür, eine mit Moos bedeckte Tür, die weich ist wie Sackleinen. Sie glotzt.

Starrt. Denn im Lichtkegel sieht sie einen Raum, sieht eine große Feuerstelle, Pritschen, sieht einen Tisch.

»Come«, sagt er und stößt sie hinein.

Während sie ihre unbrauchbare Waffe umklammert, sieht sie einen Mann Feuer machen, sieht einen Mann ins Feuer pusten, sieht ein Feuer, das aufflammt und das seltsame Zimmer erleuchtet, in dem sie sitzt.

Das muss eine Höhle sein, eine Grotte oder sonst etwas Unterirdisches.

»Kate«, hört sie. »Wir nennen das Kate.« Sie lächelt schwach.

»Nobody ever finds it.« Ihr schaudert.

»It is hidden in the ›Geröllhalde‹.« Sie nickt noch einmal, soll der Mann doch seine unbegreifliche Sprache sprechen. Sie selber umklammert krampfhaft das, was fehlt, was nicht in der Pistole war, was in der Plastiktüte in ihrer Jackentasche steckt. Die Kugeln. Die sie ins Magazin der Waffe schieben muss, um schießen zu können. »Sit down«, sagt er. Sie setzt sich an die Kante einer grob zurechtgehauenen Bank vor der Wand. Es riecht nach Mann und nach etwas Harschem. Es riecht nach Rauch von der Feuerstelle, und nach einer Weile riecht es nach Kaffee. Er drückt ihr einen Becher in die Hand, der Becher ist glühend heiß. Die ganze Zeit ist er beschäftigt, öffnet zwei Bündel, schüttelt sie, zwei Schlafsäcke, stellt sein Gewehr in eine Ecke und fängt an, einen Tisch zu decken. Mit seinem Fahrtenmesser schmiert er Brote, packt eine schwarze Wurst aus. Ihr läuft das Wasser im Munde zusammen, jetzt merkt sie erst, wie groß ihr Hunger ist. Die Kerze wirft ihr flackerndes Licht durch das Zimmer, der Tisch liegt im Licht, sie wagt nicht, in die Ecke zu schauen. Der Raum scheint in einer Steinlandschaft mit Höhlen, Gängen und seltsamen Schatten zu verschwinden.

»Help yourself.« Er nickt zum Tisch hinüber. Sie muss nicht genötigt werden, sie macht sich schon über das zweite Brot her, noch ehe sie das erste verzehrt hat. Er lächelt sie an.

»Hungry?«, fragt er. Sie nickt. Isst weiter. Gierig nach frischem Brot und Butter und Wurst. Und glühend heißem Kaffee. Sie betrachtet ihn aus dem Augenwinkel heraus. Er sieht wirklich seltsam aus, wie auf dem Sprung zu irgendetwas, als sei sein Körper mit soviel Energie gefüllt, dass er bersten könnte wie die Sprungfeder einer Matratze.

»Let me see«, sagt er plötzlich und streckt die Hand aus. Sie schüttelt den Kopf, weicht zurück. Er zuckt nur mit den Schultern und räumt den Tisch ab. Dann zieht er einen verbeulten Flachmann hervor, füllt den Verschluss, trinkt, füllt ihn noch einmal und reicht ihn ihr. Sie schüttelt noch einmal den Kopf. Er kippt den Schnaps und dreht den Verschluss wieder fest. Offenbar will er sich also doch nicht betrinken.

»Medicine«, sagt er und rülpst. Das hört sie nicht zum ersten Mal, sie hat oft gehört, dass der viele Wodka, der den Menschen die Vernunft nimmt, im Grunde »Medizin« sein soll. Medizin, um die traurige Welt zu vergessen. Sie begreift nicht, wieso er solche »Medizin« braucht. Reicher Mann in einem reichen Land mit Freiheit und großem Auto. Teure Kleidung, genug zu Essen, Gewehr. Das hat er in eine Ecke gestellt, dort, wo er den einen Schlafsack ausgebreitet hat. Sie muss eigentlich aufs Klo. Aber sie traut sich nicht, kann die Vorstellung nicht ertragen, sich zwischen riesigen Steinen und hohen Bäumen zu entblößen. Geräusche zu hören, wie sie sie noch nie gehört hat.

Die Hitze des Feuers macht sie schläfrig, ihr ist vorn warm und hinten kalt. Kein Wunder, hinten lehnt sie ja an einem Stein. Sie fröstelt.

»Take this«, sagt er und wirft ihr den einen Schlafsack zu. Sie hat keine große Wahl. Müde und satt und am ganzen Leib wie gerädert rollt sie sich auf der Pritsche zusammen, zieht den Schlafsack über sich und will sich nur für einen Moment ausruhen. Will nicht schlafen, will wirklich nicht schlafen, dann wird sie tot oder vergewaltigt oder in Stücke zerlegt sein, wenn sie erwacht. Sie will einfach auf der Pritsche liegen und ihn im Auge behalten, will nur für einen Moment das eine Auge zumachen.

Tief im Schlaf spürt sie, dass jemand eine Decke über sie breitet. Die riecht ein wenig nach Schimmel.

21

Sie erwacht in aller Frühe und ist nass. Nass im Schritt, an den Oberschenkeln, an den Hüften. Sie stöhnt, befreit sich von Schlafsack und Decke, sieht auf der anderen Pritsche einen Rücken liegen. Schwaches weißes Licht sickert durch ein Fensterchen. Sie kommt mühsam auf die Beine, geht zur Tür, öffnet sie langsam. Und schlüpft hindurch. Triefnass. Sie reißt die Leggings nach unten, setzt sich hin, lässt alles strömen. Und erst danach sieht sie sich um. Schaut gegen eine Felswand. Eine schmale Klamm führt hinauf in die Welt, die aus einem hohen Himmel besteht. Einem knallblauen, eisblauen hohen Himmel. Unter dem Himmel gibt es Wald, grünen Tannenwald mit einigen roten und gelben Farbtupfern. Und darunter liegt ein See. Oder ist das ein Spiegel? Ohne jegliche Kräuselung des Wassers liegt er da, umkränzt von gelbem Moor. Über dem Moor schwebt Nebel, leichter, hauchzarter Nebel. Er ist in Bewegung. Und kein Geräusch ist zu hören. Nur das Sickern von etwas Feuchtem über einem Stein. Gibt es in diesem Wald keine Tiere? Keine Vögel? Nichts, was lebt? Er hat sie allein schlafen lassen. Warum? Er hat sie nicht vergewaltigt. Warum? Sie stolpert wieder in die Kate, sieht, dass er noch immer bewegungslos daliegt und ihr den Rücken kehrt. Aber er ist wach, sie ist sicher, dass er wach ist. Sie zieht ihren Pullover weit nach unten, streift die nassen Leggings ab, schnappt sich die Tarnhose, die sie vorher nicht anziehen wollte. Jetzt dann ist sie angezogen, ist bedeckt.

»Slept well?«, hört sie, als er sich umdreht. Mit schmalen Augen und einem breiten Grinsen. Kaum hat sie genickt, da ist der Mann auch schon auf den Beinen und macht tausend

Dinge zugleich. Macht Feuer, setzt Kaffee auf, geht draußen pissen, schmiert Brote und holte seine Waffe. Macht sich daran zu schaffen und redet dabei die ganze Zeit. Diese Waffe macht ihr eine Gänsehaut. Wie auch sein ganzes Gerede. Worüber redet er denn bloß? Die Augen glühen, der Mund bewegt sich unaufhörlich. Dann winkt er sie zu sich, will ihr etwas zeigen. Winkt ungeduldig. Zögernd setzt sie sich neben ihn, sieht eine Waffe, die vor ihr auf dem Tisch liegt, poliertes Mahagoni, sieht diverse Schaubilder mit allerlei Vögeln. Und Wild. Sie kennt keins dieser Tiere. Vielleicht den Vogel ganz unten in der linken Ecke, so einen hat sie schon mal gesehen.

Er will ihr den Gebrauch der Waffe erklären. Endlich begreift sie, dass er ihr den Gebrauch der Waffe erklären will. Will ihr Gelände und Schlupfwinkel und Windrichtungen und die Kunst des Anschleichens erklären. Ihr Ladegriff, Sichern, Entsichern beibringen, ihr die Bewegungen der Vögel klarmachen. Das glaubt sie jedenfalls. Dann drückt er ihr die Waffe in die Hand, besteht darauf, dass sie sie auseinandernimmt, wieder zusammenbaut, sich zum Schießen hinlegt. Er demonstriert ihr das Schießen im Liegen und im Stehen, springt auf und ab, legt sich über den Tisch, zielt durch das Fensterchen, zielt, zielt. Sie will nicht. Will nicht, verdammt noch mal. Er schmunzelt nur und fängt von vorne an. Drückt ihr das Gewehr noch einmal in die Hand.

»You try«, sagt er. »Come on.« Sie sagt ihm in ihrer eigenen Sprache, dass Waffen sie nicht so faszinieren wie ihn, sie findet die Vorstellung, Vögel oder was auch immer abzuschießen, einfach grauenhaft. Sie weigert sich. Aber er lässt nicht locker. Er ist starrköpfig, er hat eine Schülerin gefunden. Er gibt nicht nach.

Drückt sich auf den Tisch, drückt ihr das Gewehr an die Schulter, sagt, sie solle zielen. Auf die Türöffnung zielen. Die Waffe ist schwer. Aber sie zielt. Zielt durch die offene Tür auf den blitzblauen Tag draußen und gehorcht. Er sagt, sie solle abdrücken. Und wenn jetzt jemand kommt, denkt sie, will er sie zur Mörderin machen? Und drückt ab. Wird vom Rückstoß rückwärts geschleudert und lässt die Waffe zu Boden fallen. Er lacht. Hebt die Waffe auf und lacht. Zieht sie auf die Beine, reibt ihre Schulter und reicht ihr das Gewehr noch einmal.

»Drücken!«, sagt er und drückt es hart gegen ihre Schulter.

Sie will nicht! Will nicht! Sie wirft das Gewehr hin, versetzt ihm einen Tritt. Trifft es mit der Schuhspitze und will es in eine Ecke befördern. Und hört in diesem Moment einen ohrenbetäubenden Lärm. Einen Lärm, der an Felswänden und Lehmboden widerhallt und einfach kein Ende nehmen will. Sie hustet Erde und Moos und Staub und in der Staubwolke sieht sie einen Mann wie ein Lappenbündel in sich zusammensinken. Blut strömt aus ihm heraus. Sein Tarnhemd wird dunkler und dunkler, die Hände, die sich gegen seine Brust pressen, bekommen seltsame Muster. Sie tropfen. Tropfen auf die Pritsche, auf der er dann umsinkt.

Die Stille danach ist grauenhaft. Sie hört nichts, nur das Klirren in ihren Ohren, eine Art seltsame Klirrmusik. Er sitzt auf der Pritsche, an die Wand gelehnt, an die Steinwand. Hat den Kopf zurückgelegt und reißt den Mund auf. Sie schüttelt ihn. Keine Reaktion. Sie schlägt ihm ins Gesicht. *Aufwachen!* Heult sie. Fleht sie. Er achtet nicht auf ihr Flehen. Voller Angst schaut sie sich um, ihr fällt etwas von Verbinden und Blut stoppen ein. Sie kann nichts finden. Keinen Verband, keine Vorhänge oder Tischdecken, die den Blutstrom aufhalten könnten. Das Blut versiegt von selber. Es legt sich wie eine zähe Masse auf seine Brust. Er ist tot. Sie fährt zurück und sieht neben sich eine Frau stehen, die ihr ähnlich sieht und doch wieder nicht. Und in den innersten dunklen Ecken sitzt die Königin. Sie hört aus den Steinen deutlich ihre Stimme: *Überleben! Überleben! Überleben!* Die Frau neben ihr handelt rational. Sie tritt einen Schritt vor, schnappt sich ein Stück Papier, wischt das Gewehr ab, lehnt es gegen den Mann, der auf der Pritsche sitzt, lässt es auf die geronnene Blutmasse auf seiner Brust zielen, entfernt alles, was darauf hindeuten könnte, dass sie hier zu zweit waren, reibt

Pritschen und Türklinke und Kaffeebecher ab. Stellt einen Becher zurück in das Holzregal, aus dem er ihn genommen hatte. Wischt Brotmesser und Fahrtenmesser ab. Und die ganze Zeit weint sie. Weint lautlos. Die Tränen strömen ihr einfach über die Wangen. In ihrem Leben gibt es viele Männer, die sie gern umgebracht hätte, wirklich viele. Aber diesen nicht. Nicht diesen freundlichen, seltsamen, verschrobenen Trottel, der nur für Jagd und Waffen lebte, für Waffen und Jagd. Er hat sie in Ruhe gelassen, hat sie einfach schlafen lassen. Hat ihr Brot und Kaffee gegeben, hat sie nicht belästigt, hat keine Forderungen gestellt. Nein, das hat er doch. Er hat ihr die Waffe in die Hände gedrückt und ihr zu schießen befohlen. Sie versetzt einem Rucksack, der auf dem Boden liegt, einen Tritt, tritt und tritt. Schluchzt.

Dann sieht sie ihren Schatten, sieht ihren Schatten lang und verzerrt durch die Türöffnung fallen. Den sie für einen Moment für eine andere Frau gehalten hatte. Er sagt, sie solle sich zusammenreißen. Sie reißt sich zusammen. Geht die Kate durch und entfernt alles, was mit ihr zu tun hat, auch den feuchten Schlafsack. Sie schiebt alles ins Feuer, zusammen mit den Leggings. Die knistern und knacken, zischen. Aber sie fassen nicht richtig Feuer, brennen nicht. Sie müssen brennen. Restlos verbrennen. Dafür sorgt dann eine nach Petroleum riechende Flüssigkeit in einer halb vollen Plastikkanne. Die Flammen lodern, der grüne Schlafsack rollt sich zu schwarzen, glühenden Klumpen auf. Die Leggings auch. Sie scharrt die Schlacken zusammen, gießt den Rest von der Flüssigkeit darauf. Alles muss verschwinden. Es riecht schrecklich. Sie öffnet die Tür, hört, dass die Vögel aufgestanden sind, überall zwitschert es, so richtig lustige Töne werden da gezwitschert. Sie schaut sich im Zimmer um, will los. Doch dann fällt ihr Blick auf eine Karte. Auf eine Landkarte, die in einer Ecke liegt. Sie hebt sie hoch, faltet sie auseinander, legt sie auf den Tisch. Und mustert sie. Sieht ein mit Bleistift gezeichnetes Kreuz, sieht noch ein Kreuz, sieht, dass die beiden Kreuze nicht weit voneinander entfernt sind. Sie nimmt die Karte und geht nach draußen. Versucht Karte und Landschaft miteinander zu vergleichen.

Er hat sie hereingelegt. Dieser verdammte Trottel hat sie hereingelegt! Er ist mit ihr im Kreis gegangen, ist in der vergangenen Nacht meilenweit mit ihr gegangen. Sie starrt die Karte an, die Landschaft, dann wieder die Karte. Geht in die Kate, schaut nicht zur Pritsche hinüber, wo ein Bündel, das sie nichts angeht, mit einem Gewehr sitzt, das auf seine Brust zielt, sieht nicht dorthin. Sie breitet einfach nur die Karte auf dem Tisch aus. Und weiß es jetzt sicher. Ein Kreuz zeigt den Parkplatz, ein anderes die Kate, die Höhle, in der sie hier steht. Und diese beiden Kreuze liegen nicht weit auseinander. Trotzdem sind sie gelaufen und gelaufen. Sie ist durch Unterholz und Geröllhalden gestolpert, mit Spinnweben und wilden Tieren, und hat geglaubt, unterwegs zu sein in die Hölle. Und in Wirklichkeit liegt die Kate, wenn die Karte Recht hat, ganz dicht beim Parkplatz. Sie wird wütend. Geht zu der leblosen Gestalt, die an der Steinwand lehnt, und nennt ihn ein Arschloch. Er antwortet nicht. Rasch durchsucht sie seine Taschen, findet Autoschlüssel, findet ein Mobiltelefon, findet fremd aussehende Banknoten. Sie reißt alles an sich und rennt zur Tür. Bleibt stehen und horcht. Der Tag, nein, der Morgen, ist still. Kein Laut ist zu hören. Sogar die Vögel sind jetzt verstummt. Sie hört nur ein seltsames Gurgeln in ihrem Brustkasten. Mit der Karte in der Hand verlässt sie Kate, Klamm und Wildnis. Findet einen Weg und steht fünfzehn Minuten später auf dem Parkplatz. Der Weg war leicht zu finden, er war fast wie eine Gasse durch den Wald.

Sie hört Stimmen, Männerstimmen. Geht in die Hocke. Autotüren schlagen, Hunde bellen, frohes Lachen. Zwei Männer und zwei Hunde gehen vom Parkplatz in den Wald. Jeder hat ein Jagdgewehr über der Schulter. Die Hunde springen hin und her und wirken glücklich. Die Männer auch. Dann verschwinden sie. Die Hunde. Die Geräusche. Die Männer. Alles verschwindet im dichten Tannenwald.

Sie zieht die Autoschlüssel hervor, schließt die Tür auf. Steigt ein und versucht den Motor anzulassen. Braucht dazu mehrere Versuche. Andrej hatte ihr die Pedale erklärt, hatte ihr Fahren beigebracht. So einigermaßen. Aber dieses Auto ist so riesig. Die Pedale sind tief unten. Sie bückt sich, starrt sie an. Es gibt drei davon, sie probiert Gas, Bremse, Kupplung aus. Der Schalthebel ist seltsam, er weist mindestens zehn unterschiedliche Gänge auf. Die untere Reihe kann sie nicht erreichen, das Auto will in dem Gang bleiben, in dem es steht. Na gut, dann nimmt sie eben den. Sie krümmt die Zehen und denkt: Das werde ich schaffen! Der Benzintank ist zu drei Vierteln gefüllt, die Symbole sind leicht zu verstehen. Sie will diese Wildnis und diese ganz falsche Stadt verlassen und fahren und fahren, auf Seitenwegen fahren, auf denen keine Grenzwachen unterwegs sind, und sie will weg. Dorthin, wo ihr Arbeit versprochen worden ist. Nach Oslo. Wo Näherinnen gebraucht werden. Sie will verdammt noch mal nicht hier in Sibirien sitzen und in einer Kleinstadt sexgeile Motorradtypen bedienen. Er fehlt ihr, er war so lieb.

Vom Rücksitz her ist ein rostiges, fast unhörbares Lachen zu vernehmen. Sie dreht sich nicht um. Weiß nur, dass die Königin zwei Sorten Lachen hatte: ein akzeptierendes und ein ablehnendes. Sonst hat sie nie gelacht. Jetzt kann sie sich an diesem Lachen anklammern, kann damit weiter kommen. Aber als sie nun eine zerfetzte Visitenkarte aus den Stiefeln zieht, die MC-Andrej für sie gekauft hat, die Stiefel, die sie in der Kate nicht abgestreift hat, da grunzt auf dem Rücksitz jemand. Die Königin fühlt sich nicht wohl in ihrer Haut. Ihre Schnurrhaare wittern Gefahr, sie riecht etwas, das sie nicht einordnen kann, ein Grund mehr, skeptisch zu sein und zu warnen. Und sich vor einer zerfetzten, zertrampelten Visitenkarte zu hüten, die in einem Schuh versteckt ist und auf der steht:

Anne-kin Halvorsen, Polizeikommissarin,
Wache Trondheim, Tel. 73 958 400,
Privat: Øvre Møllenberg 93 a,
Mobil: 92 60 51 175

Das riecht nicht gut. Riecht nach Hinterhalt. Die Polizistinnenkarte, gegeben in »bester Absicht«, ist nichts zum Schmusen. Hat kein Vertrauen verdient. Hat absolut kein Vertrauen verdient. Solche Visitenkarten sind sinnreiche, raffinierte Fallen, die ein weibliches Wesen dem anderen stellt. Mit den besten Absichten und »I am your friend«. Sie fischt die zerfetzte Visitenkarte aus dem Stiefel und steckt sie in die Tasche. Hört, wie jemand auf dem Rücksitz flüstert und faucht, und verlässt einen Parkplatz, tief im Wald oberhalb der Stadt Trondheim, früh an einem schönen Septembermorgen. Tritt aufs Pedal und fährt und fährt. Im Schritt. Und stellt fest, dass Wald und Straße und die ganze Welt verzaubert sind. Sie fährt im Kreis, landet immer wieder auf diesem Parkplatz. Egal, wie sie fährt, ob nach rechts oder nach links, immer endet sie da, wo sie angefangen hat. Auf dem Parkplatz.

Das Auto der Männer mit den Hunden steht noch immer da. Sonst ist niemand gekommen, nur dieses eine Auto. Sie legt den Kopf aufs Lenkrad, fühlt sich verlassen, so ganz und gar verlassen. So allein. Die Königin sitzt nicht mehr auf dem Rücksitz. Die Frau, die in der Kate neben ihr stand und so stark war, ist verschwunden. Niemand sitzt hinter ihr oder neben ihr. Sie ist im Kreis gefahren. Kann diesen finsteren Wald nicht verlassen. Obwohl das Tageslicht die Natur überflutet, ist alles finster. Zauberwald. Zauberlandschaft. Verschlossen. Sie ist wie ein Segelschiff, das fährt und fährt und nicht von der Stelle kommt. Denn sie steckt in einer Flasche. Ist ein Buddelschiff. Kontrolliertes »Laufställchen«. Wenn sie nur wüsste, wer sie hier »laufen lässt«. Wenn sie ein Gesicht hätte, einen Namen, etwas, mit dem sie umgehen kann. Sie hat nichts, nichts hat sie. Keine sichtbaren Feinde, keine freundlichen Helfer, niemanden.

Sie hat nur ein großes Loch im Kopf, eine verschlossene Tür, zu der sie nicht den Schlüssel finden kann. Sie bricht in Tränen aus, schlägt mit wehen Fingern auf das Armaturenbrett ein und verflucht die ganze Welt. Aber das hilft ihr auch nicht weiter. Sie fischt die Visitenkarte aus der Tasche, streicht sie gerade und denkt an zwei Augen, in die sie in einem ganz anderen Leben hineingestarrt hat, die Augen einer Frau, einer Frau die redete und redete, die zu trösten versuchte. Einer, die wieder aufgetaucht war, ihr einen Blumenstrauß auf den Nachttisch gelegt und ihr unter der Decke eine Visitenkarte in die Hand geschoben hatte. Und die eine Zeitung hinterlassen hatte. Vergessen oder verloren. Sie hatte nicht die geringste Ähnlichkeit mit der Königin. Aber etwas war da, an ihren Augen, an ihrer Stimme. Nein, es war gar nichts, nirgendwo, alles nur Einbildung, ein Strohhalm, eine freundliche Handlung aus dem Hinterhalt, auf die sie nicht anbeißen soll, hat die Königin gesagt. Aber irgendwo muss sie »anbeißen«, um weiter zu kommen, weiter und fort. Sie kann nicht in alle Ewigkeit hier sitzen bleiben und sich am Lenkrad eines Autos anklammern, das immer nur im Kreis fährt.

Mit der Visitenkarte von Kommissarin Anne-kin Halvorsen in der einen und dem Mobiltelefon des Jägers in der anderen Hand wählt sie eine Nummer. Nichts passiert. Nur Rauschen und Knacken. Sie macht noch einen Versuch, drückt vorsichtig auf eine Taste nach der anderen.

Es klingelt. Einmal, zweimal. Jemand meldet sich. Eine Frauenstimme meldet sich. Irgendeine Stimme außerhalb dieses Labyrinths, in dem sie festsitzt, meldet sich. Sie kann nur Wortfetzen hörten, nimmt ein Wort wahr: »Polizei«. Es ist die falsche Stimme, es ist nicht ihre Stimme, es ist eine Zentralenstimme. Sie bricht die Verbindung ab.

Sieht sich die Visitenkarte noch einmal an, sieht das Wort »Mobil« vor einer anderen Nummer. Macht noch einen Versuch. Umklammert krampfhaft das Handy des Jägers und wählt diese Nummer. Es klingelt nur einmal, dann hört sie ein »hallo?« Und dann sagt die Stimme etwas, das sie nicht versteht. Aber es ist ihre Stimme, es ist die Stimme, die zu einem Gesicht gehört, das sie gesehen hat, als sie fast schon auf der anderen Seite war, als sie im Gestank von etwas lag, das schlimmer war als alles andere. Es ist die Stimme, die vor ihrer Flucht vor denen, die nachts mit Spritzen angeschlichen kommen, mit ihr gesprochen hat, es ist die Stimme, die ...

»Hello«, flüstert sie. »Hello.« Sie schwitzt, sie muss reden, sie muss jetzt reden, sie muss dieser Frau begreiflich machen, dass sie ...

»Hallo?«, hört sie noch einmal.

»Please help me«, flüstert sie. Und ob das leise Stöhnen, das sie hört, von ihr oder von der anderen stammt, weiß sie nicht.

»Please«, hört sie nach einer kurzen Pause. »Please, don't hang up.« Sie hängt nicht »up«. Dann fragt die Frau, wo sie sei, fragt immer wieder, wo sie sei, sagt, sie werde kommen, sie werde sofort kommen.

»Please, don't be afraid«, hört sie.

Sie lächelt schief. Guter Rat. Aber sie ist »afraid«, ist dermaßen außer sich vor Angst und »afraid« wie noch nie in ihrem Leben. Und sie hat keine Wahl. Sie muss dieser Frauenstimme erzählen, wo sie ist. Muss es jedenfalls versuchen. Leicht wird das nicht. Denn sie hat keine Ahnung, wo sie ist. »I map«, flüstert sie zur Erklärung, faltet die Karte auseinander, versucht in stockendem Englisch von Wald und Wegen und Labyrinth zu erzählen. Vom Parkplatz, auf dem sie sitzt.

»Start again. Look at your map, tell me the names on your map, tell me what the surroundings look like.«

Sie versucht und versucht. Es wird ein seltsames Gespräch. Weiß diese Polizistin denn nicht, dass es im Wald außerhalb ihrer Stadt einen Zauberwald gibt? Weiß sie nichts vom Labyrinth, vom Wald, von ...

»Yes«, hört sie. »I think I understand. Please stay there until I come. Please.«

Dann schaltet die Vernunft sich ein, sie umklammert das Telefon und sagt:

»You come alone. ALONE! If not I . . .«

»I'll come alone«, hört sie, ehe sie die Verbindung beendet.

Fünf Minuten vergehen. Zehn. Fünfzehn. Kein Wagen fährt vorbei. Kein Jäger mit Hund lässt sich sehen. Die Welt ist tot. Sonnig und kalt und eisigtot. Plötzlich kommt ihr ein Gedanke, etwas, das sie ganz einfach übersehen hatte. Sie kann hier nicht sitzenbleiben, sie darf nicht hier gefunden werden, wenn sie hier sitzenbleibt, dann hätte sie es sich sparen können, in der Kate alle Spuren zu entfernen und wegzuwischen. Sie lässt den Motor an. Fährt vom Parkplatz, zögert, dreht, fährt zurück, hält wieder an. Einmal, zweimal, immer wieder. Am Ende glaubt sie überall Menschen zu sehen. Sie liegen hinter jedem Strauch und jedem Grasbüschel, liegen und lauern und zielen auf sie, der Parkplatz ist umzingelt, sie sind hinter jedem Baumstamm, im Wald wimmelt es nur so von allen, die es auf sie abgesehen haben. Bald werden sie ihre Hunde loslassen. Sabbernde Hunde, die auf sie zustürzen. Sie hat keine Garantie dafür, dass die Frau ihr Wort halten wird. Mit einem Ruck verlässt ein Jeep einen »Parkplatz«, auf dem eigentlich Holz aufbewahrt wird, und rumpelt über einen Forstweg voller Tannenzweige und Reisig.

Woher dieses Tier gekommen ist, weiß sie nicht. Sie konnte es kaum registrieren, da war es auch schon wieder verschwunden. Sie sah nur einen roten Schwanz blitzschnell über den Weg huschen und im Wald verschwinden. Und sah zugleich das, was sie bisher übersehen hatte, eine Abzweigung nach links, eine scharfe Kurve, die in denselben Wald führt. Sie hatte sie vorher nicht gesehen, war nicht in diese Richtung gefahren. Sie reißt das Lenkrad herum, wendet, fährt im Schritt weiter. Der Weg ist uneben. Aber er sieht anders aus, er sieht aus, als liege er hier schon seit langer Zeit im Wald. Und nach einer Weile geht er in einen Kiesweg über. Jetzt sieht er aus wie ein

Weg, der *hinausführt.* Weit vor sich sieht sie einen Bus, der einen runden Platz verlässt. Busse, die an der Endhaltestelle kehrtmachen, fahren in die Stadt. Sie folgt dem Bus. Wenn der Fahrer einen Blick in den Spiegel geworfen hätte, hätte er einen Jeep Cherokee gesehen, der ganz langsam weiterfährt. Aber der Fahrer tut das nicht. Er hat nur Augen für die enge, kurvenreiche Straße.

22

Kommissarin Halvorsen speichert nach dem letzten Anruf die Angaben im Display. Der Anruf stammte von einem Mobiltelefon. Sie notiert eilig die Nummer, reicht sie Vang.

»Hier«, sagt sie. »Überprüfen. Und zwar sofort. Das war der ›Spatz‹.« Bei der letzten Auskunft fährt Kollege Vang zusammen, macht sich über das Telefon her und erteilt schon einen Befehl, noch ehe sie das Zimmer verlassen hat. Man könnte meinen, er sei normalerweise als Offizier tätig.

Chef Sundt ist nicht allein im Büro, doch ein Blick auf Halvorsen genügt und sein Besuch ist verschwunden.

»Sie hat angerufen«, sagte Anne-kin, »hat von einem Mobiltelefon aus angerufen. Vang überprüft gerade die Nummer. Sie hat gesagt, wo sie ist, genauer gesagt, sie hat einen Teufelswald erwähnt, durch den sie gefahren oder gegangen ist, und nicht einen einzigen Ortsnamen, aber der Wald liegt außerhalb von ›the terrible city‹, womit sie hoffentlich Trondheim meint, und ich habe gesagt, sie solle warten, bis wir kommen, nein, bis *ich* komme, denn ich soll unbedingt allein kommen, wenn nicht dann . . .«

Sie schnappt nach Luft. Sieht ihren Chef an, er begreift immer schnell, das hier hat er begriffen.

»Du bist sicher, dass sie das war?«, fragt er. Anne-kin nickt. »Hohe Bäume«, sagt sie. »Schlechte Straße, jede Menge Gestrüpp auf dem Boden, Parkplatz, kein Haus, keine Leute, ›no nothing‹. Eine elende Ortsangabe.«

»Wie in aller Welt ist sie denn da gelandet?« Der Chef trieft nur so vor Ironie. Anne-kin zuckt mit den Schultern. Begreift, dass der »Spatz« überall sein kann, einfach überall. Sie tauschen einen Blick.

»Sie hat von ›sailships in a bottle‹ gesprochen«, sagt dann Kommissarin Halvorsen leise, beschämt. Dann richtet sie sich auf, denn auch ohne Ortsnamen hat sie das Gefühl zu wissen, worum es geht.

»Die Landschaftsbeschreibung kann zu dem alten Luchsgelände im Osten der Stadt passen«, sagt sie. »In Richtung Jervellet, Jonsvatnet. Da gibt es solche Geröllhalden und Riesensteine in einer labyrinthähnlichen Landschaft.«

»Ach?« Sundt wirft einen raschen Blick auf die Beamtin. »Ich dachte, du bist Fjordbaderin, nicht Luchsjägerin«, sagt er.

Es gibt vieles, was du über deine Untergebenen nicht weißt, Sundt, würde sie gern sagen. Unter anderem, dass ich mich im Wald genauso gut auskenne wie du, ich setze nur in der Wintersaison aus. Die Bretter-an-den-Füßen-Saison ist einfach nicht das Richtige für mich.«

»Ich glaube, du irrst dich«, sagt er dann plötzlich. »Ich glaube, sie meint die Gegend hier.« Er erhebt sich und zeigt auf eine der vielen Karten, mit denen seine Wände bedeckt sind. Sein Zeigefinger tippt auf eine Stelle zwischen Tømmerdalen und Våttakammen, ein Gebiet, das ihres Wissens nach die pure Wildnis aus Kriechkiefern und Gestrüpp ist. Ein Gebiet, das der Albtraum jedes Orientierungsläufers sein muss. Der alte Sundt ist Orientierungsläufer. Dieses Gebiet ist fast undurchdringlich. Auch wenn der nächste Punkt gleich auf der anderen Seite lag, war es besser, einen großen Bogen zu machen. So dicht war alles zugewachsen. Sie kennt diese Gegend, sie findet sie grauenhaft. Unbezwinglich. Moorboden und Kriechkiefern. Sie dreht sich zu ihrem Chef um. Wahrscheinlich ist er dort einmal stecken geblieben, hat dadurch eine Medaille eingebüßt. Sie hofft, dass es keine so einfache Erklärung gibt.

»Warum«, fragt sie. »Warum in aller Welt glaubst du, dass es dort ist?« Und dann bringt er gerade diese Erklärung.

»Teufelswald«, grunzt er.

Diese Beschreibung passt hervorragend. Anne-kin seufzt.

»Sie stand auf einem Parkplatz, Sundt, sie kann diese teuflischen Kieferchen vom Tømmerdalsvegen von dort aus nicht sehen.« Er stutzt, bedenkt sie mit einem raschen Blick. Und sag jetzt bloß nicht noch einmal, Sie überraschen mich doch immer wieder, Frau Halvorsen, denkt sie.

»Sie überraschen ...« Sie hält sich demonstrativ die Ohren zu und sieht im selben Moment, wie die Tür aufgeht. Und ein leicht aufgekratzter Vang kommt hereingefegt.

»Zahnschmerzen«, fragt er und reicht ihr ein Blatt Papier. Ein kurzer Blick auf das Papier und ihr Puls verfällt in Galopp.

»Das ist der Name des ›Jägers‹«, sagt Anne-kin leise. »Der ›Spatz‹ hat also von seinem Mobiltelefon aus angerufen.«

»Und Sæter, der vor seinem Haus Posten schiebt, kann keinerlei Bewegung melden«, fügt Vang hinzu. »Weder Wagen noch Mann sind aufgetaucht.« Beide drehen sich gleichzeitig zu Sundt um.

»Ja.« Ihr Chef kann das alles bestätigen. »Wir geben eine Suchmeldung heraus. Wenn der Wagen unterwegs ist und nicht in der Garage steht, werden die Berufsfahrer ihn bald entdeckt haben. Er ist zu auffällig, um lange unsichtbar zu bleiben. Gelb und schwarz lackiert.«

»Und ich«, sagt Kommissarin Halvorsen, »ich mache mich auf die Suche nach der Stecknadel im Heuhaufen, nehme mir alle Waldwege, Parkplätze und Wendehämmer vor. Auf der Suche nach einem verletzten Spatzen. Ich glaube, da werde ich den ganzen Tag beschäftigt sein.«

»Wir«, sagt Sundt. Sie fällt ihm ins Wort.

»Nein«, sagt sie energisch. »Nie und nimmer. Sie hat ganz klar gesagt, dass ich allein kommen soll. Und sonst wird die

›Stecknadel im Heuhaufen‹ zum ›Geist, der sich in Luft auflöst‹. Sie würde dann einfach verschwinden, abhauen.«

»Wir hier auf der Wache haben ja nicht gerade Angst vor dem Wald«, grunzt Vang. Sie dreht sich zu ihm um und sagt mit resignierter Miene:

»Doch, genau das habt ihr.« Sundt hebt eine Hand, findet ihre Kabbelei in diesem Moment sicher unangebracht. Sie gehen in die Operationszentrale und erfahren, welche Streifen derzeit wo unterwegs sind.

»Sie sollen sich ja aus den Waldgebieten heraushalten«, sagt Kommissarin Halvorsen. »Erst nehme ich Malvikmarka und Estenstad«, sagt sie dann zu Sundt. »Dann Bymarka und Leinstrandsmarka. Und ich werde dich auf dem Laufenden halten. Dann sind nur noch Klæbu und die Vassfjellgegend übrig. Wenn ich damit fertig bin, bin ich reif für die Rente.« Die Aufgabe erscheint ihr als undurchführbar, und Sundt ist kein großer Trostspender.

»Zuerst Bymarka«, sagt dieser Trottel von Chef so hartnäckig, wie nur Sundt das kann. Kommissarin Anne-kin Halvorsen kann nur die Zähne fletschen, ein Befehl ist ein Befehl. Ehe sie sich daranmacht, das Naherholungsgebiet um Trondheim zu erkunden und die Luft mit Blei zu verpesten, füllt sie den Tank. Ihr bleibt einzig der Trost, dass sie bleifrei fährt. Und dass sie die Möglichkeit bekommt, nach einer Plastiktüte mit einer mutmaßlichen Mordwaffe zu suchen, einem Messer. Beim bloßen Gedanken daran, dass sie das verloren hat, läuft sie rot an.

23

Erst nachdem die Schwesternhelferin Karin K. ein hieb- und stichfestes Alibi serviert hat, sieht die Einsatzgruppe, die die Leiterin der Aktion »Svartlamoen soll leben« eingebuchtet hat, ein, dass sie sie laufen lassen müssen. Sie war im von der Polizei genannten »akuten Zeitraum« bei ihren Eltern zu Hause in Namsos. Karin K. will erst gehen, wenn sie zumindest eine vage Entschuldigung gehört hat. Irgendwer bringt es über sich, etwas Entsprechendes zu murmeln, aber als sie eine Unterschriftenliste aus der Tasche zieht, weichen sie zurück. Es gibt ja wohl eine Grenze.

Dort sind Tür und Freiheit. Sie zeigen höflich darauf. Leben Sie wohl, leben Sie wohl.

»Die Leute, die da wohnen, sind keine Tagger«, sagt sie, ehe sie hinausfegt. »Wenn ihr auch nur ein bisschen Ahnung von Signaturen hättet, dann würdet ihr die in anderen Stadtteilen wiederfinden. Und wir in Lamoen haben wirklich andere Sorgen, als anderswo die Wände vollzusprayen.« Knall, sagt die Tür, und puuh, sagen die uniformierten Kräfte.

Aber das andere »Wuschel« behalten sie. Der Kleinen geht es einfach schrecklich. Sie halten fast kontinuierlich bei ihr Wache, wollen keine toten Mädels in ihren Zellen liegen haben.

Der Arzt war schon da, hat versucht, die Qualen zu mildern, sagt traurig, dass er kaum mehr tun kann. Wonach ihr Körper jetzt schreit, ist ein neuer Schuss. Die Beruhigungsspritzen, die er ihr mit gutem Gewissen geben darf, sind nur ein Tropfen auf den heißen Stein. Sie sorgen dafür, dass sie sich nicht verletzen kann, Knöpfe, Haarnadeln, Ringe, BH-Verschlüsse werden entfernt. Aber als sie anfängt, systematisch mit dem Kopf gegen die Zellenwand zu schlagen, mit solcher Kraft, dass das Blut aufspritzt, haben sie keine Wahl. Sie wird gefesselt.

Die Ermittlungsgruppe besteht aus vielen flinken Fingern auf Computertastaturen und aus vielen raschen Blicken auf Computerschirme. Und die Schaltzentrale, die ganz oben im Körper sitzt, das menschliche Gehirn, das arbeitet wie besessen. Als sie alle Informationen, die auch nur den geringsten Zusammenhang mit den Morden in Nyhavn haben können, auf ihren Festplatten gespeichert haben, gibt die Polizei das Gebiet frei. Das heißt, die rotweißen Plastikbänder werden entfernt, die Firmen dürfen wieder Geld verdienen, dürfen verspätete LKW-Ladungen losschicken, zum Normalzustand zurückkehren, zu Schiffen, die zum Laden oder Löschen den Hafen ansteuern. Sollte eine »Schaltzentrale« zu einem späteren Zeitpunkt irgendeinen Zusammenhang erkennen, dann weiß die Polizei alles über Namen, Ladung, Route, Anzahl Angestellter, Buchführung, Steuersummen, Vorstrafen. Bußgelder, Konkurse und wirtschaftliche Situation. Sie brauchen eigentlich nur die vorhandenen Daten zu bearbeiten. Sie haben ihre Runden gedreht und mit Angestellten gesprochen, die zur fraglichen Zeit Überstunden gemacht haben, mit allem zwischen Buchhaltung und dem Direktor, der in Schweiß ausbrach, weil seine Frau lieber nichts von dem Besuch erfahren sollte, den er an dem Abend empfangen hatte. Die Polizei hat mit der Dame gesprochen und die Gattin in Ruhe gelassen.

Die Deutschenbunker Dora I und Dora II und der etwas kleinere Verwaltungsbunker bieten Platz für allerlei Aktivitäten, für alles von Billard über Bowling, Go-Cart-Bahn, Fitness-Studio und Tiergeschäft bis zu den Übungsräumen der Rockband »Motorpsycho«. Die Polizeistreife, die hier ihre Runde gedreht hat, wurde vom Luftdruck zurückgeworfen und fragte sich, ob sie aus Versehen den Geheimsender Kiew entdeckt haben könnte. Aber der siebzehnjährige Sohn des einen Polizisten hatte Sterne im Blick, als der Vater von diesem Besuch erzählte. Die Ermittlungsarbeiten für die Morde an dem stark alkoholisierten Manne und an den Frauen im Container laufen weitestgehend parallel. Der Securitas-Wächter, der Manne gefunden hat, kann sich an keine weiteren Einzelheiten erinnern, die für die Polizei interessant sein könnten. Und der Wagen, der draußen auf der Straße losgefahren ist, bleibt anonym. Kein Fahrer meldet sich. Die Sucharbeiten und die anfangs lockeren Vernehmungen der Drogenszene sind nicht ganz einfach. Vor allem die Vorarbeiten. Die meisten machen einen großen Bogen um ihren üblichen Treffpunkt, sind vor der Polizei mit ihren bohrenden Fragen in Deckung gegangen. Die Polizei findet sie trotzdem. Kann sich bald ein deutliches Bild davon machen, wer sich in der Mordnacht in Nyhavn aufgehalten hat. Über den wütenden, mit satten Flüchen angereicherten Wortschwall hinaus, den dieses Junkie-Proletariat von sich gibt, sind die wenigsten in ihren Aussagen konsequent. Schicht um Schicht werden alle Ausflüchte abgepellt, und am Ende lassen sie die Köpfe hängen und sagen, ja, mmh, sie waren da, haben am fraglichen Abend dort gesessen. Wenn sie das noch richtig in Erinnerung haben, natürlich nur, sie haben beim Aufwachen nicht den Kalender abgerissen, um sich das Datum einzuprägen. Das Puzzle, »wer kam, war da, ging« wird gelegt, alle Bewegungen werden registriert. Dass die, die da saßen, als Sirenen und Blaulicht die Nacht zerfetzten, dann gleich die Beine in die Hand genommen haben – finden die Bullen das vielleicht verwunderlich? Nicht doch, das finden die »Bullen« durchaus nicht, sie wundern sich durchaus nicht darüber, dass der Hafen wie ausgestorben war, als sie die Gegend durchsucht haben. Blaulicht und Sirenen sind sowieso ein Unding. Sind nicht gut für die Nerven der Leute. Aber trotzdem, am Ende hat die Polizei eine Liste von Namen, von Taufnamen und Spitznamen, und wenn auch nicht alle »alte Bekannte« sind, so sind sie doch zumindest nicht unbekannt.

»Wuschel« ist eine relativ neue Bekannte, sie stammt aus einem Dorf an der Küste. Kontakt zur dortigen Polizei wird aufgenommen und die kann ein Mädchenschicksal skizzieren, das, selbst verschuldet oder auch nicht, auf ganzer Linie nur noch traurig ist. In jeglichem Zusammenhang. So, wie ihr Körper jetzt nach Stoff schreit, kann sie kein Neuling sein. Die Trondheimer Polizei will das dem Dorfpolizisten nur kurz mitteilen, der wie alle Dorfpolizisten zutiefst überrascht über die Mitteilung ist, dass seine Dörflinge stärkere Dinge konsumieren könnten als Schwarzgebrannten. »Wuschel« hat am fraglichen Abend also im Hafen herumgelungert. Ob sie dabei mit einem Messer herumgefuchtelt hat? Absolut nicht, da sind alle sich einig. Sie hat nur mit sich selber herumgefuchtelt. Und ansonsten haben alle unschuldsblaue Blicke, wenn sie beteuern, Messer, nein; Messer, das ist doch verboten, natürlich haben sie keine Messer bei sich. Ab und zu zucken bei den Polizisten die Mundwinkel auf witzige Weise, bisweilen genehmigen sie sich auch ein breites Grinsen, dann reißen sie sich zusammen.

Die Flaschenliga hat noch weniger Widerstandsvermögen als die Drogenleute, die meisten geben gleich in der ersten Runde kniffliger Fragen auf. Sie verwickeln sich nach und nach in ein weiß ich doch nicht, verdammt noch mal Gewusel von Antworten, widerstrebenden Erklärungen und Eingeständnissen. Könnte denn nicht übrigens der gut verdienende Bulle, Verzeihung, der Herr Wachtmeister, einem armen Schwein einen Halben spendieren? Der Wachtmeister spendiert Kaffee. Mit Sahne und Würfelzucker. Wenn danach ein Geldschein auf dem Tisch liegen bleibt, dann ist der für eine weitere Kaffeepause bestimmt. Reine Mitmenschlichkeit, sonst nichts.

Doch, und richtig, sie haben wirklich dort gesessen. Wer denn? Das Gedächtnis lässt wieder nach, sie können sich nicht daran erinnern. Sie kümmern sich um ihren eigenen Kram, nie würden sie ihre Kumpels verpfeifen. Erst als sie sicher sein können, dass der Kumpel gesagt hat, er sei dort gewesen, können sie sich an seine Anwesenheit erinnern. Nicht einmal dem versoffensten Suffkopp lassen sich Namen entlocken, denkt der eine Beamte, in der Hinsicht sind sie kompromisslos, schützen einander. Was eigentlich bedeutet, dass sie sich selbst schützen. Ob Messer mit im Spiel waren, ob jemand ein Messer in der Hand hatte, mit einem Messer herumgefuchtelt hat? Sie schauen nervös aus der Wäsche. Irgendwer schnaubt ein beleidigtes »nein«, andere fluchen, dass es bei ihrem Trinkgelage keine Spur von Messern oder Gabeln gegeben hat, sie haben sich an Kristallgläser gehalten. Noch einer zieht ein winzigkleines Taschenmesser hervor und sagt, er benutze es als Zahnstocher und Flaschenöffner. Aber es liegt etwas in der Luft, ein leicht angespanntes Entgegenkommen, um zu verhindern, dass die Polizei ein bestimmtes Thema zur Sprache bringt. Auf die Frage, ob noch andere anwesend waren, als die Polizei nun endlich die Liste der Festgäste aufstellt, schütten sie dermaßen gründlich überzeugend den Kopf, dass sie danach vermutlich noch tagelang an Kopfschmerzen leiden werden.

»Mit anderen Worten, einen haben wir noch nicht gefunden«, sagt der ältere Beamte zu einem Anfänger, der bisher noch den Mund hält und sich nicht einmischt.

»Oder eine«, korrigiert der Jüngere. Als Antwort wird ihm ein leises Schnauben zuteil. Frauen greifen nicht zum Messer, sie rühren Gifttränke an, füllen Pasteten mit Arsen und anderem Teufelszeug, damit das Opfer unglaubliche Schmerzen erleiden muss, ehe es den Geist aufgibt. Oder sie ziehen an den Haaren und heulen und kratzen. Das tun Frauen. Aber sie stechen nicht zu.

Wenn der Schein groß genug war, dann werde ich es sicher erfahren, denkt der Ältere, er sagt es natürlich nicht laut, er weiß schließlich genau, wo die Grenzen verlaufen. Aber rein persönlich findet er es völlig in Ordnung, Pennern und anderen Bedürftigen in seiner Heimatstadt ein Scherflein zu geben, statt eine Überweisung für irgendeinen guten Zweck auszufüllen, wo das Geld ja doch in der Verwaltung verschwindet und niemals bei den hungernden Kindern ankommt, für die es gedacht war. Er sieht das nicht weiter moralisch. Zwei alte Tricks, und Junior verlässt das Zimmer um etwas aus dem Auto zu holen. Inzwischen wechselt der Schein den Besitzer und führt zu den gewünschten Auskünften. Und Geber und Nehmer können sich darauf verlassen, dass der Datenschutz hier perfekt funktioniert.

Niemand von der Wache hat die Einladung zum Tag der offenen Tür des MC-Clubs Hell's Angels in Trolla angenommen. Stattdessen tauchten sie einige Tage später ziemlich unangemeldet auf. Was drei Waffenfunde, eine Tagesration Amphetamin in einem Jackenfutter und einen Haschischklumpen samt Requisiten einbrachte. Keine Frauen in freiwilliger oder unfreiwilliger Gefangenschaft wurden entdeckt, Cremetuben und Wundsalben waren längst in den Abfall geworfen worden, und der Raum wies nichts sonderlich Feminines auf. Der Hausherr war in dem Moment mehr als froh, dass die »Untermieterin« verduftet war. Dass die Waffe hinter Wand und CD-Regal ebenfalls verschwunden war, war allerdings seltsam. Das fand jedenfalls ihr Besitzer. Keines der drei Fundstücke, die die Polizei ihm vorlegte, war seine Waffe. Hatte nicht einmal Ähnlichkeit. Zwei abgesägte Schrotgewehre und ein selbst gebastelter Schlagring. Kein Smith & Wesson 44 Magnum Revolver.

Der Besitzer schwankte zwischen zwei möglichen Erklärungen. Entweder hatte »die«, er nannte sie nur »die«, das Schießeisen gefunden und sich damit verdrückt. Oder irgendein verdammt gerissener Scheißbulle hatte sie geklaut, unterschlagen, den Waffenfund nicht protokolliert und ein für einen Polizisten ziemlich schwerwiegendes Verbrechen begangen. Das Problem war nur, dass der Besitzer rein gar nichts unternehmen konnte. Er knirschte mit den Zähnen und verfluchte abwechselnd Scheißbullen und Schweißweiber. In Gedanken.

24

Kommissarin Anne-kin Halvorsen hört die Meldung per Mobiltelefon: ein Jeep Grand Cherokee 2.5 Turbo-Diesel-Lieferwagen, gelb und schwarz, ist gefunden worden. Autonummer und Farbe stimmen. Das ist der Wagen. Fundort oder genauer gesagt, Parkplatz: genau vor einem kleinen Lebensmittelladen. Da stand er ganz einfach zusammen mit anderen Autos. Ein aufmerksamer Taxifahrer hatte rein gewohnheitsmäßig seine Blicke über die Wagen der Ladenkundschaft wandern lassen. Das Auto war leer. Der Fahrer bot an, Wache zu halten, bis ein

Streifenwagen eingetroffen sei. Anne-kin befindet sich auf der anderen Seite der Stadt, sie kämpft sich über Waldwege, für den Fall, dass ein Spatz auftaucht. Das Auto fällt nicht in ihr Ressort, das weiß sie. Trotzdem findet sie keine Ruhe. Gleich darauf hat sie die Stimme von Chef Sundt im Ohr, er kann wirklich Gedanken lesen.

»Halte dich an deinen Auftrag«, sagt er. »Um das Auto kümmern sich andere.« Sie seufzt tief.

»Verstanden!« Das ist keine Frage, was Sundt da von sich gibt, sondern ein Befehl.

»Verstanden«, gibt sie zurück und steuert einen Parkplatz am Fjellseterveg an. Sundts heißer Tipp bezüglich des »richtigen« Teufelswaldes war ein Schuss in den Ofen. Dort waren nur ein Rentnerehepaar in Anoraks, zwei Studierende der Technischen Hochschule mit Trikots, ein Jogger mit am Leib klebenden blauen und rosa Textilien und ein alter Mann samt Hund zu finden. Sie hält an, mustert den Waldrand, steigt aus, zeigt allen Spatzen auf der Welt, dass sie allein ist, nimmt sich die Zeit zu einem kleinen Spaziergang. Nichts passiert. Kein Zweig bricht, kein Baumstamm erwacht zum Leben, keine Frau taucht auf. Aber die Gegend hier sieht ja auch nicht aus wie ein »Zauberwald«, denkt Anne-kin Halvorsen. Sie sieht aus wie ein ganz normaler norwegischer Nadelwald. Ehe sie sich wieder ins Auto setzt, schaut sie in den Wald hinein und verfolgt den Weg, auf dem sie an einem Abend vor einer empfundenen Ewigkeit die Plastiktüte verloren hat. Sie kämmt den Waldboden vor dem Bau geradezu aus, versucht, sich vor dem »Indianer« versteckt zu halten. Sie ist sicher, dass er dort oben ist. Das dünne Flackern in der Luft muss von einer Rauchsäule stammen. Also kocht er sich bestimmt sein übliches Drei-Gang-Mahl. Sie macht kehrt. Sucht weiter, aber die verdammte Plastiktüte bleibt unauffindbar. Sie findet nur einige Abdrücke im Waldboden, im Moos, neben einem umgestürzten Baum, die Abdrücke verspielter Körper. Wenn man das weiß. Es könnte sich sonst auch um das Nachtlager eines Elchs handeln.

Sie geht zum Auto zurück, steigt ein, setzt zurück, sucht eine Stelle zum Wenden. Findet eine und merkt, dass die Natur sie ruft. Sie muss ganz einfach. Zurück in den Wald. Sie findet sogar ein murmelndes Bächlein, in dem sie danach ihre Finger abspülen kann.

Als sie an der Stelle vorüberkommt, wo der Weg zum Damm und zum Biberbau des »Türken« abzweigt, steigt Kommissarin Halvorsen auf die Bremse.

Ist das nicht . . .? Ja verdammt, das ist er, denkt sie, verwirrt und wütend zur selben Zeit. Der Wagen, der mit dem rechten Rad weit über den Straßenrand hinaussteht, ist zwar ein Zivilfahrzeug. Aber der Fahrer hat normalerweise denselben Arbeitsplatz wie sie. Der gute alte Veteran-Aasen, einer der Ermittler im Trinkermord. Ein Ermittler mit allerlei Kratzern im Lack, einer, der allerlei richtige Spuren »findet«, Information, die im Protokoll niemals aufgetaucht war und dann plötzlich ein Teil des Falls ist. Veteran-Aasen erhält mehr telefonische Hinweise als irgendwer sonst auf der Wache. Anonym. So heißt es jedenfalls offiziell, »anonyme Hinweise«, heißt es. Anne-kin Halvorsen findet diesen Typen gar nicht schlecht, beide machen sie gern mal einen Schritt in die Grauzone. Und so lange er, der schon so lange bei der Truppe ist, nicht gefeuert wird, wird sie wohl auch noch eine Weile überleben. Hat sie mehr als einmal gedacht. Zum Trost. Doch, sie findet Aasen nicht schlecht. Aber reichlich schlecht findet sie, dass er in diesem Augenblick durch Tannenwald und Blaubeersträucher auf die Hütte des »Türken« zukeucht. Der neue Mieter wird keine Sekunde zweifeln, er wird glauben, sie habe nicht dichtgehalten. Er wird überaus total stocksauer sein, weil sie das »gentlemen's agreement« gebrochen hat, auf dem solche Gesangskünste basieren. Der »Indianer« wird sie von nun an scheuen wie die Pest und ihr nicht ein Gramm Information mehr zukommen lassen. Verdammt! Veteran-Aasen hat sich sicher diesen Tipp gekauft, denkt sie. Jemand hat ihm erzählt, dass auch der »Indianer« in der fraglichen Nacht zu den Suffbrüdern gehört hat. Sie würde gern durch den Wald rennen und Veteran-Aasen aufhalten, ihn zum Auto zurückziehen und ihn bergab und wegscheuchen. Wütend starrt Kommissarin Halvorsen die Wand aus dunkelgrünem Tannenwald an, reißt an der Kupplung und ist reichlich stinkig. Ihre Laune bessert sich auch nicht, als sie um eine Kurve biegt und eine himmlische Heerschar von Ausflüglern vor sich sieht, eine ganze Kuhherde. Vorneweg die männliche Leitkuh, er bleibt stehen, um die Herde um sich zu sammeln, sie umringen ihn. Versperren die Straße. Kommissarin Halvorsen muss bremsen. Anhalten. Ist das eine der von der Jubiläumsstadt Trondheim organisierten Wallfahrten, fragt sie sich. Aber diese Leute sehen wirklich nicht aus wie Pilger, sie sieht kein Kreuz und keine Kutte. Aber die Straße versperren, das können sie. Sie würde gern hupen, die Hupe misshandeln. Besinnt sich, kurbelt das Fenster herunter und fragt, was denn los sei. Eine lächelnde Frau mit Gummistiefeln an den Füßen, Rucksack auf dem Rücken und einigen Zetteln in der Hand beugt sich zu ihr herab.

»Bitte sehr«, sagt die Frau und drückte ihr einen Zettel in die Hand. Anne-kin liest: »Geologie und Bergbau in der Umgebung der Stadt. Wanderungen.« Und: »Bringen Sie Stiefel, Pullover und eventuell etwas zum Schreiben mit.« Sie ist zwischen an Geologie interessierten Mitmenschen stecken geblieben, das ist ihr passiert. Aber welche Geologie muss denn unbedingt mitten auf der Straße studiert werden? Besondere Kies- und Sandvorkommen? Hinterlegt von einem Straßenbauamt, das mit der Instandhaltung immer im Rückstand ist? Oder versteckt sich hier im Untergrund eine Goldader? Steht da nicht etwas über Bergbau?

Anne-kin Halvorsen trommelt ungeduldig auf dem Lenkrad herum und atmet erleichtert auf, als die Herde weitertrottet.

»Viel Glück bei der Schatzsuche«, ruft sie und sieht, dass die Frau ihr zum Abschied zuwinkt. Sie legt die Hände aufs Lenkrad und holt tief Luft. Und atmet aus. Noch einmal. Viele Male.

Beruhige dich, sagt sie zu sich, beruhige dich ganz einfach und benimm dich anständig. Aber ihr Auftrag ist so hoffnungslos, so bar jeder Vernunft, undurchführbar. Forstwege und Parkplätze, von denen gibt es in der Umgebung der Stadt doch Tausende. Und was, wenn der »Spatz« nun aus Lierne, Fosen, Finnskogen oder sogar Gudbrandsdalen angerufen hat? So viele Tage ist sie schon verschwunden, so lange ist es her, dass sie sich selbst aus dem RiT entlassen hat – die Frau kann doch jetzt in Bardu oder in der Nordmarka bei Oslo sein! Warum hat sie das nicht klären können? »Bleib, wo du bist, ich komme dich holen«, hatte sie gesagt. Erleichtert und glücklich, weil der »Spatz« am Leben war. Kommissarin Halvorsen zieht für sich selbst eine Grimasse. Wenn ein Kollege diese Geschichte erzählt hätte, dann hätte sie hämisch gelacht, dermaßen unprofessionell darf man sich einfach nicht verhalten. Aber es ist ihre, es ist allein ihre Geschichte. Und deshalb könnte sie heulen. Das Einzige, was sie daran hindert, ist die Gewissheit, dass sie doch noch immer einen besseren Riecher hat als Sundt. Der Wagen des »Jägers« jedenfalls ist auf der anderen Seite der Stadt gefunden worden. Sie streckt die Hand nach dem Mobiltelefon aus, sie will mehr wissen. Will wissen, warum Sundt sie auf die falsche Seite der Stadt geschickt hat, und warum er noch immer darauf besteht, dass sie hier draußen ihren Tank leer fährt. Sie kann den Gedanken nicht zu Ende denken, denn schon klingelt das Telefon. Anne-kin meldet sich. Es ist Vang. Der Trottel sitzt da wie die Made im Speck, im Zentrum der Ereignisse.

»Halvorsen«, hört sie. Der Schnurrbart zittert. Sie grunzt eine Bestätigung.

»Der Wagen ist nicht verschlossen, die Schlüssel stecken, kein Mobiltelefon, keine Hinweise darauf, dass die Vermisste dort gewesen ist«, singt er ihr vor. Vang ist in seinem Element. Ist in Äkschn. Kommissarin Halvorsen spürt ihr Adrenalin wieder steigen.

»Du kannst doch zum Teufel nicht entscheiden, wer im Auto

gewesen ist und wer nicht!«, ruft sie gereizt. »Warum überlässt du die feine Denkarbeit nicht der Technik?«

Und sofort würde sie sich am liebsten die Zunge abbeißen. Glaubt, Grinsen und wippenden Schnurrbart Vangs durch das Telefon sehen zu können.

»Und wie geht es Pfadfinderin Hirschfuß? Kreuzt du auch ja jeden abgefahrenen Weg ab? Damit du nicht . . .«

Sie bricht energisch die Verbindung ab und schiebt die Rolling Stones in den Rekorder. Was verboten ist. Aber jetzt scheißt sie auf die Vorschriften. Dreht lieber alles bis zur Verzerrung laut auf.

Lässt es heulen und dröhnen, während sie neue Wege und Parkplätze durchsucht. Außerhalb des Autos gibt es einfach keinen Teufelswald, alles Teufelszeug gibt es drinnen. »Sympathy for the Devil« donnert aus ihrer Musikanlage. Mitten in der »Sympathie« besinnt sie sich. Sie erfährt doch nichts über die Außenwelt, wenn sie sich von heulenden Dezibel das Gehör ruinieren lässt. Ein Klicken, dann herrscht Stille. Sie dreht das Radio ein. Überprüft den Benzinmesser, noch jede Menge Treibstoff vorhanden. Und noch jede Menge Forstwege, jede Menge Parkplätze, jede Menge . . . Der Polizeifunk knackt und Chef Sundts Stimme ersetzt die Dezibel. Sie klingt weder nach Fistel noch nach Falsett, sie nennt nur ihren Namen. Mild und sanft und mit immer neuen Überraschungen hinter jeder Ecke. Kommissarin Anne-kin Halvorsen antwortet. »Das Funkgerät?«, fragt sie unschuldig. »Tut mir Leid, Sundt, das ist wohl vorübergehend ausgefallen.« Sie hatte das verdammte Gerät durch die Stones hindurch nicht hören können.

»Funktioniert dein Mobil, Halvorsen?«, fragt er. »Ich habe nur das Besetztsignal bekommen, ich mache noch einen Versuch. Gut.« Sundt hat, und das zu Recht, seine Zweifel, was den Polizeifunk angeht. Sekunden darauf klingelt ihr Telefon.

Ob sie etwas gefunden habe? Gesehen? Entdeckt? Aber klar doch, sie hat allerhand gesehen und gefunden und entdeckt. Hat jede Menge grünen Tannenwald entdeckt und festgestellt, dass das Straßenbauamt eine Scheißarbeit vor sich hat, wo es solche Mengen Kies in der Gegend herumschmeißt, und dass halb Trondheim sich für Geologie interessiert, während der Rest joggt oder mit oder ohne Hund Waldwanderungen unternimmt. Das alles hat sie herausgefunden.

»Fantastisch«, sagt Sundt. »Darüber solltest du ein Buch schreiben, Halvorsen.«

Sie schweigt. Wartet auf eine von Sundts witzigen Erörterungen.

Aber die bleibt aus. Der Alte verkneift sich alle ironischen, dummen, quasi-komischen Kommentare. Er sagt nur:

»Mach Feierabend, Halvorsen. Komm bei der Wache vorbei und liefere einen vorläufigen Bericht ab. Und dann machst du Feierabend. Wir sehen uns morgen.«

»Aber das Auto!«, heult sie. »Was ist mit dem Auto?«

»Das ist zur Wache geschafft worden. Die Technik wird es untersuchen, die Fahrzeugpapiere sind vorhanden, alles scheint in Ordnung zu sein. Aber der Besitzer bleibt verschwunden. Wir halten noch immer Wache. Und die Vermisste war . . .« Sundts Stimme verschwindet, wird abgeschnitten. Sie hört nur noch Rauschen und Knistern. Dann ist seine Stimme wieder da, spricht aber nicht mit ihr. Sundt führt schon ein weiteres Gespräch.

»Moment mal«, hört sie und begreift, dass die nächste Nachricht für sie bestimmt ist. Sie wartet. Lauscht. Lauscht, während er auf einer anderen Leitung spricht, während eine Nachricht für ihn einläuft, von der sie nichts versteht. Sie kann nur einzelne Wörter aufschnappen: *Kate, Jäger, zwei, Blut, erschossen.* Kommissarin Anne-kin Halvorsen keucht vor Ungeduld, hat das Gefühl, dass Ewigkeiten vergehen, ehe Sundt das Gespräch beendet und sich wieder ihr zuwendet. »Das war die Wache«, sagt er und fügt hinzu: »Weißt du, wo Kvarvet ist?« Anne-kin nickt, natürlich weiß sie, wo Kvarvet ist. Es ist eine Gegend mit Luchsrevieren und Geröllhalden, dichtem Nadelwald und riesigen Steinen, eine richtig spannende Gegend. Mit einigen glitzernden idyllischen Weihern und Mooren am Rand. Sowie einer extrem steilen Steigung zu einem Berg, der ihr wie das Dach der Welt vorgekommen ist, als sie zum ersten Mal keuchend seinen Gipfel erreichte. Kvarvet, denkt sie. Also hat sie Recht gehabt.

»Zwei Jäger auf dem Rückweg von der Jagd haben dort in einer Kate einen Verunglückten gefunden«, hört sie Sundt sagen.

»Da gibt es doch keine Kate«, erwidert Anne-kin. »Nur ein paar verrottete Reste von einer Hütte unten bei einem Weiher.« Sundt grunzt nur.

»Sie glauben, den Betreffenden identifizieren zu können. Deshalb hat dein Bericht Zeit bis später, Halvorsen«, sagt er. Und jetzt weiß sie, wer dort gefunden worden ist. Sie haben den »Jäger« gefunden. Sie hört, dass Wagen angefordert werden, dass die Hundestreife gerufen wird. Kommissarin Halvorsen tritt das Gaspedal durch und brettert durch die Kurven zur Stadt. Und als sie den Parkplatz gleichzeitig mit Sundt erreicht, wird ihr ein ziemlich wütender Blick ihres Chefs zuteil.

»Schon mal was von Geschwindigkeitsbegrenzung gehört, Halvorsen?«, fragt er.

Halvorsen schenkt sich die Antwort.

Die beiden Jäger werden gebeten, ihre Hunde im Wagen zu lassen, wo schon allerlei Federvieh liegt. Anne-kin glaubt, Enten zu erkennen. Waldvögel sind das auf jeden Fall nicht. Als sie sich der Kate nähern, kann niemand sie entdecken, doch als der ältere Jäger darauf zeigt und sagt, jetzt sind wir gleich da, fragt Sundt, ob es nicht noch einen anderen Weg gebe? Damit sie nicht die alten Fußspuren zertrampeln? Die einzige Antwort besteht aus einem Kopfschütteln. Es führt nur diese eine Klamm zur Kate. Kommissarin Halvorsen ist fasziniert, überrascht und fast schon überrumpelt davon, dass es in dieser Geröllhalde etwas von Menschenhand Gemachtes geben kann. Die Kate ist so gut versteckt, dass sie glatt daran hätte vorbeigehen, von Stein zu Stein hüpfen und über das Dach spazieren können, ohne zu ahnen, dass es sich um ein Dach handelt. Wenn sie nicht über dieses anonyme Rohr gestolpert wäre, das der Kate als Schornstein dient.

»Schießunfall«, hört sie Sundt fragen. »Sie glauben also, dass es sich um einen Schießunfall handelt?« Die Jäger bejahen.

»Er lehnte an der Wand, wie gesagt, auf der Pritsche, das Gewehr am Fuß, der Lauf zeigte nach oben, auf ...«

»*Lehnte an der Wand!* Haben Sie ›lehnte an der Wand‹ gesagt? Warum liegt er denn jetzt auf dem Boden?« Sundt schaut durch die Türöffnung. Seine Stimme verheißt nichts Gutes. Er versperrt den Weg, doch über seine Schulter hinweg kann Anne-kin auf dem Boden eine dunkle Gestalt ahnen. Die liegt ausgestreckt auf dem Rücken. »Wir mussten doch Wiederbelebungsversuche unternehmen, zum Teufel«, der Jüngere klingt aggressiv. Sundt dreht sich langsam um.

»Genau«, sagt er leise und eiskalt. »Und deshalb haben Sie die Waffe entfernt, haben sie an die Wand gelehnt, haben den Mann hochgehoben, ihn auf den Boden gelegt und dann die von Mund-zu-Mund-Beatmung versucht. Haben Sie auch Herzmassage gemacht? Oder hat sein Brustkasten zu stark geblutet?« Kommissarin Halvorsen sieht aus dem Augenwinkel heraus, dass der Ältere seinen Patzer begreift, dass ihm aufgeht, welches Beweise vernichtende Vergehen sie hier begangen haben. Er räuspert sich unsicher: »Das war vielleicht nicht gerade klug von uns«, sagt er ziemlich kleinlaut. »Aber wir ... ja, wir haben nicht so weit gedacht ... Wir wollten ja nur ... für den Fall ...« Er weiß nicht mehr weiter. Sie hört ihren Chef tief seufzen. Er wird keinen älteren Mann zusammenstauchen, bei dem das Herz sich früher zu Wort gemeldet hat als die Vernunft. Aber es wird eine anstrengende Rekonstruktionsarbeit werden. Sundt lässt niemanden in die Kate. Er schaltet eine gewaltige Taschenlampe ein, weiß Gott, wo er die her hat, denkt Anne-kin, und sieht, wie der Lichtschein das seltsamste Zimmer erhellt, das sie je gesehen hat. Es muss der Wunschtraum jeden Waldläufers und jeden Jägers sein, rau und übersichtlich, rundum maskulin, Feuerstelle, Bänke, Kaffeedose, Töpfe und Pfannen, Tassen, Steinfußboden und Wände, zwei verglaste Fensterchen, Kerzen und Streichhölzer. Wassertank und Waschschüssel. Durch und durch praktisch. Aber der Geruch, der durch die Türöffnung strömt, ist nicht gesund. Es riecht süß, aromatisch. Es riecht nach Blut. Dann lässt Sundt die Leute von der Technik herein, sonst niemanden. Die beiden Jäger werden draußen vernommen, ein Krankenwagen ist schon angefordert. Vang wird zum Parkplatz geschickt, um ihm den Weg zu zeigen.

Es wird jetzt dunkel. Das Licht verschwindet vom Waldboden und wandert immer weiter nach oben in Richtung Baumwipfel. Am Ende liegt der Wald wie eine Wand da, nur der Widerschein einer sterbenden Sonne spiegelt sich im Weiher unten im Moor. Kein »Spatz«, denkt Kommissarin Halvorsen. Sie hat alles abgesucht, das Ähnlichkeit mit einem »Parkplatz« haben könnte, hat alle Ausweichstellen auf dem Forstweg untersucht und überall in den Wald hineingeschaut. Wenn der »Spatz« jemals hier gewesen ist, so ist er jetzt ausgeflogen.

»Nein«, sagt Sundt, schüttelt den Kopf, als Anne-kin Halvorsen aus der Klamm zum Vorschein kommt. »Bisher finden wir nur Spuren des Verunglückten.« Eines »Verunglückten«, der in diesem Moment auf eine Bahre gelegt, mit einem Laken verhüllt und durch Geröll und Wald davongetragen wird. Die Träger haben einen harten Weg vor sich.

»Warum haben wir keine Kopflampen mitgenommen«, grunzt der eine.

Die nächste Station sind die Keller des RiT, wo die Pathologie ihre Arbeitszimmer hat. Anne-kin Halvorsen kann kurz das Gesicht des »Jägers« sehen, ehe es verhüllt wird. Ein gut aussehender Mann, gepflegt und noch ziemlich jung. Aber er sieht überrascht aus. Ihr fällt kein passenderes Wort für seinen Gesichtsausdruck ein als »überrascht«.

Kommissarin Anne-kin Halvorsen verlässt den Wald, setzt sich ins Auto und fährt los. Wie die anderen diesen seltsamen Fundort sichern werden, ist nicht ihre Sache, wer eventuell Wache halten wird, ist auch nicht ihr Bier. Sie schreitet aus, findet den Parkplatz und ihr Auto und fährt zur Wache. Dort schreibt sie den Bericht über ihren Tag. Ist so und so viele Waldwege gefahren, hat x verschiedene Parkplätze aufgesucht, hat Bymarka und Leinstrandsmarka kreuz und quer durchsucht, Resultat gleich null.

Sie sagt »bis dann« zu ihren Bürowänden und fährt nach Hause.

Hält vor dem Haus in Øvre Møllenberg und mustert neidisch aus dem Augenwinkel heraus eine Bande von fröhlichen Leuten auf dem Weg in die Stadt. Der eiskalte Wind ist Geschichte, ist ein Fall von »es war einmal«, vor langer Zeit und vielen Kreidestrichen. Jetzt ist der Trondheimer Abend lau und angenehm, prachtvoll und wie geschaffen für »amore«. Indian Summer.

Plötzlich sehnt sie sich nach Stein-Jørgen. Beim Gedanken an ihre Begegnung auf weichem Moos, Ameisen und Tannennadeln in Bymarka prickelt es ihr im ganzen Leib. Sie wünscht sich eine Wiederholung. Mit glücklichem Grinsen schließt sie die Haustür auf und läuft die Treppen hoch. Vielleicht findet ihr Liebster diese Idee ja auch gut. Sie wiederholt in Gedanken seine Privatnummer, zieht den Schlüssel aus der Tasche, will ihn ins Schlüsselloch stecken. Und hält inne. Horcht. Jemand steht hinter ihr. Sie hört Atmen. Lächelt glücklich. Stein-Jørgen, denkt sie, du bist wirklich ein toller Gedankenleser. Anne-kin fällt aus purer Geilheit der Schlüssel aus der Hand. Die nächsten Stunden ... ihr Körper zittert ... Mmm ...

25

Stein-Jørgen übertreibt, der Finger, den er in ihren Nacken presst, ist weder liebevoll noch lüstern. Er tut weh.

»Jetzt reicht's«, sagt sie und bückt sich nach dem Schlüssel. Etwas trifft sie unten im Kreuz, presst heftig gegen Nieren und Innereien. Sie wird sauer. Stößt die Hand nach hinten und will ihm Manieren »the hard way« beibringen. Aber sie hat danach nicht das Erwartete in der Hand, kein geiles Geschlecht, keine steinharten Eier, nichts, was verrät, dass hinter ihr ein Mann steht. Sie registriert nur Jeans und einen Reißverschluss, die beide mit ihren eigenen Ähnlichkeit haben. Hinter ihr steht eine Frau.

»Do not muve«, hört sie. Anne-kin Halvorsen »muvt« nicht, sie bleibt stocksteif stehen und lässt ihr Gehirn blitzschnell ihre Bekanntenliste durchgehen, die Liste ihrer weiblichen Bekanntschaften. Wer kann sie denn auf diese Weise überraschen wollen?

»Do not muve«, hört sie noch einmal. Und jetzt dämmert es ihr.

»Der ›Spatz‹«, flüstert Anne-kin und wird unerwartet und brutal durch die Tür gestoßen. Ist total überrumpelt. Liegt in ihrer Diele auf dem Rücken, schaut in den Lauf einer Smith & Wesson, starrt ein niedliches, praktisches kleines Eisenteil an, das sie lieber ernst nehmen sollte. Und über dem niedlichen kleinen Eisenteil sieht sie das Gesicht des »Spatz«. Wunden und Schwellungen aus ihrem Gesicht sind mehr oder weniger verschwunden, ihre Hände, die den Revolver umklammern, sind noch immer von Krusten bedeckt. Sie ist schön. Schön auf mädchenhafte Weise. Ganz ohne Schminke und Make-up, hohe Wangenknochen, blaue Augen mit langen Wimpern, schmales Kinn, rosa Babymund. Und sie ist unbehaglich bleich. Bleich ist sie und der Ausdruck ihrer Augen verzweifelt. Ihr Blick trifft Anne-kin mitten ins Zwerchfell. Der Ausdruck in den Augen des »Spatz«

kommt ihr härter vor als die Revolvermündung, die gegen ihre Schläfe gepresst wird. Kommissarin Halvorsen liegt der Länge nach auf dem Fußboden ihrer Diele, einem Dielenboden ohne Flickenteppiche oder Kram, nur Holz hat sie im Rücken, sie liegt da und schaut hoch in ein Gesicht, das zwischen Irrsinn und Normalität hin und her schwankt. Das Schattenspiel, das über das Mädchengesicht über ihr huscht, ist einfach unheimlich. Der Revolverlauf wandert auf und ab, hin und her. Von Schläfe zu Brust, zu Bauch, Geschlechtsorganen, zurück zu Brust, Herz, Schläfe. Zu Anne-kins Schläfe, Brust und Herz.

»Sorry«, hört sie. »I do not like. Sorry.«

Kommissarin Halvorsen hält den Mund, liegt auf dem Holzboden ihrer Diele und hält den Mund. Bewegt nicht einen einzigen Muskel, Über ihr steht eine Bombe, etwas, das unter hartem Druck steht, ein Zeitzünder, den sie nicht provozieren will. Ein verfolgter Mensch voller Angst, der zu allem Überfluss eine tödliche Waffe zwischen den Händen hält. Anne-kin bleibt ganz still liegen.

»Please stay up?« Die Stimme klingt leise und dünn. Anne-kin erhebt sich mit langsamen, ungeheuer langsamen Bewegungen. Stützt den Ellbogen auf die Bretter und richtet sich auf.

»Do not muve!« Die Frau über ihr hat wieder ihre Pose geändert, jetzt ist sie Modesty Blaise und hat die Kammer voller Kugeln.

»Go there!« Sie nickt zum Wohnzimmer hinüber. Anne-kin steht auf.

»Go there!« Noch ein Nicken zu ihrem Schreibtisch hinüber.

»No telephone!«, faucht die andere. Herrgott, denkt Anne-kin Halvorsen. Noch ehe ich den Hörer abgenommen habe, Herzchen, hast du schon deine ganze verdammte Waffe leer geschossen. So ein Risiko gehe ich nicht ein, kapiert?

»You can help me not?« Die Augen, die sie ansehen, sind deutlicher als ihre zweideutigen Worte.

»You need help«, sagt Anne-kin leise. Die andere nickt.

»But tell me, please, who are you?« Eine schlimmere Frage hätte sie offenbar nicht stellen können. Anne-kin sieht eine Frau, die sich ganz schnell verwandelt. Von Angst und Verzweiflung zu knallhartem Griff um den Revolver.

»You mine!«, heult die. »No fuck around! Understand!«

Ohne die real existierende Smith & Wesson hätte Kommissarin Anne-kin Halvorsen jetzt gegrinst, richtig hämisch gegrinst. Dann hätte sie nur auf den Ausschaltknopf des Fernsehers gedrückt, mit all seinem Dreck, der nach Schlafenszeit aus einer fast wie im wirklichen Leben-USA serviert wird. Komprimierter Dreck und Scheiß. Als Einschlafmärchen ausgestrahlt ins traute Heim, mit den allerbesten Wünschen zur guten Nacht und wir melden uns morgen wieder um ... Aber diese Parodie einer Soap spielt sich leider in ihrem eigenen Wohnzimmer ab. Sie hebt die Hände, um ihren guten Willen unter Beweis zu stellen.

»Sit!«, sagt die andere und reißt den Telefonstecker aus der Wand.

Sie ist flink wie ein Hermelin, als sie auch die Stecker von Faxgerät und Anrufbeantworter erledigt. Die ganze Zeit richtet sie dabei ihre Waffe auf Anne-kin. Der Schreibtischstuhl kommt ihr unbequem vor, ihr ganzes Dasein kommt ihr verdammt unbequem vor. Sie sieht, wie sich der »Spatz« ihr gegenüber in ihren Musiksessel setzt. Der scheint offenbar zu tief und zu niedrig zu sein, die Kleine strampelt mit den Füßen und plötzlich steht einer der sechs Esszimmerstühle im Zimmer. Auf den setzt sich nun der »Spatz«. Sie sitzt auf der Stuhlkante und mustert Anne-kin. Die Entfernung zwischen ihnen lässt keinerlei Gedanken an Angriff oder Entwaffnung zu. Der »Spatz« hat sich strategisch geschickt hingesetzt. Und da sitzen sie nun und sehen einander an. Keine sagt etwas. Zweimal öffnet der »Spatz« den Mund, will etwas sagen. Klappt ihn dann aber gleich wieder zu.

Anne-kin macht einen Versuch. Zwei- oder dreimal macht sie einen Versuch eine Art Gespräch in Gang zu bringen. Was ihr nur ein verzweifeltes »Shut up« einbringt. Sie versteht. Hält die Klappe.

Wie viele Stunden sind inzwischen vergangen? Zwei. Die Wanduhr erzählt, dass zwei Stunden ihres Lebens verstrichen sind, in denen sie kaum mehr gemacht haben, als dort zu sitzen. Schweigend. Die Wände angestarrt haben. Kommissarin Halvorsen zumindest. Sie starrt die Wände an, einen Punkt ein wenig links vom »Spatz«, zwischen Fenster und Wand. Aus dem Augenwinkel sieht sie die ganze Zeit die Kleine, die ihrerseits Anne-kin anschaut. Zwei Stunden lang. Und dann hat Anne-kin so langsam genug.

»How can I help you«, fragt sie, ohne Mädchen oder Waffe anzusehen. Keine Antwort. Aber hinter der Stirn des »Spatz« arbeitet es, es arbeitet dort schon seit zwei Stunden ununterbrochen. Noch einige Minuten vergehen. Dann wird sie hochbefohlen, die andere zeigt mit dem Revolverlauf, dass Anne-kin in die Diele gehen soll. Dort öffnet der »Spatz« eine Schranktür, die des Kleiderschranks und sagt: »In!« Der Schrank ist voll gestopft mit Mänteln und Rucksäcken, Reisetaschen und Schuhen. In dem ganzen Gewühl ist nicht mehr viel Platz für einen Menschen.

»In!«, wiederholt der »Spatz« und plötzlich begreift Kommissarin Halvorsen, was hier los ist. Aus dem Augenwinkel sieht sie, dass die andere ihre Oberschenkel zusammenkneift wie ein kleines Mädchen, das dringend aufs Klo muss. Das entscheidet die Angelegenheit. Kommissarin Halvorsen steigt brav in ihren Kleiderschrank und lässt die andere in aller Ruhe pinkeln. Durch die geschlossene Tür hört sie das Plätschern von der Toilette. Dann wird die Schranktür geöffnet und sie wird heraus und zurück auf ihren Schreibtischstuhl befohlen.

Der »Spatz« hat offenbar einen Entschluss gefasst.

»You fix«, sagt sie und zeigt auf den Kabelsalat auf dem Boden.

»Fix telephone.« Anne-kin »fixt«. Schiebt Stöpsel und Stecker in die richtigen Löcher und setzt sich wieder auf den Stuhl.

»Now it's okay«, sagt sie.

»Phone your boss«, hört sie. Stutzt. Was meint die Kleine?

»My boss is not at work now«, erwidert sie.

»Phone home! Now!«

Sie streckt die Hand nach dem Telefon aus, hebt es hoch und will Sundts Privatnummer eingeben.

»In English! Speak in English! If not . . .« Die Hand, die den Revolver hält, spricht eine deutlichere Sprache als das holprige Englisch des »Spatz«.

»And you tell I will have a people speak Russian!« Kommissarin Anne-kin Halvorsen kippt nicht das Kinn herunter, aber viel fehlt nicht mehr daran.

»Russian?«, fragt sie. »You want someone who can speak Russian?« Die andere nickt. »Yes, Russian.« Der polnische »Spatz« ist also Russin, denkt Anne-kin und wählt Sundts Privatnummer.

Es schellt und schellt. Keine Antwort. Sundt ist nicht zu Hause, Und seine Frau und die halbwüchsigen Töchter auch nicht.

»Nobody home«, sagt sie. »I will try the mobile.« Der »Spatz« nickt. Akzeptiert.

»Ja!«, wird in die Leitung gebellt. Sie schaut den »Spatz« an.

»In English«, faucht die Kleine.

Das jetzt folgende Gespräch verläuft hauptsächlich nach dem Muster von »English for Beginners«. Anne-kin Halvorsen will nichts anderes riskieren. Sie spricht eine englische Kindersprache und hört, dass ihr gottbegnadeter Chef begreift, nach einer kurzen Gedankenpause, dass die Lage ernst ist. Dass das hier kein quasi-komischer Anruf von Untergebener an König ist. Sondern blutiger Ernst. Sie reicht dem »Spatz« den Hörer.

»He wants to speak to you. Please.« Der »Spatz« nimmt das

Telefon, der Revolverlauf bohrt sich noch immer tief zwischen Anne-kins Rippen.

»You fix a people speak Russian«, faucht der »Spatz«, lange, ehe Sundt überhaupt etwas sagen kann. »Okay?« Offenbar ist sie mit seiner Antwort zufrieden, ihr Gesicht entspannt sich für eine Sekunde.

»Thank you«, sagt sie und fügt hinzu:

»I have gun. No fuck around. Then ... then ... Babushka die. Okay?« Dann knallt sie den Hörer auf die Gabel, geht rückwärts zurück zu ihrem Stuhl und setzt sich. Babuschka, denkt Anne-kin Halvorsen, Himmelherrgott, bin ich wirklich so alt, dass die Kleine mich »Babuschka« nennt? Sie tröstet sich damit, dass der Wortschatz des »Spatz« doch sehr karg bemessen ist. Und dass diese Bezeichnung einen positiven Beiklang zu haben scheint.

26

Die Tür gleich gegenüber, die Wohnungstür ihrer Nachbarin, Rakel A. Steen, wird auf- oder zugeschlossen. Gleich darauf geht Anne-kins Türglocke. Der »Spatz« wird kalkweiß im Gesicht, starrt Anne-kin an, die fast über ihre eigenen Worte stolpert, als sie erklärt, das sei ihre Nachbarin.

»My neighbour. Living next door.« Der »Spatz« nickt.

»Old lady«, sagt sie. »Real babushka.« Ein winziges Lächeln huscht über ihr Gesicht.

Ach, so ist das also, Herzchen, denkt Kommissarin Halvorsen. Du hast dich bei Frau Steen eingeschmeichelt, um im Treppenhaus warten zu dürfen, du hast ihr sicher Leid getan, wo sie doch so eine barmherzige Samariterin ist.

»You have my visitors' card? My address?«, fragt Anne-kin. Der »Spatz« gibt keine Antwort, schnaubt nur. Das ist eigentlich Antwort genug. Wieder geht die Türglocke.

»Frau Halvorsen, sind Sie da?«, ruft ihre Nachbarin. Der »Spatz« schüttelt den Kopf. Na gut, dann ist sie eben nicht da. Sie hören Schritte, die sich entfernen, dann fällt die Nachbartür ins Schloss.

Einmal während dieser unerträglich langen Wartezeit hätte Kommissarin Halvorsen die Waffe vielleicht wegtreten können. Der »Spatz« ist für einen Moment unaufmerksam, dreht sich halb zum Fenster hin und horcht. Draußen hält ein Auto, Autotüren werden zugeschlagen. Aber dann hörten sie wütendes Kindergeschrei und tröstende mütterliche Worte. Sie hätte es vielleicht schaffen können. Die andere zu entwaffnen. Aber was wäre damit erreicht gewesen? Der »Spatz«, der offenbar reden möchte, wäre in Untersuchungshaft genommen worden, wäre stumm wie ein Fisch gewesen, und was in aller Welt hätte ihnen das gebracht? Wenn hier auch nicht gerade die Rede von Vertrauen sein konnte, der Blick in eine Revolvermündung ist nun wirklich keine vertrauensbildende Maßnahme, so weiß sie doch, dass der »Spatz« die Waffe, ihren »Schutz«, nicht benutzen wird. Nicht, so lange Anne-kin mitspielt. Kommissarin Halvorsen beschließt, sitzenzubleiben und mitzuspielen.

Endlich klingelt das Telefon und der »Spatz« nickt ihr zu.

»English!«, faucht-flüstert sie. Es ist Sundt. Er hat einen russischsprachigen Menschen aufgetan, einen, der jetzt neben ihm sitzt. Sundt möchte mit dem »Spatz« sprechen. Und mit großer Entfernung zwischen sich und Anne-kin nimmt der »Spatz« einen Platzwechsel vor. In der einen Hand hält sie die Waffe, in der anderen den Telefonhörer. Und nun redet sie, redet eine Sprache, bei der es sich für Anne-kins Ohren wirklich um jede osteuropäische Sprache handeln kann. Endlich, denkt sie, endlich passiert etwas. Der »Spatz« stellt offenbar eine Frage. Miene und Mimik weisen darauf hin, dass es sich um eine Frage handeln muss. Dann hört sie zu, lange. Und plötzlich verändert sich ihr Gesicht, zuerst zeigt es Zorn, dann Angst.

»*Wrong, wrong, wrong!*«, ruft sie und lässt den Hörer fallen, und mit zitternder Mündung, die auf Anne-kin zeigt, weicht der »Spatz« rückwärts vom Telefon zurück. Mit kalkweißem Gesicht.

»Speak you«, flüstert sie. »Tell your boss *wrong man*!«

Anne-kin hebt langsam den Hörer hoch, sieht, wie der »Spatz« um Atem ringt, hört sie flüstern: »Bad, bad man. Business.«

»Dein Dolmetscher ist verworfen worden, Sundt«, sagt sie leise. Riskiert es, Norwegisch zu sprechen. »Er hat ihr eine Höllenangst eingejagt. Kannst du eine Studentin besorgen? Eine, die Russisch und Norwegisch spricht? Eine Frau?«

»Ja«, antwortet ihr Chef. »Aber das dauert seine Zeit. Wie geht es sonst, geht es . . . geht es sonst gut?«

»Okay«, antwortet sie und legt auf. Schaut zu der schmächtigen Frau hinüber, die jetzt fast schon mit den Zähnen klappert.

»Yes, my boss will fix another. A student, a woman.«

»Thanks«, antwortet ein ganz dünnes Stimmchen. Und dann erbricht der »Spatz« sich. Es quillt nur so aus ihr heraus. Grüne Kotze und ausgiebiges Würgen. Sie schaut es nicht einmal an, lässt es einfach fließen, achtet nicht darauf. Sie sieht nur Anne-kin an. Zielt und sieht. Anne-kin bewegt sich nicht. Lässt die andere in Ruhe kotzen. Hört zwischendurch eine Stimme, die sagt: »Do not muve.« Wenn die Russin oder was zum Henker sie nun sein mag, bisher gefährlich war, so ist sie jetzt mehr als verzweifelt. Unberechenbar für sich selbst und für ihre Umgebung. Angst in Verbindung mit Verzweiflung ist schlimmer als eine Landmine. Anne-kin setzt ihre Füße nicht vorsichtig auf. Sie setzt sie überhaupt nicht auf. Lässt die undetonierten Landminen in Ruhe liegen.

»Sorry«, hört sie. Schaut in ein totenblasses kleines Mädchengesicht. Die andere sieht aus, als müsse sie in der Ecke stehen.

Ja, sorry. Aber deine Kotze kann liegen bleiben, »Spatz«, denkt Anne-kin, die stinkt nicht ärger als die im Container, in dem ich dich gefunden habe. Und wenn du aufs Klo musst, dann kannst du das elegante Manöver von vorhin wiederholen. Und mich in den Garderobenschrank einsperren.

»Just wait«, murmelt der »Spatz« und wischt sich mit der freien Hand den Mund ab.

Ja, denkt Kommissarin Halvorsen, wir können uns wohl auf ein paar weitere Stunden Warterei gefasst machen. Und weiß der Himmel, wo Sundt die Person auftreiben soll, die sie ihr versprochen haben, eine russischssprechende Frau, die durch eine Telefonleitung die richtigen Vibrationen aussenden kann.

27

Sie sind beide nicht gerade gut gelaunt, die beiden Männer, die in Sundts Büro sitzen. Sundt ist zielstrebig und sauer. Der andere gestikuliert und ist sauer.

»Tut mir Leid, Herr Bussni«, sagt Sundt. »Aber sie will nicht mit Ihnen sprechen. Tut mir Leid.« Der andere breitet die Arme aus, sein eleganter Anzug spannt über den Schultern.

»Ja, aber warum nicht«, ruft er. »Warum? Wer ist sie, was will sie, warum will sie nicht mit mir sprechen? Ich verlasse meine Firma und begleite die Polizei, die meine Dienste wünscht, ja? Ich tue meine Pflicht. Und dann, dann sagt der Herr Kommissar ...«

»War sie Russin?« Sundt schneidet seinen Wortschwall einfach ab. »Haben Sie sie verstanden?«

»Nein, nein, ich verstehe nicht. Zuerst soll ich kommen. Dann soll ich gehen.«

»Ja, aber haben Sie verstanden, was sie gesagt hat? Ihre Sprache?« Sundt buchstabiert geradezu für den Mann, der vor ihm steht. Sie starren einander an. Die beleidigte Miene des anderen verschwindet und weicht einer Art Hochmut. Er schnippt mit den Fingern, wirft das Schnippen über seine Schulter.

»Hafenratte. Sie redet wie eine Hafenratte.«

Dann sieht Sundt zu, wie der elegant gekleidete Mann auf dem Absatz kehrtmacht und unter vielen Verbeugungen das Büro verlässt.

»Bringen Sie ihn zum Ausgang«, sagt Sundt zu dem Beamten, der bei der Tür gestanden hat. Und dann macht er sich über das Telefon her, holt alle guten Helfer herbei, die er erreichen kann. Vor allem die Jüngeren, in deren Umgangskreis es Studentinnen gibt. Und einen alten Bekannten, der behaglich auf seinem breiten Hintern in einer Behörde sitzt. Sie hatten früher allerlei gemeinsame Interessen, wenn auch das brennende Interesse dieses Freundes an russischer Kultur und Sprache nicht dazu gehört. Ihr Kontakt riss ab, als der andere die Orientierungsläufe an den Nagel hängte. Sundt hat Glück und trifft ihn zu Hause an.

28

Anne-kin döst vor sich hin. Mit offenen Augen döst sie, das ist eine Kunst, die sie in überaus langweiligen Vorlesungen gelernt hat. Wach aussehen, aber in Gedanken weit weg sein. Aber sie ist gar nicht weit weg, sie ist in ihrem Wohnzimmer. Und wie sie in ihrem Wohnzimmer ist! Obwohl sie döst. Der »Spatz« döst nicht. Sie sitzt so unbequem wie überhaupt nur möglich auf der Stuhlkante, das Einzige, dem sie ein wenig Ruhe gönnt, sind ihre Ellbogen. Die ruhen auf ihren Knien. Sie sitzt wie auf dem Sprung. Eine Stunde lang sitzt sie so da. Dann schellt das Telefon. Die Prozedur wiederholt sich: Der »Spatz« wiederholt seine sorgfältigen Sicherheitsmaßnahmen. Dann darf Anne-kin abnehmen. Es ist Stein-Jørgen.

»My boyfriend«, flüstert sie dem »Spatz« zu und hält dabei die Hand auf die Sprechmuschel. Ein leichtes Lächeln huscht über ihr Gesicht.

»Tell you love him«, flüstert der »Spatz«. »But sorry, not tonight. Tell him go drunk with friends.« Anne-kin erstickt den Anflug von Lachen, der in ihr hochperlt. Das hier ist verdammt noch mal kein Grund zum Lachen, Halvorsen, sagt sie sich selbst.

»Love you, but sorry not tonight, please go and get drunk with some friends«, wiederholt sie in den Hörer.

»With boyfriends«, fügt sie dann auf eigene Faust hinzu. Es kann natürlich Einbildung sein, dass sie ein unterdrücktes Kichern hört, als sie auflegt. Aber alte Häuser haben so viele Geräusche. Dann sitzen sie wieder schweigend da.

In Gedanken entwirft Anne-kin drei oder vier Theorien über den »Spatz«, eine so glaubwürdig wie die andere, jedenfalls, so lange sie ihrer Fantasie freien Lauf lassen kann. Russin oder Polin, jedenfalls stammt sie aus einem Land, aus einer Sprache, die östlich von Polen angesiedelt sind. Und ist keine Finnin. Und spricht auch nicht mit den weichen Konsonanten südlicherer Gefilde. Als sie zum ersten Mal einen Griechen hörte, glaubte sie, er spreche Französisch. Und damit ist wohl alles über meine Sprachkenntnisse gesagt, denkt Anne-kin. Die sind mager. Englisch und Deutsch, ein paar Brocken Deutsch. Zehn Sätze Spanisch. Kein Dänisch. Von der dänischen gesprochenen Sprache kapiert sie kein Wort. Ihr Sommerflirt in Silkeborg konnte mit ihrem Trondheimer Dialekt ebenso wenig anfangen, sie mussten auf ganz anderer Ebene kommunizieren.

Die Kleidung des »Spatz« ist nicht die, die sie im RiT aus dem Nachbarzimmer geklaut hat. Kein teurer Mantel mit Seidenfutter, keine Damenstiefel. Was sie jetzt trägt, stimmt fast mit der Beschreibung der Bier zapfenden Studentin überein: Pullover, Minirock, kurze Stiefel. Aber keine Leggings. Sie trägt eine Tarnhose, die aus einem militärischen Ausverkauf stammt. Und eine Jeansjacke hat sie auch nicht. Bei der Jacke, die sie vorhin vollgekotzt hat, handelt es sich um eine Militärjacke. Genauer gesagt, um eine schweineteure Tarnjacke, wie sie in Waffen- & Bergsportläden verkauft wird. Anne-kin Halvorsen nimmt an, dass sie vom »Jäger« stammt.

Sie glaubt nicht, dass in den Taschen ein Mobiltelefon steckt, die Jacke hängt nicht schräg. In den Taschen steckt vermutlich eine Visitenkarte, die sie einmal einer Frau, die die Bewusstlose spielte, in die Hand geschoben hat. Eine Karte, die die »bewusstlose« Patientin aufbewahrt hat. Das ist die einzige Antwort auf die Frage, warum der »Spatz« jetzt hier sitzt.

Was ist mit dem »Schießunfall«? War das wirklich ein Schießunfall, dort draußen in der seltsamen Geröllhalde? Der einem unvorsichtigen Jäger unterlaufen ist? Oder einer Frau, die keine Ahnung von Waffen hat? Oder war es ganz einfach Mord?

Anne-kin Halvorsen schaut rasch zum »Spatz« hinüber, versucht, etwas in ihrem Gesicht zu finden, etwas, das sie deuten kann. Sie findet kein Gesicht, die Frau hat sich so verdammt raffiniert hingesetzt. Im Zimmer herrscht trübes Licht, Halbschatten, nur die kleine Lampe an der Wand hinter ihrem Schreibtisch, die sie nie ausknipst, brennt. Und die Straßenlaterne vor dem Fenster lässt Hintergrundlicht ins Zimmer fließen. Der »Spatz« sitzt wie ein Scherenschnitt da, ein Ganzkörperscherenschnitt, ihr Gesicht liegt im Schatten, Nur ab und zu glitzert das Metallstück, das sie in der Hand hält. Das bedeutet einen nervösen und unruhigen Finger am Abzug, denkt Kommissarin Halvorsen. Und sitzt noch sehr viel ruhiger da.

Als das Telefon endlich klingelt, reagieren sie kaum noch. Sie sitzen schon zu lange in diesem dunkeln Zimmer in Møllenberg, die Welt draußen ist gewissermaßen so fern, so weit draußen. Uninteressant.

Sie bleiben sitzen und hören dem Klingeln zu. Wie zwei Mumien. Salzsäulen. Der russische Spatz und die norwegische Polizistin lassen es einfach klingeln. Am Ende rafft Anne-kin sich auf.

»Shall I take it?«, fragt sie.

Keine Antwort. Anne-kin überlegt, ob der »Spatz« in seinem Sessel wohl eingeschlafen sein kann. Glaubt das aber nicht. Wenn sie im Zwielicht auch nicht das Gesicht des »Spatz« sehen kann, so sieht sie doch auf jeden Fall eine Waffe, die das Licht der Straßenlaterne reflektiert.

Sie fragt: »Shall I put on more light?«

»No«, die Antwort knallt wie ein Peitschenhieb. »No more light. I see you. Take it. Take the telephone.«

Anne-kin hebt den heftig klingelnden Hörer ab, hört Sundts Stimme, hört, dass er mit der anderen sprechen will. Reicht den Hörer weiter.

»For you«, sagt sie.

»Light!«, hört sie. »Please light.« Anne-kin schaltet die Deckenlampe ein. Eine hässliche Deckenlampe, die sie zusammen mit der Wohnung übernommen hat, sie benutzt sie sonst nie. Die Deckenlampe besteht aus Neonröhren, die ihr Wohnzimmer in ein grelles, kaltblaues Geschäftslokal verwandeln. Ein Licht, das Gänsehaut verursacht.

Aber der »Spatz« scheint mit dem Deckenlicht einverstanden zu sein, sie nickt und hat wieder alles unter Kontrolle. Mündung auf Bauch, denkt Anne-kin. Unkontrollierbare Landmine.

Dann geht die Sache wieder los. Der »Spatz« nimmt den Hörer, sagt etwas in einer Sprache, von der Anne-kin nicht einen Mucks versteht. Mit dem einzigen Unterschied, dass der Spatz diesmal nicht »wrong! wrong! wrong!« ruft und den Hörer auch nicht auf den Boden schleudert.

Anne-kin Halvorsen sitzt da als Zuhörerin bei einem Gespräch, von dem sie kaum ein Wort begreift. Obwohl sie Bruchstücke und Brocken einer anderen, hellen Frauenstimme hören kann, liegt der Inhalt doch weit außerhalb ihres Begriffsvermögens. Aber die Körpersprache des »Spatz« sagt ihr, dass die beiden Frauen Höflichkeitsfloskeln wechseln.

Der gute Ton, denkt Kommissarin Halvorsen. In diesem Moment. Meine Güte. Dann spitzt sie die Ohren, die Chemie zwischen den beiden scheint zu stimmen. Der »Spatz« will reden.

Sundt, denkt Anne-kin Halvorsen, guter Sundt, du hast wohl Grips genug, um dieses Gespräch auf Band aufzunehmen?

Sie hört den »Spatz« ihren Namen nennen, das glaubt sie zumindest, sie scheint Irina Dingsbums-slowska zu heißen. Murmansk. Das kann sie immerhin verstehen. Dann folgen einige »da-da«, und der »Spatz«, nein, Irina, wird wieder wortkarg. Abweisend. Dann spricht sie wieder. Um eine Minute darauf zu verstummen. Ein ums andere Mal. Am Ende, unmittelbar, ehe Spatz-Irina auflegt, schaut sie zu Anne-kin hinüber, sagt noch einmal »da« und nickt.

Eine Sekunde darauf faucht sie einen wütenden Befehl in den Hörer. Hört ein Ja oder eine Bestätigung oder was auch immer.

Auf jeden Fall sieht sie ein klein bisschen weniger nach Todesangst aus als zuvor. Dann legt sie auf und sagt zu Kommissarin Halvorsen:

»Stay you up.« Und Anne-kin Halvorsen gehorcht, sie steht auf und legt die Hände auf den Kopf. Will nicht provozieren. Aber sie könnte jeden Moment kotzen, nicht vor Angst, sondern weil ihr Wohnzimmer stinkt. Spatz-Irina steht vom Stuhl auf, schickt eine Woge von Kotzgestank durch das Zimmer. Und es riecht nicht gerade nach zu viel Rotwein und Pizza am Samstagabend. Es riecht verwest, stinkt nach Angst und Tod.

»Wait. Three ring. Then we go.« Irina aus Murmansk liefert Informationen. Obwohl die Frau nicht gerade ihre ganze Schulzeit hindurch Englischunterricht genossen hat, ist ihre Mitteilung doch kristallklar. Sie sollen warten, bis dreimal an der Haustür geschellt wird, dann sollen sie die Wohnungstür aufschließen, sie öffnen, die Treppen hinuntergehen. Die Haustür aufschließen und hinausgehen. Hinaus zu was? Anne-kin redet über ihre Schulter mit einer Frau mit einem Revolver, die sich einbildet, den weiteren Handlungsverlauf unter Kontrolle zu haben.

»What happens then?«, fragt sie mit einem Blick zurück.

»You first. So us.« Der »Spatz« ignoriert die Frage, sie zeigt nur auf sich und die Waffe.

»You first. So us«, wiederholt sie. Anne-kin Halvorsen nickt. Sie ist nicht schwer von Begriff, hat die Botschaft begriffen. Aber sie lässt nicht so einfach locker. Will wissen, wie die Pläne, die Abmachungen, wie die in einer fremden Sprache getroffenen Übereinkünfte aussehen.

»What happens then«, fragt sie hartnäckig. Keine Antwort. Sie versucht einen anderen Dreh. Denn sie will verdammt sein, wenn sie als lebende Zielscheibe aus der Tür geht.

»Did you get any help«, fragt sie. »The Russian woman you spoke with, can she help you?« Sie sieht, wie Irina mit den Schultern zuckt.

»She was not Russian«, hört sie. »She study Russian, she tell your boss me want to tell him all, tell everything. Understand?« Anne-kin nickt, versucht nicht übereifrig zu wirken, weil sie den »Spatz« endlich zum Reden gebracht hat. Oder weil der »Spatz« endlich reden will. Sie hat der Frau den Rücken gekehrt, dreht sich halbwegs um, langsam, ungeheuer langsam. Betrachtet die andere, die breitbeinig dasteht und mit beiden Händen den Schaft umschließt, sie sieht wirklich aus wie eine Illustration aus einem Lehrbuch für korrekten Waffengebrauch. Aber die selbstsichere Haltung fährt auf Kollisionskurs zu den ängstlichen Augen.

»Your police is okay? Give me to allow to stay?« Zwei dunkelblaue furchtsame Augen starren in ihre eigenen. Verlangen eine Zusage. Anne-kin Halvorsen hasst sich, als sie nickt und sagt:

»Sure. Sure our police is okay. What is your profession?« Die andere runzelt die Stirn, wühlte in ihrem Wortschatz und sagt nach kurzem Nachdenken:

»Ah, my job? I am very good to make you a dress. You and

your elegant friends.« Kommissarin Halvorsens Herz sinkt nach unten. Das hier ist eine Wiederholung, die Wiederholung einer Szene, die sich wenige Jahre zuvor abgespielt hat. In Kirkenes. Die Grenzen waren geöffnet worden, der Handel sollte frei fließen. Zwischen Norwegen und der Sowjetunion, Verzeihung, Russland. Dann rief eine Kollegin an und weinte sich per Telefon an Anne-kins Schulter aus, weil Frauen, *Händlerinnen*, auf dem vom Wind geplagten Marktplatz von Kirkenes gestanden hatten, mit ihrer Kollektion auf Holztischen und Hoffnung in den Augen, was ihnen lediglich ein belustigtes Kopfschütteln eingetragen hatte. Aber keine Geschäfte. Denn die Frauen in Kirkenes oder Grimstad, Røros oder auch Oslo sind von russischer handgeschnitzter Haute Couture nicht sonderlich beeindruckt. Sie schaut Irina an.

»Who told you to make beautiful clothes here in Norway?«

»You not muve! I not answer. Your boss, he promise! I tell him. And you shut up!«

Anne-kin Halvorsen seufzt, ihre Hände sinken von ihrem Kopf nach unten, und schon spürt sie die Revolvermündung im Nacken.

»Up your hands« Sie hebt die Hände, legt sie auf den Kopf.

Fragt weiter, denn sie will das bisschen Kontakt, das sie jetzt entwickelt haben, nicht wieder verlieren. »Where is the telephone you used? The mobile?«

»Not understand«, hört sie Spatz-Irinas Stimme antworten.

Mit den Händen auf dem Kopf geht Anne-kin ein Risiko ein, sie dreht sich langsam um und sieht, wie der »Spatz« sie aus schmalen Augen mustert, betrachtet. Dann wird deren Blick sanft und verlegen.

»You like me?«, fragt sie plötzlich. »You help me?«

Anne-kin stöhnt. Als sie zuletzt einem Menschen helfen wollte, der nicht in Norwegen geboren war, Carlos, ihrem Nachbarn, endete alles damit, dass der vom Flughafen aus anrief und ihr die beiden Polizisten vorstellte, die ihn aus dem

Land und zurück zu Terror und Folter bringen sollten. Seither hat sie kein einziges Wort von ihm gehört.

»Yes, I like you«, antwortet Anne-kin. Aber darum geht es schließlich nicht. »And if my boss said he can help you, you better trust him. Besides, Irina –«, die andere wird sichtlich nervös, als sie ihren Namen hört. »Besides«, sagt Kommissarin Halvorsen, »what other choice do you have? Than trust him?« Der »Spatz« nickt. Weiß sicher besser als jede andere, wie wenig Alternativen sie hat. Dann kneift sie plötzlich wieder die Augen zusammen.

»I do not trust no person«, flüstert sie verbissen. »Everything is business. But I can tell your boss about the business. Why we, we . . . Olga and Little-Irina . . . you understand?«

Herrgott, denkt Anne-kin Halvorsen. *Little-Irina!* War eine von den anderen etwa noch jünger als du?

Die wütende Türklingel lässt beide hochfahren. Sie scheppert wie ein Unwetter, das war immer schon so. Sogar die Stereoanlage wurde übertönt, wenn die Teufelskinder auf der Straße das uralte Spiel trieben und bei aller Welt klingelten.

Eins, zwei, drei Klingelsignale. Kommissarin Halvorsen bewegt sich langsam auf die Tür zu, versucht sich die Lage draußen vorzustellen. Sie geht davon aus, dass Sundt Waffen bewilligt worden sind, dass er an passenden Stellen Leute versteckt hat, mit dem strengen Befehl sich ruhig zu verhalten. Zu beobachten, zuzusehen, wie Irina entwaffnet wird. Ihr Chef hat sich nur zu einer freiwilligen Waffenübergabe bereit erklärt. Keine Abzug geilen Finger auf eigene Initiative. Und dann wird er allein dort stehen, nein, möglicherweise wird auch die Dolmetscherin dabei sein, wenn Irina darauf bestanden hat, wenn es zu ihren Forderungen gehört. Anne-kin verwirft diese Theorie sofort wieder. In dieser Hinsicht würde Sundt nie gegen die Vorschriften verstoßen, niemals würde er Zivilistinnen in die Schusslinie geraten lassen. Sie hofft nur, dass Irina gescheit genug sein wird, ihm den Revolver mit dem

Schaft zuerst hinzuhalten. Und dass sie nicht plötzlich von irgendeinem blödsinnigen Scheinwerfer geblendet werden.

Die Treppenstufen knacken, als sie hinuntergehen. Sie lässt ein Stoßgebet los, Frau Rakel A. Steen möge nicht durch ihren Türspalt lugen, um ihre Neugier zu befriedigen. Frau Steen ist übrigens nicht neugierig, sondern nur fürsorglich. Anne-kin hofft inbrünstig, dass sie ihr Vaterunser gebetet hat und zu Bett gegangen ist. Dicht hinter sich hört sie die Schritte des »Spatz«. Und vor ihr liegen fünf Meter mit Flickenteppichen bedeckter Flur. Und am Ende des Flickenteppichs wartet die Tür. Aus massivem Holz, mit Yale-Schloss und ganz oben einem Fenster, das Licht von der Außenlampe hereinsickern lässt. Keine Scheinwerfer. Der Rentner aus dem Erdgeschoss ist längst schlafen gegangen, der Student, der Carlos' alte Bude übernommen hat, ist nicht zu Hause. Sie hat von dort seit Tagen schon kein einziges Geräusch gehört. Mit einer Hand auf der Türklinke und einer am Yale-Schloss schließt Kommissarin Halvorsen auf. Öffnet vorsichtig die Tür. Hört die Frau hinter sich etwas sagen, das sie nicht versteht. Anne-kin hält mitten in der Bewegung inne, lässt den Türspalt nicht breiter werden.

»What«, fragt sie, will in diesem Moment wirklich nichts missverstehen oder fehlinterpretieren.

»Slow«, wird hinter ihrem Rücken geantwortet. »You slow, please.«

Klar, denkt sie und nickt. Ich bin doch auf deiner Seite, Irina. Mit Schusswaffen vor mir und Schusswaffen hinter mir bin ich der gehorsamste Mensch auf der Welt.

»Open«, hört sie ein Flüstern. Und Anne-kin spürt gleichzeitig, wie sich eine Mündung in ihren Rücken bohrt. Ihr bricht der Schweiß aus, Herrgott, das kann einfach nicht gut gehen. Ungesicherte Waffe und Frau in Todesangst. Die Bluse klebt ihr am Leib, ein bitterer metallischer Geschmack füllt ihren Mund, und die salzigen Tropfen, die ihr in die Augen laufen, sind keine Tränen. Das ist Angstschweiß. Plötzlich begreift sie, was manche Menschen dazu bringt, sich in die Hose zu pissen.

»Open.« Mit feuchten Händen öffnet sie die Tür, vorsichtig, ganz vorsichtig. Dort draußen steht Sundt. Im Lichtfeld der Außenlampe steht der gute alte kleine, Große Sundt. Keine bedrohliche Haltung, fast entspannt und ruhig steht er dort, wartet auf zwei trödelnde Damen, mit denen er einen losmachen will. Sie würde unendlich gern losstürzen, ihm in die Arme fallen und das beenden, was sie fast nicht mehr ertragen kann. Der Blick, der sie trifft, bringt sie zur Besinnung. Auch er hat Angst. Hinter seiner scheinbar entspannten Haltung verbirgt ihr Chef seine Angst. Seine kontrollierte Angst. Und er steht allein da. Was die Schatten verbergen, verbergen sie gut. Aber sie sind da, da ist sie sich sicher. Die Mündung weicht nicht zurück, Irina geht dicht hinter ihr. Eine kleine Bewegung, und sie weiß, dass sie einen Schritt nach rechts gehen soll. Damit die Tür ins Schloss fallen kann. Der »Spatz« folgt. Hinter ihr, die ganze Zeit hinter ihr. Nichts passiert. Nur der Atem in ihrem Nacken, ein feuchter Mädchenatem, keuchend, wie nach einem Spurt. Sie bleiben stehen. Lange. Alles kommt ihr lange vor. Ihre Augen gewöhnen sich an die Dunkelheit hinter dem Lichtkegel. Und Kommissarin Halvorsen ahnt, oder übernehmen andere Sinne diese Aufgabe, noch andere draußen in der Dunkelheit. Die Kollegen haben sie aufs Korn genommen. Sie und ihren Schatten, der die Containerfrau aus Murmansk versteckt. Ihr fällt eine Episode ein, aus der Zeit der Heimwehren, als sie als Markierungspunkt in unwegsamem Gelände lag, und der Feind, *Fi*, auf sie zielen und sie sozusagen erschießen sollte. Zwei ihre Mitsoldaten hatten ihr später erzählt, sie hätten sich dabei überlegt, dass sie es nicht schaffen würden, auf eine Frau zu schießen, dass sie niemals Ernst hätten machen können. Und sie hatte ihnen nur die Wange gestreichelt und sagt: »Wie niedlich, Jungs.« Kommissarin Halvorsen fragt sich, was die da draußen wohl empfinden. Denn ihr Schatten, *Fi*, ist auch eine Frau.

Plötzlich ist der Druck verschwunden. Sie spürt, dass der harte Druck der Mündung nicht mehr da ist, sie hört nur Irinas

Atem. Dann wird Anne-kin etwas in die Hand gedrückt. Ein heißer, schweißnasser Revolvergriff.

»Take it«, hört sie. »Please.« Sie packt den feuchtwarmen Schaft, sieht, dass der Revolver entsichert ist, sichert. Und in diesem Moment tritt ihr Schatten aus der Sicherheit hinter dem Rücken von Kommissarin Anne-kin Halvorsen heraus, geht zwei Schritt zur Seite und hebt die Hände. Clever, Spatz, denkt Anne-kin dankbar, und dann kann sie nicht mehr denken, denn eine verirrte Fledermaus jagt an ihrer Wange vorbei. Der Knall kommt von vorn und von hinten, als sie gegen die Wand schlägt, gegen die Tür, gegen eine solide Eichentür. Flatsch! Anne-kin spürt, wie etwas verspritzt, spürt, wie heiße klebrige Innereien gegen Wangen, Stirn, Kopf spritzen. Sie hört ein leises Stöhnen, spürt das Gewicht eines Körpers gegen sich fallen, begreift, dass es durchaus keine Fledermaus und auch sonst kein fliegendes Wesen war. Es war der unruhige Finger eines Kollegen, der zwei Schüsse losgelassen hat. Der Teufel soll dich holen, Vang, schluchzt sie und versucht den Körper zu stützen, der gegen ihren sinkt.

»*RUNTER, HALVORSEN, RUNTER!*« Sundts Stimme knallt wie ein Peitschenhieb. Nur eintrainierte Reflexe bringen sie zum Gehorchen, sie lässt sich fallen, liegt da und umarmt ihren Schatten. Einen Schatten, der sehr viel Blut besitzt. Jemand trifft die Außenlampe, Stein klirrt gegen Glas, und dann ist die Welt dunkel. Und in der Dunkelheit spürt sie zwei Arme, die sie von der Treppe und hinter die Mülltonnen ziehen. Es ist Sundt. Gleich darauf ist noch ein Körper da. Und draußen in der Dunkelheit ist die Hölle los. Ein Scheinwerfer wird eingeschaltet. Hartes, grelles Licht flutet über den Hinterhof, fort von ihr und den Mülltonnen, weit weg. Das Licht frisst sich die Nachbarhäuser oben am Hang hoch, die vierstöckigen Steinhäuser, die oben am Kamm thronen. Fast die ganze Fassade wird angestrahlt. Und in der Dunkelheit kann sie zuerst Vang erkennen, dann mehrere andere Kollegen. Sundt kläfft Befehle. Sie hört das Wort »Krankenwagen«. Durch ihr benebeltes Gehirn fährt ein Gedanke: Spatz, Herrgott, lebst du noch, Spatz? Und dann: warum legt ihr Chef diesem verdammten Rambo von Polizeicowboy, der den Finger nicht vom Hahn lassen konnte, keine Handschellen an? Sie kann nicht feststellen, aus welcher Richtung die Schüsse gefallen sind, aber sie waren seltsam gedämpft, als stehe jemand weit hinten in einem Zimmer und schieße durch ein offenes Fenster.

Das scharfe Scheinwerferlicht, das über graue Mauern, Dächer und Dachfenster fegt, lässt die Hausbewohner die Rollos hochziehen und verängstigt aus Schlafzimmer- und Wohnzimmerfenstern schauen. Was geht da draußen in der Nacht vor sich? Effektiver Weckdienst, denkt Kommissarin Halvorsen, und mehr kann sie nicht denken, denn jetzt ist der Krankenwagen da und sie wird auf eine Bahre gelegt. Sie dreht sich um, will mit ihrem Chef reden, will wissen, was passiert, warum etwas schief gegangen ist, was jetzt weiter geschieht. Aber er hat keine Zeit für sie. Sie hört, wie er Verstärkung anfordert, hört Not- und Bereitschaftsprozeduren. Die einzige Antwort, die sie bekommt, ist eine weitere Bahre, die neben ihre geschoben wird. Die Krankenwagenbesatzung verhält sich professionell: einer fährt mit heulenden Sirenen und Blaulicht, so dass alle Fahrzeuge geradezu zur Seite spritzen, ein anderer wickelt dem »Spatz« in aller Eile einen vorläufig das Blut stoppenden Verband um den Kopf. Sie scheint mit Blut geradezu verschmiert zu sein. Das bedeutet vielleicht, dass sie noch lebt, denkt Anne-kin. Immer wieder schaut der Krankenpfleger kurz in das grauweiße Gesicht von Kommissarin Halvorsen. Sie geht davon aus, dass er einen »Schock« diagnostiziert. Und wenn das stimmt, dann hat er Recht. Das Beste wäre es, in alle Ewigkeit auf dieser Bahre liegen bleiben zu dürfen. Plötzlich will sie gar nichts mehr wissen, alle Bedürfnisse, Wünsche, irgendetwas zu verstehen, haben plötzlich ihren Körper verlassen. Ist doch egal, was hier abläuft ... Als sie das Bewusstsein verliert, merkt sie, wie jemand ihr eine Sauerstoffmaske auf Mund und Nase drückt. Und das schnurrbärtige Gesicht, das sie sieht, ehe ihr alles entgleitet, sieht genauso aus wie das von Kollege Vang. Er sieht ängstlich und sauer aus, denkt sie, und verschwindet in einer barmherzigen Dunkelheit.

29

Die Bewohner des Trondheimer Stadtviertels Møllenberg schlafen immer mit einem zu einem Viertel geöffneten Ohr. Ohne es zu wissen und ohne, dass ihre Lebensqualität darunter zu leiden hätte, schlafen sie mit einem zu einem Viertel geöffneten Ohr. Ihre Gegend, die Baumasse, die in den siebziger Jahren vor abrissgeilen Städteplanern gerettet werden konnte, bildet Europas längste zusammenhängende Holzhausbebauung. Es ist ein Stadtteil, in dem sich alle wohl fühlen, ein Stadtteil mit ganz eigener Prägung, und nach und nach mit hoher Wohnqualität geworden. Und mit äußeren Feinden. Die Städteplaner und Politiker, die das Viertel dem Erdboden gleichmachen und durch Hochhäuser und Blocks ersetzen wollen, stellen zwar keine wirkliche Gefahr mehr dar. Die Bedrohung liegt in den Häusern selbst, in der dichten Bauweise, im Holz. Im Feuer. Im Lauffeuer. Nur wenige verlassen zu Silvester in Møllenberg ihre Häuser. Zu Silvester sitzen die meisten zu Hause, in fröhlicher Runde, mit guter Aussicht auf Raketen und das Neue Jahr, und passen auf ihre Häuser auf. Wenn eine verirrte Rakete fünfzehn Häuser weiter einschlägt, ist auch das eigene Haus in Gefahr. Dann fegt das Feuer von Giebelwand zu Giebelwand und plötzlich gibt es nur noch Asche und rauchende Ruinen. Einen Kilometer weit. Die gemütliche Enge aus Holz hat ihren Preis. Und deshalb hat die Trondheimer Wache in dieser Nacht alle Hände voll zu tun mit Anrufen, die wissen wollen: »Was ist los? Was geht hier vor sich? Warum blinkendes Blaulicht und Absperrungen und schweigende Polizisten, die keinerlei Informationen erteilen, brennt es, oder was? Die grotesken Scheinwerfer, die über die Häuser schweifen, können die Nerven auch nicht beruhigen.

Sundt hat Absperrungen errichten lasen und die Polizei muss Leute abkommandieren, die die Bewohner bewachen und weghalten. Dann tauchen Presseleute auf, die Nachtwache hatten. Auch sie werden aufgehalten. Denn in den Kulissen wird gearbeitet. Dort, wo wirklich etwas passiert. Verstärkung rückt an. Die Mietshäuser, mit Blick auf Kommissarin Halvorsens Hinterhof, werden durchsucht. Fünf, sechs Häuser mit Gegensprechanlage werden geöffnet, und draußen liegen und stehen Polizisten und halten Ausschau nach Flüchtigen. Ein aushäusiger Ehemann, der seine Geliebte besucht, versucht sich davonzuschleichen. Er wird sofort in einen Streifenwagen gelotst und knabbert Nägel, weil er seinem Ehevertrag zufolge mitten in den Nacht in dieser Gegend nichts verloren hat.

Ansonsten verlässt niemand die Häuser. Die zum Ausgleich von vielen betreten werden.

Die Polizei durchsucht Wohnungen, im Erdgeschoss, im ersten, zweiten und dritten Stock. Und die Dachwohnungen. Denn die Schüsse stammten nicht von einem schießwütigen Cowboy. Sie stammten aus der Nachbarschaft. Aus irgendeiner Wohnung in den Steinhäusern, die Anne-kins Außenlampe gegenüberliegen. Die Häuser werden »plombiert«, das bedeutet, dass fast die gesamte Besatzung der Trondheimer Wache Ausgänge und Türen und Hinterhöfe bewacht. Wenn hier jemand fliehen will, dann werden die Wachen ihn entdecken. Niemand flieht. Und die verschreckten Bewohner lassen sich nach und nach beruhigen. Jedenfalls genug, um nach Hause zu gehen, den Schlüssel dreimal umzudrehen, Haustür und Wohnungstür zu verbarrikadieren und die Kinder zwischen sich ins Ehebett zu packen.

»Ganz ruhig, es brennt nirgendwo. Die Polizei sucht nur schnell einen Verbrecher. Es besteht keine Gefahr, es ist still, kein Wind, nichts brennt. Jetzt müssen wir schlafen.«

Einige wenige Studenten, die aus der Kneipe nach Hause torkeln, begreifen nicht, warum sie durchsucht werden. Um dann weitergehen zu können.

»Nette Bullen«, sagt einer, »haben den Schnaps nicht gefunden.« Sundt & Co interessieren sich nicht für Schwarzgebrannten, jetzt nicht.

Sie halten Wache, damit sich niemand aus den Steinhäusern davonschleichen kann. Die Technik arbeitet wie besessen. Polizisten mit Kenntnissen über ballistische Bahnen analysieren, woher ein Schuss kommt, der gerade in diesem Winkel in eine Eichentür eingedrungen ist. Und wo sind die Kugeln?

Sie finden eine. Die hat im Haus von Kommissarin Anne-kin Halvorsen die Haustür durchstoßen, ist durch den mit Flickenteppichen geschmückten Gang gejagt, ist weitergelaufen und hat ein nettes kleines Loch in die Wand vor der Studentenbude geschlagen. Sie brechen die Tür auf. Und finden die Kugel. Mitten in seiner CD-Sammlung finden sie sie. Es ist eine 6,5 mm Kaliber, normale Munition für allerlei Mausermodelle. Die andere ist nicht eingeschlagen. Und das bedeutet, dass sie sich irgendwo im Körper von Kommissarin Halvorsen oder in dem der entflohenen RiT-Patientin befinden muss. Und mehr als ein Mensch wird bei diesem Gedanken eine Nuance bleicher.

30

Die kleine Irina aus Murmansk, heruntergekommen in einem Müllcontainer im Hafen von Trondheim aufgefunden. Ausgegraben und ins Krankenhaus verfrachtet. Halb tot und ausgetrocknet, blutend und in Todesangst. Dermaßen, dass sie aus der Sicherheit entfloh, als die grundlegenden Bedürfnisse befriedigt und die Wunden versorgt waren. Aus Pflege und Fürsorge, vor intravenöser Ernährung und Medikamenten geflohen, ganz einfach abgehauen. In gestohlenen Kleidern. Und ohne, dass der Portier oder irgendwer sonst auch nur den Schatten des Flüchtlings entdeckt hätten.

Jetzt ist sie wieder da. Jetzt liegt sie wieder im Regionalkrankenhaus in Trondheim. Liegt wieder auf einer Bahre, auf einem Tisch, unter scharfen Operationslampen, vor grün gekleideten Helfern mit scharfen Messern und Skalpellen, mit geübten Routinen und Schweißperlen unter ihren Gazehauben. Sie arbeiten wie besessen. Niemand fällt in Ohnmacht. Sie haben das trainiert, haben den Kampf gegen Zeit und Tod trainiert. Und gegen Blut und Dreck und Löcher und Fleischfetzen, gegen Zerstörung und Körperchaos. Gegen den Wirrwarr. Niemand fällt in Ohnmacht. Aber einer kotzt. Zieht sich zurück und reißt sich die Binde vom Mund. Ein angehender Krankenpfleger, noch mit zarten Nerven. Dass eine einzige Kugel soviel Teufelswerk ausrichten kann. Sie finden Kugel Nr. 2 in Irinas Kopf. Einschlag von der rechten Schläfe her. So teuflisch raffiniert angebracht, dass die Kleine höchstens zwanzig Prozent Chance hat, diese Operation zu überleben. Und keine, wenn die Kugel nicht entfernt wird. Sie legen los.

31

Anne-kin kommt zu sich, ehe die Bahre aus dem Krankenwagen gehoben wird. Kommt zu sich und sieht nichts. Die Welt hat keine Konturen, besteht nur aus Nebel mit flackerndem, krankem, klebrigem Licht. Sie stöhnt, schließt die Augen, kneift sie fest zusammen. Jemand schiebt sie auf eine Tür zu. Etwas stimmt mit meinen Augen nicht, sagt sie, oder vielleicht denkt sie das auch nur. Meine Augen sind verletzt, ich kann nichts sehen, ich sehe nur ... nur lange Fäden, Dunst und Bilder meines eigenen Gehirns. Vorsichtig öffnet sie sie wieder. Unverändert. Sie glaubt, Wurzeln zu sehen, ein verflochtenes Gewirr von Wurzeln, das sich über ihre Netzhaut gelegt hat.

Das ist zu viel. Die Leute, die sie schieben, und die, die bereit stehen, hören eine Frau, die zuerst stöhnt, und die dann ein einziges Wort heult: »NEEEINN!« Ihr Schrei hallt an Wänden und Decke wider. Sie hört eine beruhigende Stimme. Dann fängt jemand an sie zu untersuchen, ihr Gesicht zu waschen. Jede vorsichtige Bewegung, die weich über Stirn, Augen, Wange fährt, riecht nach Krankenhaus. Der herbe Geruch füllt ihre Nasenlöcher, ihre Flimmerhaare sträuben sich. Sie niest. Niest so heftig, dass Rotz und Tränen aufstieben. Sie wird hochgezogen. Im Sitzen wird sie von den guten Helfern weiter gewaschen. Es müssen mehrere sein, sie sind überall, mit Watte, Lappen, Gaze. Es brennt nicht, denkt sie. Seltsam, aber es brennt nicht, es tut nicht weh. Blind zu werden soll nicht weh tun? Sie wagt nicht die Augen zu öffnen.

»Jetzt können Sie die Augen aufmachen«, hört sie. Spürt eine Hand auf der Schulter.

Als Erstes sieht sie eine Schüssel mit rotem Inhalt. Und dann noch eine. Die Blutsuppe schwappt darin, zusammen mit etwas anderem. Mit etwas Undefinierbarem, Schleimigem, Ekelhaftem. Jemand trägt die Schüsseln mit dem vielen Roten fort, die Hand auf ihrer Schulter drückt leicht zu. Und eine Stimme sagt:

»Das ist nicht Ihr Blut. Das war Fremdblut.« *Fremdblut?* Was soll das denn heißen? Ist das das Blut des »Spatz«, sind das ... die Innereien des »Spatz«, die da in der Schüssel herumgeschwappt sind?

Sie kann nicht atmen. Diese ganze Suppe, die sie eben gesehen hat – *Himmel, ich kann ja sehen!* –, wenn die nicht von ihr stammte, dann muss das doch bedeuten, dass dem »Spatz« der halbe Kopf weggefetzt worden ist! Anne-kin krümmt sich zusammen und erbricht sich. Diese Reaktion scheint nicht überraschend zu kommen, vor ihr steht ein Kotzbecken. Sie sieht es deutlich, sieht es mit beiden Augen. *Mit beiden Augen!* Eine unglaubliche Dankbarkeit jagt durch ihren Kopf. Sie ist nicht blind! Das Blut hatte sie geblendet. Getrocknete, geronnene

Blutkrusten. Fremdblut. Das des »Spatz«. Wieder muss sie sich erbrechen. Und spürt eine Hand mit einem feuchten Lappen auf ihrer Stirn. Schnieft dankbar. Anne-kin richtet sich mühsam auf, murmelt ein »tausend Dank« und wird mit einem Lächeln belohnt. Und der Mitteilung, sie sei »entlassen«, sie könne gehen. Ein Kollege erwarte sie schon, jemand nickt in Richtung Korridor.

Vang. Sie sieht ihn durch eine Glastür, er kehrt ihr den Rücken zu und zieht abwechselnd an seinem Schnurrbart und trommelt mit ungeduldigen Fingern auf der Armlehne herum, und springt auf und rennt hin und her. Er sieht aus wie ein ungeduldiger Vater, der auf die Geburt seines ersten Kindes wartet. Dann entdeckt er sie durch die Glastür. Und sein Gesicht, diesen kurzen Moment von tausend Dank, lieber Gott, das über sein Gesicht huscht, wird Anne-kin Halvorsen niemals vergessen. Kollege Vangs Gesicht ist so nackt, dass es etwas Feuchtes in ihren Augenwinkel presst. Sie ist peinlich berührt und verlegen und murmelt etwas von »alles gut gegangen, nett, dass jemand mich abholt«. Weiter kommt sie nicht, dann wird eine Tür aufgerissen und Hemdenzipfel und Mantelschöße kommen hereingeflattert. Eine Sekunde darauf umschließen sie Stein-Jørgens Arme, sie pressen so fest, dass sie ein »au« jammern muss, damit er seinen Zugriff lockert. So viel Mitgefühl, Besorgnis, Erleichterung. Das ist zu viel, sie weiß plötzlich nicht, wie sie sich verhalten soll. Sie windet sich aus Stein-Jørgens Umarmung und will auf »Damen« fliehen. Für einen Moment allein sein. Aber mit der Hand auf der Klinke dreht sie sich um und sieht die beiden an.

»Tausend Dank«, flüstert sie. Und lässt ihre Tränen strömen.

Das Spiegelbild, das sie auf »Damen« begrüßt, zeigt ihr eine ziemlich heruntergekommene Frau. Ungeschminkt und rot nach der Krankenhauswäsche, aber ohne Schrammen oder äußere Verletzungen. Die inneren Verletzungen sind nicht zu sehen. Und auf dem Gang draußen stehen zwei Männer, ein

Liebhaber und ein Kollege, und lächeln einander leicht vorsichtig, leicht verwundert zu. Denn Anne-kin hat *nicht* mit der Tür geknallt, hat sie *nicht* aufgefordert, sich diesen melodramatischen Kitsch zu schenken. Sie schütteln den Kopf, vielleicht steht sie ja doch unter Schock. Sie werden sie in der nächsten Zeit ein wenig im Auge behalten müssen.

Während Vang wieder an die Arbeit geht, sitzt Kommissarin Halvorsen auf einem Gang im RiT und wartet auf das Ergebnis einer Operation. Neben ihr sitzt ihr Liebster, Stein-Jørgen. Er unternimmt nicht einmal den Versuch, sie zu überreden, nach Hause zu gehen und sich hinzulegen, er weiß, dass sie hier sitzen wird, bis sie weiß, was passiert. Und wenn das noch Stunden dauert. Sie wird hier sitzen bleiben, so gut kennt er sie.

Was Stein-Jørgen nicht weiß, ist, dass es in ihrer Wohnung und in der nächsten Nachbarschaft von Polizei nur so wimmelt. Die Technik hat abgesperrt, gesichert, den Tatort durchsucht, und Sundt und seine Männer machen Jagd auf den, der die Schüsse abgegeben hat. Kommissarin Halvorsen wird eigentlich am »Tatort« gebraucht, aber Chef Sundt spielt diese Notwendigkeit herunter. Er braucht ihren Bericht nicht sofort. Wichtiger ist, den Menschen zu finden und festzunehmen, der Tür und Eingangspartie von Kommissarin Halvorsens Haus rot gefärbt hat. Und der im Körper der »Vermissten« eine Kugel hinterlassen hat. Anne-kin darf also gern auf dem Krankenhausgang sitzen. Und diesmal wird die Polizei vor dem Zimmer des »Spatz« Wachen aufstellen. Falls das nötig wird.

32

Die Morgennachrichten im Radio sind ein gutes Stück polizeilicher Ermittlungsarbeit. In der Nacht und den Morgenstunden haben die Radioleute ebenso viele Informationen über

Hausbesitzer, Mietverhältnisse, Dachwohnungen und mögliche Fluchtruten für Heckenschützen zusammentragen können wie die Polizei. Sundt hört sich abwechselnd seine eigenen Kommandos und die Morgensendungen der Lokalsender an. Mit jedem Ohr eins. Eigentlich dürfte es ihm gar nicht gefallen, dass die Medien so verdammt tüchtig sind, aber Ehre wem Ehre gebührt. Es passt ihm nicht, aber diese Leute sind tüchtig.

»Warum arbeiten die nicht bei uns?«, blafft er, als ein Polizist null Aktivität in Aufgang B meldet. Er dreht sich um und ist verschwunden, noch ehe der Polizist »Hä« oder »Sorry, Sir« sagen kann. Sundt vergleicht die Informationen miteinander, interne wie externe.

In zirka vierzig Prozent des Bauvolumens wohnen Familien mit Kindern, der Rest verteilt sich auf ältere Alleinstehende, vor allem Frauen, und jüngere Alleinstehende, vor allem Männer. Dann gibt es noch kinderlose Paare sowie drei Stipendiaten der TH. Und in einer Dachwohnung haust eine Radiosprecherin. Genau, denkt Sundt, da haben wir die Info-Bank. Aber es stellt sich heraus, dass die Frau verreist ist, dass sie zu Gyrodactylus-Fällen Interviews an der Küste führt. Über Notschlachtung, Konkurs und Not.

»Gyrodactylus gibt es nur in Flüssen«, korrigiert Vang. »Die Parasiten, die Zuchtlachs befallen, heißen . . .« Sundt macht auf dem Absatz kehrt, er will nichts über komplett gleichgültige Fischkrankheiten hören, die mit seinem Fall aber auch gar nichts zu tun haben.

Alle Dachböden sind renoviert worden, was heißt, staubige, riesige dunkle Flächen mit von Vogelkot und Spinnweben verklebten Fensterchen sind zu Panoramawohnungen geworden, für die der eventuelle Käufer einen sechsstelligen Betrag hinblättern muss. Und verkauft sind sie, fast alle. Abgesehen von der Radiofrau, die nur zur Miete wohnt, und noch einer Wohnung, die derzeit angeboten wird. Das unterste Gebot beträgt 1,3 Millionen. Sundt zuckt nicht einmal mit der Wimper, in

Trondheim, in Norwegen, ist eine neue Yuppiezeit eingekehrt. Das Geld sitzt locker. Er sieht, dass Radionachrichten und Polizei zu denselben Informationen gelangt sind, was die Besitzverhältnisse angeht. Die Firma ist registriert als AG, Nybo AG, eine Unternehmens- und Maklerfirma. Eigentlich ein kleiner Fisch unter den großen Maklerfirmen in Trondheim Geschäftsführer und Besitzer der Aktienmehrheit ist Sivert K. Ljaam, verheiratet, zwei erwachsene Kinder, wohnhaft in einem Einfamilienhaus in einem relativ normalen Viertel, Büro am Hafen, einige Mieteinheiten im Zentrum. Zwölf Jahre zuvor wegen Hinterziehung der Mehrwertsteuer mit einer Buße belegt. Tüchtiger Geschäftsmann, keine ernsthaften Klagen/Beschwerden der Käufer.

Hauptkommissar Sundt hat immer dasselbe Sciencefiction-Gefühl, wenn Informationen, für deren Beschaffung sie vor einem knappen Jahrzehnt noch Tage oder Wochen gebraucht hätten, jetzt im Handumdrehen aus dem Drucker ticken. Ein bisschen geschickte Fingerarbeit, das entsprechende Passwort für das richtige Register und ein kreativer Mensch vor dem Bildschirm, dem diese Aufgabe gefällt. An Arbeitsfreude und Gründlichkeit der Person, von der der Bericht stammt, den Sundt jetzt in Händen hält, ist jedenfalls nichts auszusetzen. Sogar das Hobby des Geschäftsführers wird erwähnt: Pferde, Zucht und Rennen. Aber Sundt begreift nicht, wozu es gut sein soll, wertvolle Arbeitszeit zu verschwenden, um zu ermitteln, dass die Gattin des Geschäftsführers den Führerschein für Busse und LKW besitzt. Die Jungs können auch zu tastengeil werden, denkt er und blättert weiter.

Zwei der Häuser, aus denen die Schüsse aller Wahrscheinlichkeit abgegeben worden sind, gehören der Firma Nybo AG. Die meisten Wohnungen sind wie gesagt verkauft, bis auf zwei Dachwohnungen. Die eine bewohnt die verreiste Rundfunkfrau. Die Polizei hat schon über eine vom Winde zerwehte Mobilverbindung Kontakt zu ihr aufgenommen und mitgeteilt, dass sie ihre Wohnung aufgebrochen hatten. Vang hatte den

Eindruck, als er sie endlich erreicht hatte, dass sie sagte: »Bitte sehr, greifen Sie ... Rauschen. Aber verdammt ... Rauschen ... Unordnung macht! Rauschen ... tot.« Er geht davon aus, dass sie mit der Schnellfähre in die Stadt zurückkehren wird. Die Lachsparasiten sind doch ein Klacks im Vergleich zu einem Schusswechsel in der Nachbarschaft.

33

Die Firma Nybo AG in Gestalt ihres Geschäftsführers ist früh auf den Beinen. Im Büro im Hafen meldet sich kein Anrufbeantworter, sondern der Chef selbst. Er versteht, was Sache ist, sieht ein, dass die Polizei die Tür zur Dachwohnung aufbrechen und diese durchsuchen musste.

»Was für eine verdammte Geschichte«, sagt er nur. »Kann ich irgendwie behilflich sein?« Ob er die Interessenten durch die Wohnung führt? Ja, das tut er. Und ob es mehrere Schlüssel gibt? Nein, die Firma leiht den Interessenten keine Schlüssel, sie dürfen die Wohnungen nur in Begleitung betreten. In den meisten Fällen ist er diese Begleitung. Oder seine Frau. Ob jemand seit der letzten Führung dort gewesen ist? Nein, das ist nur ein paar Tage her, noch immer laufen neue Angebote ein. Sie werden sich also Zeit lassen, den bestmöglichen Preis erzielen, wenn die Polizei versteht. Die Polizei versteht. Sundt bittet ihn, zu der Wohnung zu kommen. Sivert K. Ljaam hat die Häuser bauen lassen, er kennt sich dort aus, möglicherweise hat die Polizei ja etwas übersehen. Er wird schneller als schnell kommen, das hier ist wirklich traurig. Und kommt ungelegen. Kann den Markt beeinflussen, den Verkaufspreis.

Sundt stöhnt leise, als er auflegt. So ist das Leben als Geschäftsmann also, denkt er, man muss immer an Kronen und Öre denken, an Gewinn und Verlust, während eine Polizistin beschossen wird und ein anderer Mensch nur eine Überlebenschance von zwanzig Prozent hat. Ein Kollege hört sein Stöhnen, schaut rasch zum Chef herüber:

»Gibt's was Neues aus dem Krankenhaus«, fragt er, während er die Papiere in seinen Händen anstarrt. Sundt schüttelt den Kopf, fischt die Wagenschlüssel aus der Tasche und macht sich auf den Weg nach Møllenberg. Pressemeldung und Pressekonferenz müssen warten, er kann den Medien ja doch kaum etwas Neues erzählen.

34

Sie wird aufgefordert nach Hause zu gehen. Die Operation ist zu Ende und sie werden erst in einigen Stunden mehr wissen. Die Patientin ist noch bewusstlos und wird kontinuierlich überwacht. Die Elektronik überprüft Herz, Puls, Blutdruck und alles, was überprüft werden kann. Hier können sie nicht mehr ausrichten. Anne-kin Halvorsen, die an Stein-Jørgens Schulter vor sich hingedöst hat, sieht ein, dass die anderen leider Recht haben. Es bringt nichts hier sitzen zu bleiben. Sie ruft auf der Wache an, erfährt, dass Sundt in Møllenberg ist, erreicht ihn per Handy und sagt, sie wolle in ihr Büro fahren. »Lies den Bericht der Dolmetscherin«, sagt Sundt. »Den und das kurze Gespräch, das sie mit dem ›Spatz‹ geführt hat.« Ja, genau das hatte Kommissarin Halvorsen vor, sie will in Erfahrung bringen, was in dieser fremden Sprache mit den singenden Konsonanten gesagt worden ist.

»Nimm Kontakt nach Murmansk auf«, hört sie dann. Ist der norwegische Kriminalbeamte in Murmansk also schon informiert? Der Posten ist neu, das entsprechende Abkommen ist erst im März diesen Jahres getroffen worden. Vor allem geht es um den Grenzverkehr. Bei dem leider mehr passiert als nur harmloser Verkauf von Babuschka-Puppen und schwarz gebranntem Schnaps.

Das Sexgeschäft floriert, Busladungen werden hin und her geschafft. Sperma wird hinein, Geld wird herausgepumpt. Und beides geht nicht unbedingt an dieselbe Person. Trotzdem geht Anne-kin davon aus, dass dieser Posten ein kleines Signal an Mafiosi jeglicher Couleur ist, dass sie sich ein wenig beherrschen sollen, was norwegische und norwegisch-russische Firmen in der Region betrifft. Denn dort spielt sich die gröbste Kriminalität ab.

»Bist du sicher, dass ich dich nicht nach Hause fahren soll?« In Stein-Jørgens Stimme liegt ungeheuer viel Fürsorge. Er fährt los, ohne auf ihre Antwort zu warten, begreift jedoch, dass »nach Hause« für Anne-kin nicht Schlaf und Ruhe bedeutet, sondern Passivität und die Wände hochgehen. Eine feuchte Umarmung, und sie rennt durch die Hintertür der Trondheimer Wache.

»Wir telefonieren«, ruft sie und ist verschwunden. Stein-Jørgen bleibt noch eine Weile sitzen und starrt die geschlossene Tür an. Anfangs hatte er Anne-kin und ihre Arbeit spannend gefunden, er hatte noch keine Kriminalbeamtinnen kennen gelernt und schon gar nicht geküsst oder im Bett gehabt. Sie ist für ihn noch immer eine spannende Frau, aber ihr Beruf? Der missfällt ihm mehr und mehr. Er findet ihn direkt widerlich. Er hofft, dass Fürsorge zugrunde liegt, der Wunsch, ihr möge nichts Schlimmes passieren, das hätte in dieser Nacht doch leicht passieren können. Das leicht bohrende Gefühl in seiner Brust will er nicht genauer untersuchen. Es erinnert ihn zu sehr an eine Beziehung, die mit Trennung und den Worten endete: »Ich habe schreckliche Angst vor Eifersucht, Stein-Jørgen, und du bist extrem! Mach's gut.« Aber verdammt, Anne-kin und Vang sind doch unzertrennlich, und ihr Umgangston ist mehr als neckend und kollegial. Der klingt nach Flirt. Schließt die Umgebung aus. Ihn auch. Und das wird er bald nicht mehr ertragen können.

Die Sekretärin des Instituts für Akustik schaut verdutzt hinter ihm her, als er auf ihren Gruß hin kläfft: »Das ist verdammt noch mal kein guter Morgen!« Hat sie etwas Falsches gesagt? Launische Mannsbilder! Gereizt taucht sie wieder in ihren Papierstapeln unter.

35

»Hier«, sagt Vang, »hier ist die Mitschrift des Telefongesprächs zwischen ›Spatz‹ und Dolmetscherin. Ich habe sie gelesen«, er schiebt Anne-kin die Papiere zu.

»Das ist die Übersetzung«, fügt er hinzu. Kommissarin Halvorsen schaut kurz zu ihrem Kollegin hinüber. »Was du nicht sagst«, sie grinst ironisch, »und ich dachte schon, du kannst Russisch.« Sie fängt an zu lesen, ohne zwei langsam errötende Ohrläppchen zu sehen.

»Und hier ist der Bericht der Dolmetscherin«, sagt er und schiebt ihr einige weitere Papiere hin.

»Ebenfalls übersetzt?«, murmelt sie neckend und liest weiter. Zuerst überfliegt sie alles, dann liest sie es noch einmal. Gründlich. Nach einer guten Stunde schiebt sie den Stuhl zurück und geht zum Fenster. Dort bleibt sie lange schweigend stehen.

»Ja«, sagt Vang und bricht das Schweigen. »Sie ist Russin. Gibt den Namen Irina Sverdlowska an, achtzehn Jahre alt, Beruf: arbeitslose Fabrikarbeiterin, Wohnung: Wohnsiedlung Utilitas, Murmansk. Nächster Angehöriger: ein zehn Jahre älterer Bruder, Andrej.

Die Dolmetscherin hat verdammt gute Arbeit geleistet«, fügt er dann auf eigene Kappe hinzu. Anne-kin nickt. Sie denkt daran, wie gereizt der »Spatz« auf einige Fragen reagiert hat, wie schwer es vermutlich war, Tatsachen, persönliche Angaben aus ihr herauszuholen.

»Die kleine Irina«, sagt Anne-kin und zeigt auf die Unterlagen. »Das muss die kleine Irina sein, die sie erwähnt hat. Ein Jahr jünger, siebzehn. Und die Letzte ist Natascha, 20 Jahre. Mit Nachnamen, Adressen, Angehörigen.« Sie lehnt den Kopf an die Fensterscheibe, die sofort beschlägt.

»O Scheiße«, flüstert sie, »jetzt wird es plötzlich . . . jetzt werden sie . . . die Frauen im Container, die wir gefunden haben, die dort gelegen, die dort hineingeworfen worden waren, sie . . . sie sind keine ›unbekannten Toten‹ mehr, sie heißen . . . sie haben einen Namen . . . Familie . . . sie, sie . . . Scheiße!« Sie schlägt mit der Faust gegen die Dreifachscheibe. Vang würde gern zu ihr gehen, die Arme um sie legen, wagt jedoch nicht sich zu bewegen. Er hat von der Seite her schon einmal Ohrfeigen kassiert, wagt nicht, die edle Vorstellung einer tröstlichen Umarmung in die Tat umzusetzen. Er bleibt auf seinem Stuhl sitzen. Gestattet sich nur »wirklich, zu übel.«

»Ja«, hört er, sieht seine Kollegin auf sich zutaumeln und spürt, wie sie an seine Schulter sinkt. »Das ist zu übel.« Erst jetzt wagt er, sie an sich zu drücken und sie tröstend zu streicheln. Er hat fast das Gefühl, sich selbst zu trösten und zu streicheln. Das dauert zehn Sekunden, vielleicht auch nur neun. Dann springt sie auf und fragt, was jetzt passieren soll.

»Ist das Büro in Murmansk informiert? Das norwegische? Die Russen? Die Angehörigen, haben wir . . .«

Vang hebt die Hand.

»Vor allem unser Job«, sagt er. Sie wechseln einen Blick. Und machen sich an die Arbeit.

36

Hauptkommissar Sundt stellt die wichtigsten Dinge des Lebens in Frage. Jedenfalls die des Polizistenlebens. Wenn Rundfunkjournalisten schneller ermitteln als die Polizei und Hausbesitzer das Rätsel des »geschlossenen Raums« lösen – ja, was soll dann noch eine hinterherhinkende Polizeitruppe, zum Teufel? Hauptkommissar Sundt sagt übrigens nicht »zum Teufel«, er ist ein Mann, der nie flucht – behauptet er selber.

Ist das möglich, fragt er sich, während er Sivert K. Ljaam, Geschäftsführer der Firma Nybo AG, einen skeptischen Blick zuwirft, ist es möglich, dass meine Leute dieses seltsame Fossil nicht entdeckt haben? Einen Küchenaufzug? Einen kleinen Kasten zu Nutz und Frommen des Hausmädchens, damit das nicht drei oder vier Treppen Kohle und Koks hochschleppen musste? Stattdessen wurde der Brennstoff mit Flaschenzügen und Seilen hochgezogen. Ist es möglich? Dass meine Leute diesen Fahrstuhl übersehen haben? Er schüttelt den Kopf und hört zu, wie sein Gegenüber sich lang und breit darüber verbreitet, warum dieser Fahrstuhlschacht nicht zum Wohnbereich gehört und warum er nicht entfernt worden ist und warum ...

»Geschichte«, sagt Sivert K. Ljaam. »Er stellt ein Stück Geschichte dar, das immer wertvoller werden wird, und am Ende werden wir, weil die meisten Bauunternehmer Idioten sind und nur an Quadratmeter denken und solche Küchenfahrstühle herausreißen, sie denken einfach nicht langfristig, aber im Moment kaufen vor allem Geschichtsprofessoren und Unileute, und deshalb wird ...«

Hauptkommissar Sundt mag sich den Rest dieses wirren Wortschwalls nicht mehr anhören, er schließt die Ohren. Und öffnet den Mund.

»Hier fängt er also an.« Sundt steht im Keller, in einem renovierten Kellerraum mit Slalomskiern, Rodelbrettern, Gartengrill, Sonnenschirmen und aufeinander gestapelten Gartenstühlen. Der Besitzer nickt.

»Und wo geht er weiter? Wo endet er? Auf dem Dach? Mit einem Fenster?« Die einzige Antwort besteht aus einem Kopfschütteln.

»Der Fahrstuhl endet in der obersten Wohnung. Wird aber nicht genutzt.«

»Die Wohnung? Oder der Fahrstuhl?« Sundt ist jetzt gereizt.

»Der Fahrstuhl wird nicht genutzt. Er ist nur vorhanden, wie eine Art verstecktes Kapitel, bleibt hier, bis ich ihn irgendwann zu Geld machen kann. Bis ich eine Wohnung mit einem altmodischen Küchenaufzug zum Verkauf ausschreiben kann.« Der Geschäftsführer reibt sich die Hände.

»Inzwischen vermiete ich sie einfach nur.« Jetzt macht er ein Gesicht wie ein treuherziger Fuchs.

»An Live Sagen, Rundfunkangestellte«, sagt Sundt, das ist keine Frage, sondern eine Feststellung.

»Ja, an Frau Sagen. Nette Frau. Fast nie zu Hause.« Meine Güte, der weiß ja fast alles über Tun und Lassen seiner Mieter, denkt Sundt, und verschafft sich derweil einen guten Überblick über den Fahrstuhlschacht. Weil der Mann, Sivert K. Ljaam, sich einige Zentimeter von dem schwarzen Loch entfernt hat. Und dort sieht er, dort sieht Sundt, dort erlebt Sundt die Ursache, aus der er die »wichtigsten Dinge des Lebens« in Frage stellt. Zumindest die Dinge, die die Polizei betreffen. Was er sieht, ist eine Leiter. Genauer gesagt, einige in die Wand eingemauerte Eisenstufen, parallel zur Fahrstuhlwand. Sie führen in dem schmalen Schacht zwischen Holz und Mauer nach oben, so weit er überhaupt blicken kann. Diese beiden »Einrichtungen« haben seine Leute also nicht entdecken können. Während einer ganzen Nacht. Sie brauchen offenbar eine Lupe, so kurzsichtig, wie sie sind.

»Meine Idee«, sagt der Hausbesitzer, wie um sich zu entschuldigen, als er dem Blick des Polizisten folgt. »Für den Brandfall. Sicherheit ist mir wichtig«, fügt er hinzu. Sundt mag seinen Ohren fast nicht trauen. Hier steht ein Fuchs von Mann und versucht ihm zu erzählen, dass eine in einen Schacht eingemauerte Feuerleiter *Sicherheit* bedeutet! Schacht bedeutet Schornsteinwirkung, durch die Kohle und Koks, Gemüse und Marmelade und eben auch Menschen in Sekundenschnelle gegrillt werden. In ihm kocht es, vor allem, weil der Typ den Unfug, den er hier auftischt, für die Wahrheit zu halten scheint. Wie in aller Welt mögen die restlichen Sicherheitsvorkehrungen und Fluchtwege aussehen, wenn so ein verdammter Dilettant dafür zuständig ist? Und was sagen Baubehörde, Bauaufsicht und die übrigen Fachleute? Halten sie schon Winterschlaf? Er bellt einen Befehl und schon steht ein Polizist neben ihm.

»Zwei Dinge«, sagt Sundt. »Zuerst kriechst du in den Kasten da und machst es dir so richtig gemütlich. Dann zieh ich dich nach oben.« Der Polizist ist von der mageren Sorte, er gibt sich alle Mühe, den Befehl seines Vorgesetzten zu befolgen. Vergeblich. Er schafft es nicht. Das Loch ist zu klein, der Kasten zu eng. Nie im Leben kann das hier die Lösung für das Rätsel des ›geschlossenen Raums‹ sein, denkt Sundt erleichtert. Schluss, aus für diese Lösung. Gleich ist ihm wohler zu Mute.

»Na gut, aber dann kletterst du eben hoch«, sagt er. »Kletterst die Leiter hoch und siehst nach, wo sie endet.« Dieser Auftrag ist leichter zu erfüllen. Der Polizist betrachtet die Kletterpartie als Herausforderung. Und vier Stock höher öffnet er eine Luke und landet auf Live Sagens Küchenfußboden. Ein Wandteppich, hinter dem die Luke versteckt war, landet neben ihm. Und der Mann ist durchaus nicht verrußt. Er ist nicht durch den Schornstein gestiegen. Sondern durch einen alten Fahrstuhlschacht mit eingemauerten Eisenstangen. Als Fluchtweg. Im Namen der Sicherheit.

»Die einzige Öffnung«, sagt der Polizist und wischt sich ein wenig Kalk vom Anzug, »in die Wohnungen weiter unten führen keine Luken. Das hier war die einzige . . .«

Er kann seinen Satz nicht vervollständigen, da seine Wohnungstür aufgerissen wird. Und herein wirbelt ein weiblicher Tornado. Gefolgt von einem Polizisten. Sie schaut sich kurz um, entdeckt, dass der Wandbehang und Teile der Wand auf dem Boden liegen, lässt ihre Blicke über das quadratische Loch in der Wand schweifen.

»Ich hab doch gesagt, Sie sollen keine Unordnung machen!«

Sie lässt ihre Schultertasche mit dem Tonbandgerät fallen, wirft Schal, Jacke und Kameratasche auf den Boden, verursacht in einer Sekunde größeres Chaos als die Polizei seit ihrer Invasion in der Wohnung das geschafft hat. Schweig still, Weib, denkt Sundt. Offenbar hat er das laut gesagt, die Frau verstummt jedenfalls.

»Tut mir Leid, sagt sie. »Ich sehe ja ein, dass Sie … Ihre Arbeit tun müssen. Gut.« Sie packt die Kameratasche, dreht rasch eine Linse auf den Kamerarumpf und fängt an zu knipsen.

»Aufhören«, sagt Sundt. »Wenn hier jemand Bilder macht, dann nicht Sie, verstanden?« Live Sagen versteht nichts. Sie würdigt ihn keines einzigen Blickes, sondern knipst unangefochten weiter. Worauf Sundt ihr die Kamera entreißt. Fehler. So darf ein norwegischer Polizist sich nicht aufführen. Jedenfalls nicht der vierten Macht im Staate gegenüber. Mit zusammengekniffenen Augen und einem säuerlichen Lächeln dreht sie sich zu Sundt um, streckt die Hand aus und sagt: »Live Sagen, sehr erfreut, Herr …«

»Sundt«, antwortet Sundt. »Hauptkommissar Sundt. Und würden Sie bitte draußen warten, damit wir hier weiter arbeiten können? Nur einige Minuten, wir möchten uns sehr gern mit Ihnen unterhalten.« Und du hast ja durchaus schöne Augen, mein Mädel, aber zieh trotzdem die Pfoten ein, deine Kamera bleibt bei mir, faucht er in Gedanken.

»Nur für einen Moment«, wiederholt er, ignoriert die ausgestreckte Hand, die die Kamera fordert, und schleust sie durch die Tür.

»Ihr ersetzt doch das Schloss? Und die Tür?«, ruft sie, ehe sie verschwindet. Sundt nickt. »Natürlich«, antwortet er.

37

»Nette Frau, diese Frau Sagen«, hört er. Sivert K. Ljaam kommt hinter der Tür zum Vorschein. Sundt stutzt, dann geht ihm auf, dass der Hausbesitzer unsichtbar war, bewusst oder unbewusst, auf jeden Fall hat er sich Live Sagen nicht gezeigt. Und sie hat auch nicht gemerkt, dass ihr Hauswirt sich im selben Zimmer aufhielt.

Wenige Minuten später stehen zwei Leute von der Technik im Zimmer, Sundt erteilt Befehle und geht. Zusammen mit dem Hausbesitzer verlässt er den Raum. Hinterlässt die Mitteilung, dass er sich mit Frau Sagen auf der Wache unterhalten wird. Seine Kollegen sehen nicht gerade fröhlich aus. Live Sagen dagegen tritt von einem Fuß auf den anderen und kann gar nicht schnell genug auf die Wache kommen.

»Gebt das der Technik«, sagt Sundt und reicht dem einen Polizisten die Kamera der Journalistin. »Sie sollen den Film entwickeln und gut darauf aufpassen«, fügt er hinzu. Der Polizist nickt.

Schacht, Räume und Fenster in der Wohnung werden von den technischen Ermittlern auf Jagd nach Spuren durchgekämmt. Sie träufeln und sprayen und pudern und arbeiten mit der Nase wenige Zentimeter über dem Boden und über möglichen Fingerabdruckflächen. Bilder werden gemacht, es wird geblitzt und geknipst. Und die ganze Zeit sind auch draußen Leute am Werk. Polizisten, die noch immer den Heckenschützen suchen, die Person, die die beiden Schüsse auf Spatz-Irina aus Murmansk und Polizistin Anne-kin aus Lamoen abgegeben hat. Die Taschendiebe auf dem Marktplatz von Trondheim haben Fettlebe, die Polizei kann sich einfach nicht auch noch um sie kümmern. Sie können den Rentnern ihre Brieftaschen stehlen, ohne dass die Polizeimeute von der Leine gelassen wird. Die Fahnder haben alle Hände voll zu tun.

Alle Türen, Haustüren, Durchgänge, Wohnungstüren sind

untersucht worden. Keine war aufgebrochen worden, ehe die Polizei sich dazu gezwungen sah. Es gab keine Spur von Brechstangen oder anderen Unfeinheiten, die Schlösser sahen unversehrt und tadellos aus. Auch eine genaue Untersuchung der beiden Türen zu den Wohnungen im Dachgeschoss blieb ergebnislos. Wenn sie geöffnet worden sind, dann mit einem Schlüssel. Mit einem passenden. Die Person, die hier im Hinterhalt gelegen hat, muss also Schlüssel besessen haben. Es gibt keine offenen Dachfenster oder Luken, ganz zu schweigen von Gesimsen, auf denen ein Schütze sich hätte verstecken und dann davonschleichen können. Die Fenster sind von innen verschlossen und die Dächer über dem Hinterhof sind viel zu steil, um als Fluchtweg in Frage zu kommen.

Sundt ist sicher, dass Dachkanten eigentlich befestigt werden müssen. Und die feuerängstlichen Bewohner der beiden Häuser haben der Polizei gegenüber bestätigt und belegt, dass ihnen kein einziger Schlüssel fehlt. Keiner ist gestohlen, verlegt, verliehen worden. Weder an halbwüchsige Töchter oder Söhne noch an entfernte Verwandte oder sonst jemanden. Das wirkt überzeugend. Die Leute sind ordentlich, haben Überblick über ihre Schlüssel. Leider.

Sundt dreht sich noch einmal zu Sivert K. Ljaam um.

»Können Sie überprüfen, ob die anderen Schlüssel für die Wohnungsführungen in Ihrer Firma vorhanden sind?«, fragt er.

»Sicher, sicher«, beteuert Sivert K. Ljaam. »Aber ich habe doch gesagt, dass uns kein Schlüsselbund fehlt. Ich habe eins, meine Frau hat eins.« – »Ihre Frau?«, Sundt starrt ihn an. »Ihre Frau hat also eins? Würden Sie also Ihre Frau anrufen und sich Gewissheit verschaffen? Wir möchten gern mit ihr sprechen.« Sivert K. Ljaam blickt Sundt sauer an, er findet offenbar, dass man die Nerverei auch übertreiben kann.

»Vielleicht ist sie nicht zu Hause«, sagt er. »Aber sie hat jedenfalls die Reserveschlüssel. Sie ist sehr ordentlich, sie verkramt keine Schlüssel oder Brillen oder sonst was. Wenn sie die Schlüssel einmal bekommen hat, dann hat sie sie.«

Aber dann hat sie sie doch nicht. Ein Anruf bei der Gnädigen und Sundt weiß, noch ehe der Gatte auflegt, dass Frau Ljaam ihr Schlüsselbund nicht finden kann.

»Sagen Sie ihr, dass sie auf uns warten soll, wir sind bald bei ihr«, sagt Sundt, ehe der Ehemann kopfschüttelnd das Gespräch beendet. Und auf dem ganzen Weg zur Wohnung muss Sundt sich immer wieder anhören: »Ich begreife nicht ... was kann da passiert sein ... das ist unbegreiflich ... wo sie doch immer ... ich verstehe das einfach nicht ...«

Die Gnädige versteht es auch nicht. Eine Frau, die bereits den Tisch mit Kaffee und Plätzchen gedeckt hat. Wenn ihr Mann zerfahren wirkt, dann ist sie das genaue Gegenteil. Frau Ella Ljaam ist eine robust aussehende Frau von Mitte fünfzig, diskret geschminkt und mit blonden Strähnen in ihren stahlgrauen Haaren.

»Ich weiß, dass ich die Schlüssel noch vor drei Tagen in der Handtasche hatte«, sagt sie einleitungslos. »An dem Tag hatte ich eine Führung.« Sie holt die Tasche. Die ist von der geräumigen Sorte.

So eine, in der man sich verirren kann, denkt Sundt, als er verstohlen in ihre Tasche linst und an die ebenso große seiner Frau denkt.

»Hier«, sagt sie und öffnet eine Seitentasche. »Hier waren Sie. Bitte, greifen Sie zu.« Sie schenkt Kaffee ein und schiebt Sundt die Schale mit den Plätzchen zu.

»Haben Sie eine Namensliste von allen, die an der Führung teilgenommen haben?«, fragt Sundt und ignoriert die trockenen Plätzchen.

»Aber sicher«, sagt sie rasch. »Drei haben schon ein Angebot eingereicht«, fügt sie hinzu. »Aber ich glaube einfach nicht, dass jemand von ihnen meine Schlüssel gestohlen haben kann.

Alle wirkten wie anständige Leute. Ich glaube, dass ich sie auf irgendeine Weise verloren habe.« Sie wühlt in der bodenlosen Tasche herum, gibt auf und kippt den Inhalt auf das Sofa. Dabei kommt ein Schlüsselbund zum Vorschein.

»Die Büroschlüssel«, erklärt sie und durchsucht Ecken und Futter der Tasche.

»Nichts zu finden, das ist einfach unbegreiflich«, seufzt sie. »Ich verlege meine Schlüssel sonst nie, *nie*. Ich habe den vollen Überblick über Schlüssel, Brillen und Kreditkarten, und ich hasse Unordnung.« Sundt begreift diese Logik nicht, die Tasche, die sie ihm hier gezeigt hat, zeugt von noch mehr »Unordnung« als die Schultasche seiner Tochter, einem Teenie mit Ordnungsverweigerung allem gegenüber, was mit Autoritätspersonen Ähnlichkeit hat. Lehrern und Müttern und nicht zuletzt den Papas, die bei der Polizei sind. Frau Ljaams Tasche ist wirklich nicht besser.

»Unangenehm«, sagt die Dame plötzlich. »Sehr unangenehm. Wir wollen diese Wohnung doch verkaufen, einen guten Preis erzielen . . . so viele Investitionen und Kosten, wie unsere Firma gehabt hat . . . damit wir einen anständigen Preis herausholen können, und jetzt, jetzt ist etwas passiert, jetzt hat in der Nähe des Hauses ein Schusswechsel stattgefunden, und das wird sicher Auswirkungen haben auf . . .« Sie macht eine resignierte Handbewegung. Den Marktwert, fügt Sundt in Gedanken hinzu. Aber wollen sie nicht bald fragen, wie es Kommissarin Halvorsen und ›der anderen Person‹ geht, wie Irina aus Murmansk im Radio genannt worden ist, überlegt er dann. Diesen Mangel an Interesse für zwei Menschen, auf die geschossen worden ist, findet er doch recht seltsam.

»Ihre Kollegin ist nicht verletzt worden?« Plötzlich ist die Frage da. »Nein, zum Glück nicht«, antwortet er nur. Wartet. Trinkt Kaffee und wartet.

»Und dieser andere, von dem in den Morgennachrichten die Rede war, wie geht es ihm?« Diese Fragen stammt von der Gnädigen. Sieh an, sie haben sich die Morgennachrichten des

Lokalsenders angehört. Aber sie wissen noch nicht, dass es kein *er* ist.

»Das wissen wir noch nicht«, lautet seine Antwort.

»Entsetzlich«, sagt jemand. Der Mann. »Es ist einfach entsetzlich, dass jemand die Schlüssel stiehlt, nachts hier eindringt und meine, unsere Wohnung benutzt, um auf andere Menschen zu schießen. Da muss ich mir doch in den Arm kneifen, wir leben schließlich in Trondheim, zum Henker, hier schießen die Leute nicht aufeinander, jedenfalls nicht aus meinen Wohnungen. Herrgott!« Er stützt den Kopf in die Hände und scheint in Tränen ausbrechen zu wollen. Sundt ist nicht eine Sekunde lang gerührt, er findet den ganzen Mann, sein ganzes Auftreten, dermaßen theatralisch und verworren, dass er nicht begreifen kann, wie hinter dieser Fassade ein erfolgreicher Geschäftsmann stecken soll.

»Hast du den Herrn Polizeidirektor auf unseren Küchenaufzug aufmerksam gemacht, Lieber?«, fragt die Gnädige. Sundt grinst. Das hätte der Polizeidirektor mal hören sollen, dass Frau Ljaam ihn hier auf dessen Posten hievt.

»Sicher«, murmelt der Mann als Antwort. »Und wir sind überein gekommen, dass kein Mensch, Schlangenmensch oder nicht, sich in diesen Aufzug klemmen und selber an den Seilen ziehen kann, um sich vier Stockwerk nach oben zu befördern. Es sei denn, es waren zwei, ein David und ein Goliath. Und außerdem war die Luke zur Küche unversehrt«, fügt er hinzu.

»Und was ist mit der Leiter?« Die Gnädige lässt nicht locker. »Hast du den Herrn Polizeidirektor auch darauf aufmerksam gemacht? Hätte da nicht jemand hochklettern und vielleicht die Luke vorsichtig öffnen können, um dann in die Wohnung einzusteigen und ...« Sie dreht sich zu Sundt um.

»Was ist mit Frau Sagen?«, fragt sie. »In ihrer Wohnung geben die Gäste sich doch die Klinke in die Hand. Sie kann nicht rein zufällig irgendeiner Bekanntschaft Schlüssel und Übernachtungsmöglichkeit angeboten haben? Während sie irgendwo an der Küste war? Zur Feldforschung, wie sie gesagt hat? Über Lachsparasiten?«

Anne-kin, denkt Sundt, Halvorsen, jetzt müsstest du hier sein. Jetzt brauche ich dich. Brauche deinen Riecher. Denn irgendetwas stimmt nicht an diesem Gespräch mit Kaffee und trockenen Plätzchen, mit verworrenem Immobilienmakler und robuster Gattin, irgendetwas stimmt hier nicht.

38

Nach drei Tassen Kaffee und einem trockenen Plätzchen steigt Sundt ins Auto und fährt zurück zur Wache. Dort liefert er Sivert K. Ljaam zur Vernehmung ab. Der Mann hat keine Einwände, sagt, »selbstverständlich, selbstverständlich«, wenn er behilflich sein kann, dann nur zu gern. Aber jemand muss sich um das Büro kümmern, es ist doch hoffentlich gestattet, dass seine Frau hingeht? Um den Betrieb in Gang zu halten?

»Nur einen Moment«, sagt Sundt. Er weiß, dass er die Frage der Hausdurchsuchung mit den Juristen besprechen muss, mit der Fahndungsleiterin. Mit Svanhild Riis, und die sagt im Grunde genau das, was Sundt erwartet hat. »Wir müssen einen triftigen Grund zu der Annahme haben, dass sie im Büro der Nybo AG wichtige Beweise aufbewahren. Leuten den Zugang zu ihrem Arbeitsplatz zu verwehren, das ist eine ziemlich ernste Angelegenheit, Sundt . . .« Das weiß er ja auch, aber zum Kuckuck, er würde gern seine Leute bei Herrn oder Frau Ljaam wissen, wenn die ihre Bürotür aufschließen. Was jedoch Ermittlungsleiterin Svanhild Riis nicht gestatten mag. Sie glaubt, in dem Fall ebenso auf dem Laufenden zu sein wie Sundt und sieht keinen Grund, warum sich die Firma Nybo AG heute einen freien Tag nehmen sollte.

»Tut mir Leid, Sundt«, sagt sie. »Die Durchsuchung der umliegenden Wohnungen war das eine. Aber das hier geht nicht.

Jedenfalls nicht im Moment«, fügt sie hinzu. Dann nicht. Sein mündlicher Bericht, den er der Juristin nun vorlegt, kann deren Entschluss auch nicht ins Wanken bringen.

In der Tür zögert Sundt für einen Moment, öffnet den Mund, schließt ihn wieder. Er kann hier einfach nicht über Intuition und sein seltsames Gefühl sprechen, dass hier etwas nicht stimmt. Er sollte es nicht tun, und er kann es auch nicht. Kann nicht so überzeugend über vage Annahmen sprechen wie Kommissarin Halvorsen. Bei Anne-kin hören vage Annahmen sich an wie schusssichere Beweise. Das Rückenmarksgefühl als Fazit, wie sie sagt. Seine Version wäre für die Juristin nicht gut genug.

Sundt wünscht einen guten Tag und geht. Geht zurück in die Gemeinschaft. Dorthin, wo die Leute über Bildschirmen und Tastaturen arbeiten, über Berichten und Telefonen. Nach einer Vernehmung, die keine neuen Informationen erbringt, lässt er Sivert K. Ljaam ins Büro gehen. Hauptkommissar Sundt fühlt sich müde und uninspiriert, total erschöpft im Grunde. Die ganze Aktivität in seiner Umgebung, das Summen von Stimmen, Maschinen und Hektik, alles, was ihn normalerweise anspornt, geht ihm plötzlich auf die Nerven. Gefasel, Geplapper und fast durchgehend höchste Lautstärke.

Er wählt seine eigene Nummer und erreicht seine Frau. Die macht sich Sorgen, will wissen, wann er nach Haus kommt und was passiert ist, ob das Radio die Wahrheit sagt und warum er nicht früher angerufen hat! Die Ausrufezeichen treffen ihn wie Hagelkörner. Angst, Vorwürfe, Ungeduld.

»Trondheim ist trotz allem nicht Chicago. Du hättest anrufen können!«, faucht seine Frau, ehe sie den Hörer auf die Gabel knallt, und aus dem Augenwinkel heraus sieht er einen Kollegen grinsen. Der Mann hat diesen Ausbruch mit angehört. Sundt reißt sich zusammen.

»Ich habe meiner Tochter versprochen mitzukommen«, er lächelt leicht, als wolle er um Entschuldigung bitten, »Orientierungslauf«, fügt er hinzu.

»Ach ja?«, sagt der andere. »Wie schön, dass deine Tochter da weitermacht, wo du aufgehört hast. Spitze, Chef.«

Wo du aufgehört hast! Dieser Satz hallt in seinen Ohren wider. Wo du aufgehört hast. Er hat zum Teufel noch mal nirgendwo aufgehört. Weder mit Orientierung noch mit Ermittlungsarbeit.

Und die Frage, die er sich wieder und wieder stellt, lautet: Wer hat von dieser Aktion gewusst? Wer wusste, dass Kommissarin Halvorsen zusammen mit der Frau in der Wohnung von Kommissarin Halvorsen war? Wer wusste, dass die Frau der Polizei zugesagt hatte, die Wohnung zu verlassen, ihre Waffe auszuhändigen und mit auf die Wache zu kommen? Wer hatte davon Kenntnis, außer eben der Polizei?

Denn der Betreffende hatte davon Kenntnis gehabt, der Heckenschütze, der dort im Hinterhalt gelegen hatte. Um der Russin den Mund zu stopfen. Sie war die Zielscheibe gewesen, sie und die Informationen, über die sie verfügte. Nicht Kommissarin Halvorsen. Der Polizeifunk wird für solche brisanten Informationen nie benützt. In dem Jahr, in dem einige Kollegen per Polizeifunk Weihnachtsgrüße versandt hatten, hatten sie als Antwort viele Weihnachtskarten bekommen. Der Polizeifunk ist durchlässig wie ein Sieb, leck an allen Enden, er ist passée. Und die Handys seiner Leute sind abhörgesichert, gesperrt. In jeder Hinsicht. So ist das NMT-System nun einmal. Und die Mobiltelefone der Wache benutzen dieses System. Daher dieses seltsame Gefühl von Erschöpfung, der Gedanke an »undichte Gefäße« in den eigenen Reihen. Die Vorstellung, dass vielleicht ein Kollege nicht dichtgehalten hat. Vielleicht einer schläfrigen Geliebten gegenüber, um zu erklären, warum die warme Decke nicht ausreicht, oder als lockerer Spruch in irgendeinem Zusammenhang. Live Sagen, zum Beispiel, attraktive Frau, so rein äußerlich gesehen, hat sie vielleicht Kontakt zur Truppe? Feiern nicht Journalisten, Theaterleute und auch Polizisten freitags den »Wochenschluss« mit einem Halben in der Kieglekro? Ihm fällt ein, dass Anne-kin das einmal erwähnt hat. »Die einzige Kneipe in der Stadt, die nicht alle drei Monate renoviert wird«, hatte sie gesagt. Deshalb gehen sie dorthin. Sie haben mehr als genug Turbulenz und Veränderung in ihrem Alltag, sie finden es schön, von einem Monat zum anderen dieselben Wände zu sehen. Er weiß nicht mehr, ob sie gesagt hat, dass auch sie dort Stammgast ist, die Trondheimer Kneipenszene ist Lichtjahre von seiner Wirklichkeit entfernt. War Live Sagen wirklich in Sachen Lachsparasiten über Land gezogen? Das mussten sie überprüfen. Sie mussten die Dame und mögliche gute Bekannte bei der Truppe überprüfen. Ein Gedanke meldet sich in Sundts müdem Haupt zu Wort, er läuft sofort zu dem Beamten, der Rundfunkreporterin Sagen vernommen hat. Sieht in dem Moment, in dem er die Tür zum Büro dieses Kollegen öffnet, dass er das Perfekt zum Präsens umschreiben muss. Denn dort sitzt Journalistin Live Sagen. Und wenn er es nicht besser wüsste, dann hätte er geglaubt, dass sie dort arbeitet. Die Frau füllt gewissermaßen das ganze Büro. Der Beamte ist im wahrsten Sinne des Wortes in die Ecke gedrängt worden und umklammert seine Papiere wie einen letzten rettenden Balken. Als Sundt hereinkommt, fährt der Beamte zusammen und wirkt einwandfrei erleichtert. Steif und förmlich wendet er sich Live Sagen zu, bedankt sich für das Gespräch und bitte sehr, Sie können gehen.

Sie hinterlässt eine Atmosphäre von Effektivität, als sie durch die Tür fegt.

»Stell dir vor, die hat doch tatsächlich versucht mich anzubaggern!« Der junge Beamte zwirbelt sich den Schnurrbart und sieht geschmeichelt und verängstigt zugleich aus. »Die ist vielleicht brutal. Obwohl ich ihr gesagt habe, dass meine Frau mit unserem ersten Kind im Krankenhaus liegt. ›Um so mehr Grund, sich eine Abwechslung zu gönnen‹, hat sie gesagt. Was sagst du dazu?«

»Gratuliere«, erwidert Sundt und ärgert sich schrecklich darüber, dass ein neu eingestellter Frischling auf Sagen angesetzt worden ist. »Junge oder Mädchen?«

»Beides.«

»Hä?« Der Beamte schüttelt den Kopf und kehrt damit in die Wirklichkeit zurück. Dann breitet sich ein breites Grinsen über sein Gesicht.

»Beides«, antwortet er. »Beides, Sundt. Ein Junge und ein Mädchen.«

»Hast du noch nie von Vaterschaftsurlaub gehört?«, fragt Sundt.

»Ab morgen«, ist die Antwort. »Und da hat die dicke Kuh gedacht, ich würde mit ihr ausgehen? Wenn die Zwillinge nach Hause kommen?«

Dicke Kuh, du meine Güte, denkt Sundt, der noch nie Sinn für klapperdürre Models gehabt hat. Live Sagen ist eine »Rubensfrau«. Wenn auch in einer etwas schlankeren Ausgabe. Aus dem Augenwinkel sieht er die Brustbehaarung des frisch gebackenen Zwillingspapas wachsen. Er verschwindet lieber, ehe Tarzan sich hier materialisiert.

Bittet um eine Kopie des Protokolls und zieht leise die Tür hinter sich zu.

39

Im Nachbarraum sitzen Vang und Halvorsen und sind in Murmansk und Übersetzung und Bericht der Dolmetscherin vertieft. Der Beamte im Büro in Murmansk versucht, ausgehend von Irinas spärlichen Auskünften, die Angehörigen ausfindig zu machen. Sie hören eine sympathische Stimme, aber die Verbindung führt sich alles andere als sympathisch auf. Es geht in Wellen, kommt und geht, zwischendurch sind fremde Stimmen in fremden Sprachen zu hören. Sie wechseln auf Kommunikation per E-Mail über. Briefe werden geschrieben, gesendet, empfangen. Innerhalb von Sekunden. Dann bricht auch diese Verbindung zusammen. Sie versuchen es per Mobil. Das funktioniert. Und funktioniert nicht. Halvorsen und Vang kommunizieren abwechselnd mit den unterschiedlichsten Hilfsmitteln.

Und irgendwo draußen unter freiem Himmel, denkt Kommissarin Halvorsen, als Murmansk eine lange Pause macht, befinden sich eine Person und ihre Mauser Kaliber 6,5 mm. Bis auf weiteres auf freiem Fuß, diese Person und die Waffe. Sowie ein Schlüsselbund. Die Technik hat im Laufe vieler Stunden die Wohnung von Live Sagen und die, die verkauft werden soll, geradezu abgesaugt. Ob die Schlüssel nun fehlen oder nicht, sie haben dort nach jeder Art von Spuren gesucht. Nach kleinen Spuren. Nach verräterischen Spuren. Die verraten, dass jemand hereingekommen ist, sich durch die Zimmer geschlichen, ein Fenster, das auf Hinterhof und Haustür von Kommissarin Halvorsen blickt, geöffnet hat, ein paar Schritte zurückgetreten ist und kaltblütig zwei Schuss abgegeben hat. Kaltblütig genug um dann das Fenster zu schließen, ehe diese Person durch die Tür verschwunden ist, sie abgeschlossen hat, die Treppen hinuntergejagt ist, und fort, fort. Niemand hatte diesen Menschen gesehen, niemand ihn gehört. Und er ist ein ausreichend erfahrener Schütze, um zu wissen, dass es für andere absolut unmöglich ist, die Herkunft eines Schusses zu bestimmen, der innen aus einem Zimmer heraus abgegeben worden ist. Und dass ein Schuss besser funktioniert als jeglicher Schalldämpfer. Er war sicher schon über alle Berge, noch ehe die Polizei ihre Scheinwerfer auf die Mauern richten konnte. Hat sich innerhalb der zwei, drei Minuten, die sie brauchten, um alle Eingänge, Aufgänge, Türen abzusperren und Kontrolle über die Ein- und Ausgehenden zu erlangen, in Luft aufgelöst. Die zwei, drei Minuten haben diesem Menschen gereicht. Weil alles geplant war, weil jemand Bescheid gewusst haben muss! Jemand, der das nicht hätte wissen dürfen.

Telefon und Computer schweigen gleichermaßen. Anne-kin Halvorsen seufzt. Entweder ist »ihr« Mann in Murmansk ermordet worden oder macht Mittagspause. Genau. Sie schaut auf die Uhr. Seltsame Zeit zum Mittagessen. Doch dann ist die Verbindung wieder da. Und die sympathische Stimme bittet um den Bericht der Dolmetscherin. Er hat den Namen überprüft, den die Frau angegeben hat, die Adresse, und wenn es stimmt, dann ist sie Fabrikarbeiterin. In der Fischindustrie. Achtzehn Jahre alt. Soviel er weiß nicht vermisst gemeldet. Kein Touristenvisum ausgestellt, soweit er das feststellen konnte. Aber sie müssen ihm Zeit lassen, Zeit, um engeren Kontakt zu den russischen Behörden aufzunehmen, zur Polizei. Sie müssen mit den Russen zusammenarbeiten. Ob sie das begreifen? Zwei Stunden, er meldet sich in zwei Stunden wieder. Und vorher, wenn er etwas Außergewöhnliches in Erfahrung bringt, wenn etwas passiert oder . . . Sie verstehen?

Sie verstehen.

»Armes Schwein«, sagte Kommissarin Halvorsen. »Hat es sicher mit noch aufgeblaseneren lahmarschigeren Wichtigtuern zu tun als wir. Oder was, Vangi?« Sie zupft ihn kurz am Schnurrbart und verschwindet, ehe er ihr das Handgelenk verstauchen kann. Dann setzen sie sich und warten. Warten und lesen zum x-ten Mal die Übersetzung, die die Dolmetscherin von ihrem sprunghaften Gespräch mit dem »Spatz« angefertigt hat. Name, Adresse, Alter, Beruf. Näherin, hat sie angegeben. Nicht Fabrikarbeiterin. Mutter: keine Angabe. Vater: irgendwo, ist auch egal, nur Suff und Scherereien, was den betrifft. Geschwister? Ja. Den großen Bruder Andrej. Arbeitet in der Fabrik, nein, hat in der Fabrik gearbeitet. Lieb und immer abgebrannt. Bis vor kurzem. Bis vor etwa einem halben Jahr. Nein, bis genau vor sechs Monaten. Bis zum Tod der Königin. Der Großmutter. (Ich glaube, an dieser Stelle weint sie, hat die Dolmetscherin geschrieben.) Anne-kin kann sich nicht erinnern, dass der »Spatz« geweint hätte. Sie erinnert sich nur an lange Pausen mit darauf folgendem lauten, wütendem, aggressiven Tonfall. Der »Spatz« hat also eine Babuschka gehabt, eine Großmutter als »Mutter«, eine Köchin und Bezugsperson, einen Strohhalm, der für einen halbwegs normalen Alltag sorgte. Eine, die die brüchige Familie zusammenhielt. Kontrolleurin, Moralhüterin und Wächterin. Die vor sechs Monaten gestorben ist. Und gleich darauf hatte der große Bruder Andrej plötzlich die Taschen voll Geld.

Anne-kin stöhnt. Ihre eigenen Gedanken gefallen ihr nicht.

»Das stinkt«, sagt sie. Kollege Vang beschnuppert rasch seine Achselhöhle, registriert, dass sein Hemd trocken ist.

»Nicht du, Mann, du nach Sportshampoo duftender Arsch«, faucht sie, als sie die eilige Geruchsinspektion des Kollegen wahrnimmt. Vangs Schnurrbart macht einen zufriedenen kleinen Hüpfer. Von Halvorsen bekommt er nur selten ein Kompliment.

»Ja, das stinkt«, sagt er. Und ist wieder im Dienst. »Denn das hier bedeutet . . .«

»Ja«, fällt Anne-kin ihm ins Wort. »Es bedeutet, wir haben gedacht, wir hätten Überblick und Kontrolle. Überwachung und dauernde von der Polizei verursachte Unruhe hätten den ärgsten Handel zum Erliegen gebracht. Nicht wahr? Das dachten wir? Dass nach dieser verdammten Razzia mit Verhaftung von Norwegern und Ausweisung von cleveren Geschäftsmännern aus Osteuropa und der Rücksendung von Sexlieferantinnen aus denselben Ländern erst mal aufgeräumt worden sei? Nicht wahr? Und noch dazu auf Dauer? Dass wir den ganzen Dreck aus dem Land geschafft hätten? Oder jedenfalls aus der Stadt Trondheim?« Vang nickt widerwillig. So hätte er sich ja nicht ausgedrückt, aber vom Sinn her war das wohl der Sinn der erfolgreichen Aktion gewesen, die sie im Frühling durchgezogen hatten. Nach der »Importeure« und »Ware« über die Grenze geschafft worden waren. Und einige der Käufer, Norweger wie Ausländer, aus Trondheim und aus Bergen, auf die Wache geholt worden waren, um ihre Erklärung abzugeben. Es ist ja so schrecklich, Kongresse, Tagungen, Seminare zu besuchen und mit heruntergelassener Hose erwischt zu werden, während die Familie stolz darauf ist, dass Papa zu diesem wichtigen Kongress oder Seminar eingeladen ist.

»Hurenkundendreck«, faucht seine Kollegin plötzlich. »Warum um alles in der Welt müssen Männer ums Verrecken ficken, sowie sie auf eigene Faust unterwegs sind? Auf Kongressen, Seminaren, Jahrestagungen und dem ganzen Wichs, he?« Vang lässt sich nicht zu einer Antwort herab. Diese Diskussion haben sie schon so oft geführt. Niemand wird so unsachlich, sieht alles dermaßen schwarzweiß wie Halvorsen, wenn dieses Thema angeschnitten wird. Er selbst dagegen kennt etliche feine Damen, die sofort zulangen, wenn ihr Mann außer Sichtweite ist. Also komm mir nicht so. So nicht. Er lugt nur düster zu ihr hinüber.

Danach verfolgen sie das Thema nicht weiter. Es bietet sich keine Gelegenheit. Denn jetzt betritt ihr Chef das Zimmer, Hauptkommissar Sundt. Doch das Energiefeld, das den Mann immer umgibt, das Kraftfeld, das entweder eine Inspiration oder ein Fluch ist – abhängig von dem Zustand, in dem seine Umgebung sich befindet –, ist ganz einfach verschwunden.

Er trottet durch die Tür wie ein ganz gewöhnlicher Sterblicher. Das ist geradezu unheimlich. Sein ansonsten zum Himmel strebender Haarkranz liegt flach über seinen Ohren, seine Augenwinkel zeigen nach unten, die Mundwinkel hängen auf die Schultern, der ganze Mann sieht traurig aus, o, wie traurig!

»Lange Nacht, Sundt?«, fragt Anne-kin. Sie bringt es fast nicht über sich, ihn anzusehen. »Danke dafür, dass du mich die Treppe hinuntergezogen hast«, fügt sie leise hinzu. Sundt nickt nur.

»Du warst nicht die Zielscheibe, Halvorsen«, sagt er darauf. »Nicht dieses Mal.« Sieh an, denkt sie glücklich, da hat er doch mitten in seinem Kummer noch einen Hauch von Humor bewahrt.

»Nein«, sagt sie, »das wohl nicht. Das Krankenhaus meldet

übrigens, dass die ›Zielscheibe‹ überleben wird.« Sofort erhellt sich Sundts Miene. »Ach ja?«, fragt er. »Das bedeutet . . .«

»Auf irgendeine Weise«, murmelt Anne-kin. »Sie sagen, dass die Körperfunktionen sich stabilisiert haben, doch das der Teil, der Gehirn genannt wird, nicht so richtig mitmacht.«

»Das ist nur eine Zeitfrage«, wehrt ihr Chef ab. In Gedanken hat er den »Spatz« vermutlich schon verhört und die ganze Geschichte auf einem silbernen Tablett serviert bekommen, hat alle festgenommen, die es nicht besser verdient haben, hat das Gericht von seinem Vorgehen überzeugen können und die Schurken hinter Schloss und Riegel gebracht. Vollständige Aufklärung. Doch dann sieht er plötzlich wieder ganz niedergeschlagen aus. Wendet sich ihnen zu und sagt, dass er und auch Anne-kin und Vang nach Hause gehen und sich ausschlafen sollten. Sie machen schon viel zu lange Überstunden, klammern sich an ihren Hocker an und deuten die Vorschriften nach ihrem Belieben. Neue Leute werden die Sache jetzt übernehmen, stehen schon bereit. Er fragt, ob sie die wichtigsten Dinge behalten haben, die bei der morgendlichen Besprechung zur Sprache gekommen sind. Und zu Papier gebracht worden. Vang und Halvorsen nicken. Sind im Grunde erschöpfter, als sie zugeben mögen. Können keine Einzelheiten mehr erkennen, keine neuen Nuancen erkennen. Und leiden durch ihren übermäßigen Kaffeekonsum an Sodbrennen. Anne-kin begreift, sie werden jetzt zu Bett und Schlaf abkommandiert.

Vang macht den Mund auf, will sicher erzählen, wie toll er in Form ist, dass er noch tagelang weiterschuften und den Schlaf im Winter nachholen kann.

»Auch Superbullen brauchen Schlaf, Vang«, sagt Anne-kin und versetzt ihm einen Rippenstoß. »Wir überlassen Murmansk der nächsten Staffel. Komm jetzt.«

Sundt sollte sich wenigstens eine Runde Büroschlaf gönnen, denkt sie, denn es ist schwer zu sagen, wer von ihnen Dreien am verhärmtesten und erschöpftesten aussieht. Zum Glück hängt in diesem Zimmer kein Spiegel.

Aber als Kommissarin Anne-kin Halvorsen ihr Handy an ihrem Gürtel befestigt, wird ihr Chef sofort aus seiner Müdigkeit gerissen. Und starrt sie, nein, ihr Handy an.

»GSM«, sagt er langsam. »Du hast ein GSM!« Anne-kin schaut ihren Chef verwirrt an, folgt seinen Blick. Der hängt an ihrem Telefon.

»Ach«, sagt sie. »Hab ich das? Tja, kann schon sein.«

Das ist eine ihrer schwachen Seiten, sie kann sich keine Geheimnummern und keine Bezeichnungen für Computer, Programme und alles andere merken, was dazugehört. Sie nennt ihr Handy »Mobil« und hat keine Ahnung von Vor- oder Nachnamen von Produzent oder Vertriebschef. Findet, dass es im Leben wichtigere Dinge gibt, die sie sich merken kann. Über die sie sich informieren muss.

»Und das hast du eingeschaltet? Dein Handy ist natürlich eingeschaltet? Die ganze Zeit? Oder was?« Der Mann vor ihr knurrt diese Fragen schon fast.

»Ja«, antwortet sie gelassen. »Natürlich hab ich das. Es ist und bleibt eingeschaltet. Die ganze Zeit.«

»Warum bist du nicht mit allen anderen hier auf NMT umgestiegen?« Sundts Stimme klingt wie eine Anklage. Er ist sauer.

Mit allen anderen? Wieso mit allen anderen, fragt sie sich.

»Ich hab in der Stunde gepennt«, erwidert sie gereizt. »Ich kann mich an keine Aufforderung zum kollektiven Austausch von bereits angeschafften Handys erinnern.« Und bekommt zu ihrer Verblüffung von Sundt einen Ordner mit allerlei Hausmitteilungen in die Hände gedrückt. Schneller als ein Hermelin hat er genau den richtigen Ordner aus dem Regal gezerrt, blättert darin und zwingt sie eine Mitteilung zu lesen. »Übergang zu NMT – zur Sicherung . . . gilt für das gesamte Personal . . . verhindert Abhorchen . . .«

Anne-kin lässt ihren Blick über die Seite wandern, sieht das Datum, ist stocksauer und schleudert den Ordner an die Wand. Die Mitteilungen fallen heraus. Dann fährt sie herum und mustert ihren Chef.

»Wenn die Hausmitteilungen so verdammt unwichtig sind, dass Angestellte mit einer miesen Urlaubswoche nicht informiert werden, dann möchte ich den Herrn Hauptkommissar doch bitten, sich mit seinen Beschwerden an andere zu wenden. In meinem Postfach hat das hier nämlich nicht gelegen!«

»Hups«, hört sie, offenbar hat Vangs Adamsapfel sich einen Sprung gegönnt. Der restliche Mann ist auch schon auf dem Weg durch die Tür.

»Gute Nacht, Vang«, sagt Sundt. »Komm gut nach Hause. Fahr vorsichtig. – Und was dich angeht, du Pulverfass, so hast du mir im Grunde eine gewaltige Erleichterung verschafft.« Sundt lächelt Anne-kin zaghaft an.

Sie wartet. Jetzt kommt etwas, das sieht sie ihm an. Ziemlich durchsichtig ist ihr Chef, wenn er eine wichtige Mitteilung zu machen hat. Noch immer sieht er müde und verhärmt aus, aber er hat etwas, das wie eine Sennerin wirkt, die auf der Wiese steht und die Kühe anlockt, auf jeden Fall sind seine Energie- und Kraftmoleküle jetzt wieder auf dem Heimweg. Es ist ein fast unheimlicher Anblick, aber auch ein schöner. Dass Sundt wieder zum guten alten, vor Energie strotzenden, ewig optimistischen Sundt wird. Sie lächelt ihn jetzt ebenfalls an und ebenfalls ein wenig zaghaft.

»Verstehst du, Anne-kin, dann war es niemand von uns«, sagt er leise. Anne-kin schweigt. Wartet auf die Fortsetzung. »Dann hat sich irgendein Außenstehender auf dein Handy eingepeilt, um es abzuhorchen. Um die Frequenz zu finden. Und hat sie gefunden. Und hat sich alle Informationen besorgt, die du auch bekommen hast. Jemand, der von der Operation letzte Nacht wusste. Und vermutlich noch von viel mehr. Vorher.

Kommissarin Halvorsen ist sofort hellwach. Sundts stoßweise vorgebrachte Worte haben sie hellwach gemacht. Ja, denkt sie, so ist es. So muss es sein. Jemand hat sie verfolgt, über ein Telefon, das sich aufspüren und abhören lässt. Aber warum in aller Welt hat dieser Jemand nicht früher zugeschlagen? Oben im

Wald, als sie auf einsamen Waldwegen unterwegs war. Oder in Kvarvet, wo die seltsame Kate sich befindet. Sie müssen gewusst haben, dass sie dort war. Sie? Diese Leute interessieren sich doch gar nicht für sie, sie ist nur ein Zwischenglied, ein Bindeglied, ein unfreiwilliger Lockvogel. Um den »Spatz« aufzuspüren, um Irina einzukreisen, sich in einen raffinierten Hinterhalt zu legen, zwei Schüsse abzugeben und vom Tatort zu verschwinden, ohne auch nur einen Kratzer im Fensterrahmen zu hinterlassen. Profihaft, ungeheuer profihaft.

»Sie haben also gewartet, bis der ›Spatz‹ sich gemeldet hat«, sagt sie leise. Sie haben zwei und zwei zusammengezählt und deshalb gewusst, dass wir beide da in meiner Wohnung saßen, haben gewusst, dass ...

Nein. Das kann nicht stimmen. Sie hat ihr Telefon nicht mehr benutzt, nachdem sie diese unsanfte Begegnung mit einem Revolverlauf im Nacken und einem gefährlichen, verängstigten Mädchenfinger am Abzug machen musste.

»Ich habe den Festanschluss benutzt, Sundt«, sagt Anne-kin leise. »Mein ganz normales Telefon, das auf dem Schreibtisch steht. Nicht das Handy.«

»Das Handy war aber nicht ausgeschaltet«, sagt er. Sie schüttelt den Kopf. »Dann lässt es sich aufspüren, platzieren.«

Verdammt, denkt Anne-kin Halvorsen. Verdammt, was für eine Welt. Der Große und andere Brüder sehen dich, was immer du tust. Du bezahlst mit Kreditkarte. Karte oder Scheck zweimal pro Monat im Alkoholladen, und du wirst als Alkoholikerin abgestempelt, bezahl per Kreditkarte eine Reise ans Mittelmeer und dein Briefkasten quillt über vor Reiseprospekten, sei blöd genug um dir per Plastikkarte Tulpenzwiebeln zu kaufen und wirst zugemüllt mit Katalogen für Blumen und Gartenmöbel, da du auf einer Liste von potenziellen Blumenkäuferinnen gelandet bist.

»Scheiße!« Sie knallt mit der Faust gegen die Wand.

»Ja«, antwortet ihr Chef. Sie hat keine Ahnung, worauf er da antwortet.

»Sie müssen Zugang zu einer avancierten Technologie haben«, sagt er. »Wenn du Recht hast, meine ich.«

Und sie haben gewartet, bis wir auf der Treppe standen. Haben auf einen Augenblick gewartet, auf *den* Augenblick. Damit sie den ›Spatz‹ unschädlich machen, sie umnieten und danach verschwinden konnten.« Sundt nickt.

»Verdammt tüchtig«, murmelt sie. »O Teufel, wie verdammt tüchtig.«

Kommissarin Halvorsen schwankt, ihr Körper ist schwer und müde. In ihrem Kopf knistert alles, als sie versucht, einen höheren Gang einzulegen.

»Hör mal«, sagt Anne-kin Halvorsen, ihre Augen kommen ihr vor wie transplantiert und vom Körper abgestoßen. »Hör mal. Ist der Fahrer aus Nyhavn, der, den wir aufgehalten hatten, ist der überprüft worden? Oder fährt er eine Ladung nach Polen? Und was ist mit dem Bürovorsteher mit der Geliebten? Einer spurlos verschwundenen Geliebten. Was ist mit ihm, mit ihr? Hast du Zeit gehabt, um das genauer . . .«

Plötzlich verstummt Anne-kin Halvorsen, weiß, dass Sundt vermutlich das alles und noch viel mehr längst erledigt hat. Ihre Kollegen arbeiten wie besessen mit der Frage, wer war wo und wann und warum, wenn es um die Leute geht, die in jener Nacht vor vierzehn Tagen in Nyhavn waren. Als der »Säufermord« begangen wurde. Was zu schicksalhaften Folgen für drei Frauen geführt hat. Denn jemand hat sich vor dem Polizeieinsatz mit Blaulicht so gefürchtet, so verdammt gefürchtet, dass diese drei Frauen resolut in den erstbesten Müllcontainer entsorgt worden sind. Den Container der Hafendirektion. Drei Frauen, die von Drogen dermaßen zugedröhnt waren, dass sie in Schlaf und Abfällen versunken sind und am nächsten Tag unter Sturzwellen von effektiven Aufräumarbeiten und Steinen und Tapetenfetzen, Eternitplatten und Staub liegen blieben. Und am übernächsten. Begraben. Begraben in Staub und Dreck und Scheiß, mit minimaler, um nicht zu sagen, keiner

Luftzufuhr. Sie sind einfach still und ruhig gestorben, während die, die in diese Frauen investiert hatten, wahrscheinlich in der Dunkelheit ihre Kreise um den Container drehten und den absolut unwillkommenen Säufermord in Nyhavn verflucht haben. Mit tagelangen Polizeiabsperrungen. Zutritt für Unbefugte verboten. Nicht die Sperre durchbrechen. Vergebliche Liebesmüh, zu erzählen, dass drei Stück Investitionsobjekte, drei Stück junge, schöne, tolle Fast- Jungfrauen hinter den Absperrungen einen stillen Tod erlitten. Und dass ihr Wert – und der Profit – von Stunde zu Stunde sank. Unten im Container lagen die Frauen und starben. Eingeklemmt und schwer verletzt, blutend und hilflos.

Das Gehirn von Kommissarin Halvorsen ist noch so wach, dass es das alles durchschaut. »Die Fantasie ist nur eine bleiche Nachahmung der Wirklichkeit.« Wer hat das noch gesagt? Irgendeine Schriftstellerin? Ein Philosoph? Ein Polizeichef? Ihr Vater? Ja, ihr Vater. In irgendeinem Zusammenhang.

»Sundt?« Anne-kin dreht sich zu ihrem Chef, ihrem Vorgesetzten um. »Du, Sundt? Haben wir die Möglichkeit, die zu überprüfen, die beruflich mit dem Hafen zu tun haben, festzustellen, ob jemand da so einen Handysuchhund hat?«

Sundt stöhnt. »Der Empfänger kann überall sein. Ich kann mir nicht vorstellen, dass unsere Juristen uns so einen Einsatz erlauben würden. Denk doch nur an die lange umständliche Prozedur, als wir ...«

»Als wir im Mai die Erlaubnis beantragt hatten, die Handys in der kriminellen MC-Szene zu überprüfen«, vollendet Kommissarin Halvorsen. Doch, daran kann sie sich erinnern. Die Sache ist vor dem Obersten Gericht geendet, weil es um prinzipielle Entscheidungen ging, um Datenschutz.

»Aber danach frage ich doch gar nicht«, sagt Anne-kin. »Es geht mir nicht um die Beschaffung von Mobiltelefonrechnungen vom Fernmeldeamt, mir geht es um ...«

Sundt hebt eine Hand.

»Dir geht es um eine noch schlimmere Grauzone«, sagt er. »Um die Suche nach einem illegalen Empfänger, der sich auf dich und deine Frequenz eingepeilt hat.« Anne-kin nickt. Genau darum geht es ihr.

»Das Einfachste wäre natürlich, das zu erledigen, ohne um Erlaubnis zu fragen«, hört sie Sundt murmeln. »Einfach geschickt genug sein, ohne das irgendwem auf dem Nase zu binden.« Kommissarin Halvorsen ahnt eine Hoffnung, vielleicht wird Sundt, der Vorschriften- und Paragraphenreiter Sundt dieses eine Mal ...

»Nein, Halvorsen«, sagt er mit einem schrägen kleinen Lächeln. »Wir werden uns in den Grenzen des Erlaubten halten müssen. Du und ich und die ganze Wache. Wir arbeiten wie die Besessenen«, fügt er hinzu. Das weiß ich, denkt Anne-kin, das weiß ich ja so gut; sie sind beide gleichermaßen besessen. Sie selbst zumindest. Wenn sie sich mit der Hand über die Stirn fährt, dann zischt es fast schon. Weil ihre Stirn glühend heiß ist und ihre Hände schweißnass. Und deshalb nickt sie nur brav, als er sagt: »Aber jetzt gehst du erst mal schlafen. Und«, fügt er hinzu, »du wirst nicht bei dir zu Hause schlafen. Du wartest hier, bis ich die Fahndungsleiterin informiert habe. Erst schaltest du dein Handy aus, und dann spendiert die Truppe dir ein Hotelzimmer. Warte hier.« Und weg und verschwunden ist der gute Sundt.

Kommissarin Halvorsen liest den Ordner vom Boden auf und stellt ihn zurück in das Regal für die Hausmitteilungen. Wartet. Und gleich darauf ist ihr Chef wieder da.

»Sie hat gesagt ... Frau Riis bittet dich dein Handy abzugeben. Nimm das hier.« Er reicht ihr ein Neues. Ein NMT. »Und das lässt du eingeschaltet«, sagt er. »Außerdem wird dir auf Kosten des Hauses ein Hotelzimmer bewilligt. Hast du einen Wunsch?«

»Nach Hause«, sagt Anne-kin. »Ich möchte mir lieber meine liebe, vertraute Decke über den Kopf ziehen.« Sundt schüttelt den Kopf. »Royal Garden«, schlägt er vor. Anne-kin schnaubt. Einmal, als sie und Stein-Jørgen sich ein Amore-Festmahl mit Schampus und danach eine Amore-Nacht im Royal Garden gegönnt hatten, wurden sie ab zehn jede halbe Stunde von übereifrigen Zimmermädchen geweckt. Sie hatten in ihrem Schampus- und Leidenschaftsrausch zwar vergessen, das »Bitte nicht stören«-Schild auszuhängen, aber trotzdem ...

»In Lilleby gibt es ein gemütliches Appartement-Hotel«, sagt sie. »Da machen sie sich nicht die Mühe, die Gäste zu wecken, weil sie putzen wollen. Sie runden einfach deine Stundenzahl auf. Und putzen später.«

»Zivilwagen«, sagt Sundt. »Ich fahre dich in einem Zivilwagen hin. Aber bist du sicher, dass dieses ... dass dieses Appartementhotel ...« Anne-kin muss trotz ihrer Müdigkeit lächeln. Sundt scheint alles, was auf dem Ostufer gelegen ist, für suspekt zu halten, hält die Viertel Lamoen und Lilleby für zu gefährlich für kleine süße Polizeibeamtinnen wie sie. Die Viertel, in denen sie aufgewachsen ist. Er selbst stammt aus einem stillen Dorf, in dem zu den samstäglichen Festen Schwarzgebrannter in Melkeimern mitgebracht wurde. Sicher und geborgen.

»Familienhotel«, sagt sie. »Das ist ein anständiges, solides Familienhotel. Ich kenne die Inhaberin. Bekannte von früher her, die die Mietskaserne ihres Großvaters geerbt und dann zum Hotel umgebaut hat. Ich glaube, sie hält den Kopf über Wasser.«

Der Zeitpunkt ist ein wenig seltsam, aber sie wird eingelassen. Lässt sich das Zimmer, genauer gesagt, die Wohnung zeigen, schaut zwischen den Vorhängen hinaus und sieht, wie Sundt in der Sackgasse zur Straßenbahnstraße steckenbleibt. Einer Straße, die Jarlevegen heißt, und bei der sich kaum noch jemand daran erinnern kann, dass dort früher die Straßenbahn nach Lade fuhr. Für Anne-kin Halvorsen wird sie bis in alle Ewigkeit »Straßenbahnstraße« heißen. Dann wendet ihr Chef, findet die Ausfahrt in Form der Gardemoens gate und des Lavegs, der eigentlich Ladeveg heißt, und die Zivilisation hat ihn wieder.

Und das Bett hat Kommissarin Anne-kin Halvorsen. Wohl wissend, dass sie nicht ihrer Sicherheit zuliebe hier liegt, dann läge sie in ihrem eigenen Bett hinter den polizeilichen Absperrungen, während die Kollegen vor ihrer Tür hin- und herliefen. Ihr Haus muss im Moment das sicherste Haus der Stadt sein, schließlich rennt die Polizei da doch aus und ein. Nicht deshalb will der gute Sundt sie nicht dort haben. Sondern, weil er Ahnung von Zirkuspferden und von Sägemehl hat. »Weg vom Sägemehl, Halvorsen, und hinein ins Hotel. Schlaf gut.«

40

Kommissarin Halvorsen schläft eine Stunde. Zwei. Drei. Dann schleicht sich etwas Vages in ihren Traum, ein stöhnendes Geräusch, das immer näher kommt. Die Decke ist heruntergeglitten, sie zieht sich das Kissen über den Kopf. Vergeblich. Das Geräusch von etwas Schwerem, Massivem, das sich näher und näher keucht, lässt sich nicht aussperren. Ein endloses Geräusch, das einfach mit seinem Lärm nicht fertig werden kann. Mit schmalen Augen und total erschöpft teilt sie die Vorhänge ein wenig und schaut hinaus. Ein endlos langer Güterzug, Wagen um Wagen, Container, Chemikalienwaggons, Autos in zwei Etagen und ein Höllenlärm, als der Zug sich an Lamoen, Lilleby, Leangen vorüberstöhnt und dann gen Norden verschwindet. Inzwischen ist sie hellwach. Gereizt und schweißnass. Der Schweiß verschwindet unter der Dusche, der Ärger nicht. Es hat keinen Sinn, es noch einmal mit dem Sandmännchen zu versuchen, sie reißt die Decke vom Boden hoch, merkt, dass sie Hunger hat. Nach Hause, jetzt will sie nach Hause. Den Kühlschrank plündern und jemanden von der Technik, falls die noch am Tatort weilen, zum Kaffee hereinbitten. Ehe sie geht, ruft sie den Kollegen an, der vor einem Krankenzimmer Wache hält, und erfährt, dass der Zustand des »Spatz« stabil ist. Bewusstlos, aber am Leben.

Der Tag draußen ist hellgrau und still, jetzt, wo der Güterzug verschwunden ist. Die Luft hat etwas Sattes, es riecht ein wenig scharf, würzig – der Duft des frühen Herbstes. Statt den direkten Weg durch den Mellomveg zu nehmen, biegt Anne-kin Halvorsen nach rechts ab und schlendert zum Hafen hinunter, zum Strandvegkai, vorbei an den riesigen Deutschenbunkern. In Nyhavn ist der Betrieb wieder voll in Gang, die Absperrungen sind schon längst verschwunden, der Container ist entfernt worden und die Gegend sieht aus wie eine normale Hafengegend. LKW und Lastzüge sind gekommen und gefahren, Schiffe haben angelegt und dann das Hafenbecken wieder verlassen. Nur der eine Fischkutter, der Gefrier-Trawler, der seine Ladung nach Ålesund bringen sollte und dann irgendeinen Maschinenschaden hatte, weshalb er in Trondheim Station machen musste, liegt noch dort. Sie stutzt, ihr fällt ein, dass der Kapitän gesagt hat, die Maschinenfirma an Land habe Ersatzteile bestellt und eine rasche Reparatur versprochen. Aber das scheint nicht geklappt zu haben. Haben sie wirklich Zeit und Geld genug, um hier untätig zu liegen und abzuwarten? Außerdem sagen ihre ihre geringen Fischereikenntnisse, dass der September nicht gerade der große Fangmonat ist. Die vier Männer an Bord hatten durchaus brauchbar gewirkt. Zwei waren schweigsam und wortkarg, einer wortreich und erregt über das, was an Land passiert war, während sie hier vor Anker lagen. Der Vierte, der Jüngste, riss die ganze Zeit miese Witze. Und wiederholte mit irgendeinem klangvollen nordnorwegischen Akzent nach jedem zweiten Satz: »Ja, Scheiße, das kann doch nicht sein«. Ihre Papiere waren in Ordnung, sie hatten ihre lange Tour die Küste hinunter damit begründet, dass in Ålesund die besten Preise gezahlt würden. Die Mannschaft war im Norden an Land gesetzt worden, denn wenn sie nicht fischten, brauchten sie nur vier Leute an Bord. Sie versucht sich daran zu erinnern, was dem Schiff »gefehlt« hat. War das nicht irgendetwas mit den Gefriermaschinen? Etwas hatte seinen Geist aufgegeben, und deshalb mussten sie hier anlegen und ihre Ladung löschen, ehe die Fischfilets sich von selbst bewegen konnten. Als die Polizei das Boot durchsucht hat, konnte sie weder Schmuggelschnaps noch versteckte Frauen finden. Auch in den Kajüten gab es keine Spur von Frauen. Nicht einmal von Ehefrauen.

»Wir nehmen keine Frauenzimmer mit auf See«, damit war das Fehlen von weiblichen Requisiten an Bord erklärt worden. »Und wir haben auch keine.« Ob die Polizei nicht wisse, dass im Norden Frauenmangel herrsche? »Und wenn wir nicht verhaftet werden, dann könntet ihr uns vielleicht verraten, wo wir hier in Trondheim ein paar nette Mädels treffen können?« Anne-kin kann sich an diese Worte erinnern, der Erregte hatte diesen Spruch gebracht. Und hatte Kollege Vang das Gefühl gegeben, in seiner Stammkneipe zu sitzen. Weshalb er ein Grinsen unterdrücken musste.

Sie wandert durch den Hafen und zu dem Schiff. Ehe sie dort angekommen ist, springt ein Mann aus einem Lastzug, der vor einem Lagerschuppen steht. Kommissarin Halvorsen erkennt ihn sofort, es ist einer der Fahrer, die sie vernommen haben. Nicht verhört. Ein Mann von Mitte fünfzig, der fest für seine Firma fährt, einer, der gerade aus Polen zurückgekommen war, als sie diesen makabren Fund machten. Genaue Untersuchungen, die die Technik im ganzen Lastzug vorgenommen hatte, hatten keinerlei Spuren von Frauenschmuggel zutage gebracht, Der Mann fuhr nach Norwegen Ballast und nach Polen Waren. Polnische Produkte sind auf dem norwegischen Markt nicht sonderlich gefragt. Der Mann selbst ist im Moment vor allem mit einem Stapel von Papieren beschäftigt, den er in Händen hält, er geht auf einen Büroeingang zu. Aber als sie aneinander vorbeikommen, bleibt er stehen. Offenbar hat er sie erkannt.

»Hallo«, sagt er. Sie antwortet mit »hallo«.

»Sie ... ich kann mich an Sie erinnern ... gibt's was ... Neues? Verstehen Sie, ich bin nicht auf dem Laufenden, komme gerade aus Europa zurück.« Anne-kin Halvorsen schüttelt den Kopf.

»Nicht, wenn Sie unter ›etwas Neuem‹ verstehen, dass wir einen Verdächtigen verhaftet haben.«

»O Scheiße«, sagt der Mann. »Das ist doch zum Kotzen. Ich habe die ganze Fahrt über an diese Kiste gedacht. Kann sie mir nicht aus dem Kopf schlagen. Die Polizei hat also noch nicht ...«

»Woher kommen Sie gerade?«, fällt sie ihm ins Wort.

»Aus Polen. Will nur Meldung machen, dann geht's zum Schlafen nach Hause. Das wird gut tun.« Sie lächelt und setzt sich in Bewegung. »Dann schlafen Sie gut«, ruft sie über ihre Schulter zurück.

»Kommen Sie mit?«, hört sie ihn rufen, ohne das weiter wichtig zu nehmen. Solche Sprüche kommen eben, kein Grund, sich deshalb aufzuregen. Sie hebt nur die Hände und geht weiter an den Kais entlang.

Aus einiger Entfernung sieht Anne-kin einen Mann an Bord des Gefrier-Trawlers. Er hat ihr den Rücken zugekehrt, raucht. Es ist der Jüngste, der Sprücheklopfer. Offenbar haben sie während der Wartezeit nicht auf der faulen Haut gelegen, die weiße Schiffsseite ist jetzt weißer, die Luken sind schwärzer gestrichen worden, das Deck ist sauberer und die Geräte sind noch ordentlicher aufeinander gestapelt als in ihrer Erinnerung. Offenbar haben sie ein richtiges Großreinemachen veranstaltet. Und der Reparateur war offenbar an Bord und hat die Gefriertruhen wieder hergestellt. Der Mann schnippt in elegantem Bogen seine Kippe über die Reling, dreht sich um und entdeckt Anne-kin. Er wendet sich rasch wieder ab, dann dreht er sich halbwegs zu ihr um.

»Ich trau mich nicht, das schmutzige Wasser über die Reling

zu kippen, so lange eine Polizistin in der Nähe ist«, sagt er lächelnd und zeigt auf einen Eimer mit grauer Flüssigkeit. Anne-kin lächelt zurück. Und stutzt, als sie entdeckt, dass er das prächtigste, blühende Veilchen der Welt aufweist, die gesamte linke Seite seines Gesichts ist in unterschiedlichen Blautönen geschwollen. Das muss ja ein heftiges Fest gewesen sein.

»Heftiges Fest«, sagt er wie als Antwort auf ihre Gedanken. »Wie geht's denn, kommt ihr weiter?«

»Sie lesen sicher Zeitungen«, antwortet sie ausweichend. »Da steht so ungefähr alles.«

»Ach so.« Dann verstummt er. Über seine Schulter sieht Anne-kin den Kapitän aus einer Tür kommen. Der Jüngste zuckt zusammen.

»Nein, man muss was tun für sein Essen«, sagt er leicht außer Atem. »Ich kann hier nicht stundenlang mit der Polizei flirten.« Dann nimmt er den Eimer und kippt ihn über die Reling, Polizei hin oder her.

»Ja du meine Güte, ist das nicht die Frau Detektivin«, hört sie dann. »Möchte sie nicht auf einen Kaffee an Bord kommen?« Anne-kin Halvorsen muss fast lachen, nur fünfzehn Minuten im Hafen und schon sind ihr Bettfreuden und Kaffee angeboten worden. Freigebige Leute. Und frisch von der Leber weg, sozusagen. Die Einladung zum Kaffee ist übrigens verlockend, und wenn der Gabelstaplerfahrer ein Stück weiter vorn und die restlichen Arbeitsleute im Hafen, die sie garantiert aus dem Augenwinkel beobachten, jetzt ihre Zoten reißen, weil eine Frau an Bord geht, dann ist das deren Sache. Darauf scheißt sie doch glatt. Männliche Kontrollmechanismen, sonst nichts.

»Vielen Dank«, sagt sie. »Ja, ich hab wirklich Kaffeedurst.« Er führt sie durch einen Gang, der sauber riecht. Ein Hauch von Öl und Schiff, aber nach Fisch riecht es nicht. In der kleinen Messe dominieren Kaffeeduft und Zigarettenrauch. Der Aschbecher läuft vor Kippen fast schon über. Und in einer Ecke liegt auf der Bank ein hoher Zeitungsstapel. Er sieht, dass der ihre Blicke anzieht, zuckt gewissermaßen mit den Schultern.

»Ich finde irgendwie, wir müssen uns auf dem Laufenden halten«, sagt er und schiebt ihr einen Becher dynamitstarken Kaffee zu.

»Ja«, sagt sie nur und versucht ein Keuchen zu unterdrücken. Was für ein Kaffee! So richtig was fürs Magengeschwür, so einen starken hat sie noch nie getrunken.

»Nein, der ist wirklich nicht gut«, sagt er. »Nichts für eine Dame. Ich hole neuen.« Und dann verschwindet er durch eine Tür, die der Kombüse, nimmt sie an. Und fragt sich zugleich, warum der Jüngste sich nicht zu ihnen gesellt. Inzwischen lässt Anne-kin ihre Blicke umherwandern. Der Raum sieht so aus wie in ihrer Erinnerung. Bei ihrem ersten Besuch, während der Vernehmungen, war der Aschenbecher womöglich noch voller. Plötzlich hört sie eine Veränderung im Schiff, neben dem gleichmäßigen Surren des Hilfsmotors ist ein gröberes, massiveres Geräusch zu hören. Offenbar ist der Hauptmotor angeworfen worden. Anne-kin stutzt, erhebt sich und geht zur Tür.

»Nur ein Test«, hört sie, der Kapitän kehrt mit einer ungeöffneten Packung Kaffee zurück. »Um uns davon zu überzeugen, dass alles ordnungsgemäß funktioniert. Wir fahren heute Abend los.«

»Wo fischen Sie eigentlich?«, fragt sie, vor allem um überhaupt etwas zu sagen.

»Tja«, sagt er und widmet sich der Kaffeezubereitung. »Im Schlupfloch vielleicht?«

Anne-kin stellt keine weiteren Fragen, sie weiß nicht, wo das Schlupfloch liegt, sie kann sich nur an unangenehme Meinungsverschiedenheiten zwischen Norwegen und Island erinnern. Sie schaut aus einem Fenster oder Ventil oder wie immer das in der Seemannssprache heißen mag, um sich zu vergewissern, dass Kais und Hafenschuppen noch vorhanden sind. Alles unter Kontrolle, die Welt ist so, wie sie sie verlassen hat. Und jetzt riecht es nach trinkbarem Kaffee. Sie dreht sich um, der Kapitän sieht sie an. Sie will sich setzen, denn die Art, wie er sie anstarrt, gefällt ihr nicht. Er blickt ihr nicht ins Gesicht, seine Augen haften irgendwo zwischen ihrem Busen und ihren Oberschenkeln. Es ist eine dermaßen unverhohlene Musterung, dass sie sauer wird.

Bis sie blitzschnell erfasst, dass er weder ihre Brüste noch ihre Schenkel besabbert, sondern ihr Telefon anstarrt. Das Mobiltelefon, das an ihrem Gürtel befestigt ist. Einem Gürtel, der unter ihrer offenen Jacke sehr gut zu sehen ist. Etwas passiert mit dem Mann, etwas passiert mit der ganzen Atmosphäre in der kleinen Messe. Die Veränderung ist so greifbar, so unheimlich, dass Kommissarin Halvorsen sich keine Zeit zur Analyse nimmt. Sie will weg hier. Raus. Weg aus einer Situation, die ihr langsam aufgeht. Handy. Lauschangriff. Jedenfalls auf das alte, ihr GSM.

»O verdammt«, sagt sie und schaut rasch auf die Uhr. »Ich hab einen Termin vergessen. Der Kaffee muss warten.« Und schon hat sie die Messe verlassen und rennt durch den engen Gang. Hört ihn rufen, hört, dass er dicht hinter ihr ist. Sie gleitet durch die Tür und über das Deck, sieht den Jüngsten mit seinem misshandelten Gesicht dort stehen, hört hinter sich Schritte und klettert schnell von Bord, stemmt ihre Absätze gegen einen festen Betonkai. Und ist an Land. Sieht, dass der Gabelstapler anhält, sieht, dass die Mannsbilder im Hafen sich umdrehen und glotzen. Erst jetzt wagt sie sich umzudrehen und den beiden Männer an Deck zuzurufen:

»Tut mir Leid, aber diesen Termin kann ich einfach nicht sausen lassen. Gute Heimreise! Und Petri Heil!« Und dann läuft sie über den Beton und sieht dabei den glotzenden, grübelnden Kapitän vor sich. Einen Mann, der die Fäuste an seine Seiten presst. Die geballten Fäuste.

Als sie außer Sichtweite ist, lehnt sie sich an die raue graue Betonmauer des Bunkers. Atmet auf. Sieht einen Eingang und schlüpft hinein, greift zum Handy und gibt Sundts Nummer ein. Kommt nicht durch. Ist ja auch kein Wunder, die Betonmauern sind meterdick, das Dach auch. Deutscher Beton, vermutlich armiert mit Eisen und russischen Kriegsgefangenen.

Die pure Handysperre. Sie geht weiter, tritt von den Bunker und wählt noch einmal Sundts Nummer. Kommt durch. Er klingt überhaupt nicht müde, er liegt einwandfrei nicht zu Hause in einem breiten Ehebett. Er ist im Dienst.

»Hallo, ich bin's, Kommissarin Halvorsen«, lautet ihre Einleitung.

»Und frag bloß nicht, warum ich wach bin und überhaupt, ich rufe an, weil unser Fischkutter, der Trawler, der Gefriertrawler, dessen Kapitän . . . Als er mein Handy gesehen hat, ist er reichlich komisch geworden . . . Ich glaube, die haben absolut Dreck am Stecken . . . Du musst eine Streife schicken, sie machen sich abfahrbereit . . . Der Jüngste ist übel misshandelt worden, also erzähl mir nicht, eine Frau hätte ihm diese vielen Blautöne ins Gesicht gemalt, und was den Fernfahrer angeht, bin ich mir auch nicht so sicher, den, der immer wieder nach Polen fährt, der ist heute hier im Hafen aufgetaucht und . . . Aber Himmel, wie der reagiert hat, als er mein neues Handy gesehen hat. Der Kapitän, meine ich.« Sie schnappt nach Luft.

Hört zuerst nur Schweigen. Dann kommt der Lärm.

»Worauf willst du hinaus?«, fragt Sundt. »Und von wo rufst du an?«

»Aus Nyhavn«, antwortet Anne-kin. »Ich bin in Nyhavn. Stehe vor dem Bunker . . .« Sie liest ein Schild. »War eben zu einem unvollendeten Kaffeeklatsch an Bord und habe mich bedroht gefühlt. Da stimmt etwas nicht«, endet sie.

»Bei dir auch nicht«, feuert die Stimme des Chefs. »Hatte ich dich nicht *schlafen* geschickt, oder was?« Kommissarin Halvorsen seufzt.

»Du hast also nichts Konkretes«, sagt jetzt Sundt, »abgesehen davon, dass du dich plötzlich bedroht fühlst? Wollte jemand Halvorsen anbaggern?« Sundts Stimme klingt widerlich. »In dem Fall hat wohl eher er sich bedroht gefühlt.« Sie möchte den fantasielosen Pedanten von Hauptkommissar anheulen. Ihm die Leviten lesen.

»Verstehst du, Halvorsen«, sagt er jetzt. »Mannschaft und

Schiff sind aus dem Fall herausgecheckt. Und was du erzählst, reicht nicht, um noch eine Runde mit ihnen zu machen.« Anne-kin knirscht mit den Zähnen, die Medien sind an Sundts Beschluss, vorsichtig vorzugehen, keine Fehler zu machen, schuld. Er will keine Aufmerksamkeit auf die Tatsache lenken, dass sie nicht weiterkommen. Sie knirscht nicht mehr mit den Zähnen, sondern wetzt ihre Zunge. Sagt laut, was sie seit einiger Zeit denkt.

»Haben wir uns jemals an die Maschinenfirma gewandt, an den Reparateur, der an Bord was auch immer wieder flottmachen sollte? Haben wir das?« In der kleinen Pause, die jetzt folgt, geht Anne-kin auf, dass sie wirklich ins Schwarze getroffen hat.

»Nein«, antwortet Sundt, ein wenig unsicher. »Das haben wir nicht.« Er hat begriffen. Chef Sundt hat die Sache kapiert.

»Dann schickst du einen Wagen?«, fragt Anne-kin.

»Eine Zivilstreife«, lautet die Antwort.

Bald darauf stehen zwei Kollegen vor ihr und teilen ihr mit, dass sie nichts unternehmen darf, ehe die Wache sich gemeldet hat. Sie stellen ihren Wagen außer Sichtweite des Trawlers ab, können aber den Überbau sehen, sie wissen, dass er noch am Kai liegt. Und sie werden sehen, wann er ablegt.

»Die Wache hat ein Hinweistelefon eingerichtet«, sagt der eine plötzlich. Er dreht das Autoradio lauter, wo gerade Lokalnachrichten gesendet werden.

»Die Polizei bittet alle, die im fraglichen Zeitraum in Møllenberg etwas Ungewöhnliches gesehen oder gehört haben, sich unter der Nummer ... Jede Information kann wichtig sein, deshalb ...«

»O Herrgott«, stöhnt ihr Kollege. »Das ist doch eine Aufforderung an alle Verrückten in der Stadt, der gesamte ›Freies Wort‹- und ›Stellvertretend für uns alle‹-Klan wird sich darauf stürzen. Reicht es nicht, dass wir in allen Häusern nachgefragt haben?«

»Nein«, antwortet Anne-kin Halvorsen. »Tut es nicht.« Sie findet es gut, dass Sundt diese Initiative ergriffen hat. Obwohl das ellenlange Hinweise bedeutet, verwirrte Menschen und neue Überstunden, egal. Man sollte die Öffentlichkeit nie unterschätzen. Vor allem die, die niemals anrufen würden, die eine Art Entschuldigung dafür brauchen, sich an die Polizei zu wenden. Jetzt hat Sundt ihnen eine geliefert.

Bravo, Sundt, denkt sie. Gut, dass du die Ermittlungsleiterin überreden konntest. Oder hatte Frau Riis vielleicht Sundt »überredet«? Egal, wie, jetzt sind weitere Augen und Ohren und nicht zuletzt Erinnerungsvermögen aufgefordert. Anne-kin Halvorsen findet das wunderbar. Und sagt in Gedanken ganz schnell »Verzeihung, Sundt«.

Es klingelt. Ihr Kollege packt sein Handy und meldet sich. Es klingelt noch immer.

»Jetzt mach schon«, sagt er ungeduldig und zeigt auf das NMT an ihrem Gürtel. Neues, ungewohntes Geräusch, denkt Anne-kin und sagt: »Ja, Halvorsen hier.« Es ist Sundt.

»Liegt er noch da? Der Trawler?« Ein rascher Blick und Anne-kin kann das bestätigen. »Ja, der liegt noch hier.«

»Der Reparateur war ein bisschen vage«, sagt Sundt. »Er sagt, der Schaden könne groß genug gewesen sein, um es nötig zu machen, die Waren in Trondheim abzuliefern, statt nach Ålesund zu fahren. Er hielt es jedenfalls für eine richtige Entscheidung des Kapitäns, auch wenn der Fisch noch einige Tage gefroren geblieben wäre. Aber zugleich fand er an der Sache etwas komisch.«

»Ach? Was denn?« Kommissarin Halvorsens Stimme klingt atemlos.

Auch ihre Kollegen spitzen jetzt die Ohren.

»Er sagt, er hätte noch nie erlebt, dass beiden Gefriermaschinen das Gas ausgegangen ist. Dass eine aussetzt, leer läuft, kommt auch nicht so häufig vor, aber beide . . .« Anne-kin hält den Atem an.

»Fast, als habe jemand daran herumgefummelt. Wieder seine Worte.«

»Und das bedeutet?« Anne-kin Halvorsen hofft, dass Sundt es wagen wird, den Trawler noch eine Weile festzuhalten, hofft, dass weitere Verhöre und eine neue Durchsuchung des Schiffes genehmigt worden sind. Unter Anwesenheit des Fachmannes, des Reparateurs.

»Seht mal! Scheiße, jetzt legt er ab!« Ihr Kollege zeigt auf eine dünne Rauchsäule, die plötzlich wie ein indianisches Signal hochsteigt. Rauchfetzen, die mitteilen: »Jetzt fahren wir.«

Der Trawler hat den Anker gelichtet.

»Der Vogel fliegt, Sundt«, sagte Kommissarin Halvorsen leise.

»Na gut, soll er fliegen«, erwidert ihr Chef. »Stürz dich ja nicht ins Wasser, um hinterherzuschwimmen, Halvorsen. Wir stoppen ihn auf andere Weise. Klar?« Anne-kin Halvorsen bringt keinen Ton heraus. Das Boot fahren lassen?

»IST DAS KLAR, HALVORSEN?«, wird gegen ihr Trommelfell gebrüllt.

»Ja.«

Mehr kann sie nicht sagen. Befehl ist Befehl.

Kommissarin Halvorsen ist so wütend und gereizt, dass sie die Autotür aufreißt, dann fällt ihr ein, dass es nicht ihr Auto ist, sie knallt sie wieder zu und verschwindet zornig. Sie ist nicht im Dienst. Sie ist verdammt noch mal nicht im Dienst. Sie schläft in einem Appartmenthotel gleich um die Ecke den dringend benötigten Schlaf. In bittere Gedanken versunken biegt sie ab und lässt ihre Füße zu ihrer Adresse gehen, zu dem Haus, in dem sie wohnt, in dem ihr Bett steht.

»Hallo«, hört sie den Kollegen hinter ihr herrufen. »Wohin gehst du?«

»Nach Hause«, ruft sie zurück. »Ihr seid im Dienst. Nicht ich.«

Sie scheißt auf Trawler, die den Trondheimsfjord verlassen und dabei Beweise vernichten. Wenn sie unterwegs angehalten werden, können sie sicher noch schnell ihr Peilgerät über Bord werfen. Das Peilgerät, das auf ihre Frequenz eingestellt ist. Auf ihr altes, abhörbares Handy. Kommissarin Anne-kin Halvorsen ist sich sicher, dass es so gelaufen ist. Genau so.

41

Das Wiedersehen mit ihrem Haus, mit ihrer Wohnung in Øvre Møllenberg führt nur zu Wirrwarr und Chaos – gedanklichem Chaos. Das Wiedersehen mit Treppe, Tür und Kugelloch ist hart. Genauso das mit ihrer Wohnung. Der Stuhl, auf dem der »Spatz« gesessen hat, das Licht vom Fenster her, der Schreibtisch, das Telefon, der Schrank, in dem sie eingesperrt war, alles ist plötzlich so fremd. Gehört für einen Moment nicht ihr. Rote und weiße Plastikbänder sperren das Haus ab, Kollegen und Streifenwagen, Schritte auf der Treppe und Stimmen, die hier sonst nicht zu hören sind. Und keinen verdammten Auftrag oder einen miesen Jobfetzen hat sie abbekommen. Sicher zu ihrem »eigenen Besten«, Kommissarin Halvorsen rennt im Zimmer hin und her. Ruhelos. Ruft Stein-Jørgen an. Erreicht nur seinen Anrufbeantworter. Ruft ihre Eltern an. Niemand zu Hause, nicht einmal Brüderchen Kristian. Plötzlich fällt ihr ein, dass Mutter, Vater und Nachkömmling auf Preiselbeerjagd gefahren sind, ins Ferienhaus von Elsa, der großen Schwester, im Haltdal.

Ihre Türklingel meldet sich zu Wort. Sie ist ziemlich heiser. Anne-kin Halvorsen hofft auf einen Kollegen mit Kaffeedurst, und sei es nur, um sich für einen Moment mit der Kaffeezubereitung beschäftigen zu können.

Es ist ihre Nachbarin, Frau Steen. Frau Rakel O. Steen.

»Darf ich hereinkommen?«, fragt sie und versucht den wunderbaren Waffelduft zu verbergen, der durch ein rotweiß kariertes Küchenhandtuch dringt. Drapiert über einem Brotkorb.

Anne-kin reißt ihre Tür sperrangelweit auf. Sieht, dass Frau Steens Hände ein wenig zittern.

»Haben sie, wir ... hat die Polizei Sie arg belästigt?«, fragt sie, wohl wissend, dass ihre Nachbarin ihren Tag vor allem mit Gesprächen mit den Ermittlern verbracht hat. Die andre zuckt kurz mit den Schultern. »Das ist wohl ihre Aufgabe«, sagt sie. »Eigentlich ziemlich beruhigend, dass sie, dass ihr so gründlich arbeitet. Aber ich kann leider nur wenig oder gar nichts beisteuern. Ich gehe früh schlafen und mein Schlafzimmer liegt in der Gegenrichtung. Schüsse habe ich nicht gehört, ich habe nur tief im Schlaf registriert, dass unter meinen Fenstern viel Verkehr war.«

»Sie haben gestern hier geschellt, nicht wahr?«, fragt Anne-kin. Rakel O. Steen nickt.

»Ich wollte nur von der jungen Frau erzählen, die ich ins Treppenhaus gelassen habe, sie stand doch draußen und fror, die arme Kleine. Und sie hat mir Ihre Visitenkarte gezeigt und ... Ja, sie konnte ja kein Norwegisch, und deshalb dachte ich, ich könnte sie ins Haus lassen.«

Anne-kin nickt.

»Aber sie wollte im Treppenhaus warten, sie wollte nichts essen und auch keinen Kaffee. Und als ich das nächste Mal aus der Wohnung kam, war sie gegangen.«

Aber nur bis zum obersten Treppenabsatz, denkt Anne-kin. Dort hatte der »Spatz« Zuflucht gesucht. Hatte zusammengekauert und mäuschenstill auf dem schmalen Gesims gesessen, an dem die Dachbodenverschläge liegen. Hat in den Schatten gesehen und genau im Blick gehabt, wer unten kam und ging.

»Ich hatte Ihre Tür gehört, habe Sie nach Hause kommen hören«, sagt Rakel O. Steen jetzt. »Und deshalb habe ich geklingelt, um von diesem armen Mädchen zu erzählen, das das Warten satt bekommen hatte. Sie haben ja so viele Bekannte und ...« Der Rest bleibt in der Luft hängen. »Ich hätte ihr wenigstens eine Tasse Schokolade aufdrängen müssen«, murmelt Frau Steen. »Die arme Kleine, sie sah reichlich verhuscht aus.«

Dann schneidet Anne-kins Nachbarin plötzlich eine seltsame Grimasse.

»Anne-kin«, flüstert sie, greift sich mit damenhafter Geste an die Brust. »Anne-kin, war sie das, die ... war sie das, die ... die angeschossen worden ist ... letzte Nacht ... in den Morgennachrichten, warum hat niemand mir das gesagt? Dass die Schüsse hier ... o wie entsetzlich, war sie das ...«

Anne-kin Halvorsen verflucht die fehlende Informationsausgabe der Kollegen. Sie begreift nicht, warum ihre Nachbarin, die pensionierte Missionarin aus Afrika, nicht die Wahrheit erfahren hat. Um ein zartes Gemüt zu schonen? Frau Steen ist härter als die meisten »älteren Damen«, hat mehr gesehen als die meisten, mehr erlebt als die meisten. Warum zum Henker haben Sundt & Co ihr nicht die Wahrheit gesagt? Dass das kleine verhuschte Mädchen, das ins Treppenhaus geholt wurde und Kommissarin Halvorsens Visitenkarte mit der Faust umklammerte, jetzt im RiT auf der Intensivstation liegt, mit einem Kopfschuss, in stabilem Zustand. Genauer gesagt, bewusstlos.

»Setzen Sie sich«, sagt Anne-kin, zieht einen Stuhl vor, holt die Kaffeekanne, die noch immer mit heißem Kaffee für Kollegen gefüllt ist, die sich einfach nicht blicken lassen, holt zwei Becher, kleine Teller, Butter und Marmelade. Und unter dem rotweiß karierten Küchenhandtuch kommt ein Stapel frisch gebackener Waffeln zum Vorschein.

»Setzen Sie sich, Rakel«, wiederholt Anne-kin. Und Frau Rakel O. Steen setzt sich. Verteilt Waffeln und Becher. Sie essen schweigend frisch gebackene Waffelherzen mit Butter und Marmelade, trinken frisch aufgebrühten Kaffee und lassen alle Aktivitäten außerhalb von Fenstern und Türen zu einem bloßen Stimmgewirr in den Kulissen werden.

Als Anne-kin Halvorsen ihre Nachbarin zur Tür bringt, ins Badezimmer geht, sich die Zähne putzt, das Gesicht wäscht und ins Bett fällt, weiß sie nicht so recht, woraus dieser Abend bestanden hat. Abgesehen von Waffeln und Kaffee. Sie legt sich nackt ins Bett, weil auch diese Septembernacht mild und schwül ist. Öffnet ein Fenster und lässt sich von den Nachtgeräuschen des Viertels in den Schlaf singen. Ihr letzter Gedanke ist: Welche Art von Hilfe hat die Missionarin eigentlich angeboten, in halben Sätzen sozusagen? Es ging um ein Kontaktnetz. Und um christliche Werte? Anne-kin dreht sich auf die Seite und weiß, dass sie sich am nächsten Tag genauer erkundigen muss. Ohne betäubenden Kaffee- und Waffelduft. Von Angesicht zu Angesicht ... Anne-kin Halvorsen, Kommissarin von der Trondheimer Wache, schnarcht in ihrem eigenen Bett.

42

Und träumt. Träumt lange, zusammenhängende Träume. Eine Reise. Eine lange, lange Reise. Die beginnt mit zwei starken Armen. Und einer Revolvermündung im Nacken. Ein Boot verlässt den Hafen, ein schmutziges Hafenbecken, das immer breiter wird, liegt zwischen ihr und der Sicherheit. Sie wird festgehalten. Von Armen und Mündung. Während sie davongleiten. Nichts als Hindernisse, sie wird an allem gehindert. Wird gefangen gehalten. Als Geisel.

Vom Kapitän. Und dem Jüngsten. Etwas wird ihr in die Kehle gegossen, etwas in ihre Adern gespritzt. Etwas, das sie betäubt.

Es wogt. Nein, es schlingert. Sie liegt tot in einer Koje an Bord eines Schiffes, das die wilden Wogen in der Mitte durchschneidet. Und weiterschäumt. Durch den Fjord, den Trondheimsfjord, vorbei an Agdenes, dem Durchgang nach Trondheim. Das nach Norden abbiegt und die Küste hochfährt. Da liegt sie. Ihr Kopf ist klar, ihr Kopf ist dabei, er begreift. Aber die Kommandozentrale, die die Bewegungen leitet, die Körperbewegungen, ist ausgeschaltet. Egal, wie sie sich auch abmüht und aufstehen will, will, WILL! Sich bewegen, die Fahrt sabotieren, den Kahn wenden, Sundt Leute schicken lassen, will . . . Hilft nichts, sie kann kein einziges Glied rühren, sie kann nur schwitzen. Sie badet in Schweiß, schwimmt in feuchtkaltem Schweiß, in Feuchtigkeit, die sie aufs Bett drückt, die sie zwingt, liegen zu bleiben. Geräusche, überall gibt es Geräusche, von überall her. Aus ihr selber, aus der Ferne. Wie ein Puls, ein hämmernder pochender Puls. Unregelmäßige Herrschaft. Ihr eigenes Herz, abgehackt und unsauber. Die regelmäßigen arbeitenden Kolbenstöße des Schiffs. Sie liegt in einem verzerrten, schmerzenden, nervenzerreißenden Rhythmus da. In Dissonanz. Etwas nicht Umkehrbarem, das sie weiter und weiter fortträgt.

Dieselgeruch, leise Stimmen, Knurrstimmen. Dann zerfließt wieder alles. Einmal sieht sie die Lofotwand. Die schnappt nach ihr. Knurrt sie an. Eiszapfen und Reif. Es wird kälter und kälter. Die Nagelbetten tun ihr weh vor Kälte. Weit. Seeungeheuer tauchen aus der Tiefe auf, riesige hässliche Un-Geschöpfe, wie auf alten Seekarten, sie peitschen die See auf, sie wird hin- und hergeschleudert, das Gleichgewichtszentrum in den Ohren arbeitet wie besessen, um Ausgleich zu schaffen, sie darf nicht kotzen. Darf nicht. Dann ist sie fertig. Erstickt. Weit vorn, aus dem Eisnebel, taucht eine Gestalt auf. Es ist Irina. Eine verhuschte Frau auf einer blaugefrorenen Eisscholle, einer Eisscholle, die sie nicht trägt, die nur aus eiskaltem blaugrauem Meer besteht. Spiegelglattem Meer. Ihre Augen sagen: »Beeil dich, gleich knallt's!« Und sie begreift, was knallen wird, sie ist an Bord des Bootes. Eines Bootes, das jeden Moment explodieren, das zu Streichhölzern zerbersten und auf den Meeresgrund sinken wird. Mit ihr an Bord. Irina sagt, sie solle kommen, sie solle über Bord springen und kommen. »Ich bin nicht Jesus, Irina, ich kann nicht auf dem Wasser gehen.« – »Wenn ich das kann, dann kannst du das auch.« Das ist Irinas Stimme, nein, nicht die Stimme, das sind ihre Augen. Sie muss den Augen folgen. Ihre Füße versinken wie im Moor, einem gurgelnden saugenden Moor. Ihre Schritte führen sie gewissermaßen nach nirgendwo. Sie glaubt, auf der Stelle zu treten, sieht Irina in die Richtung zeigen, in die sie gehen soll. Einen endlosen Raum, der keinen Horizont aufweist, einfach einen flachen weißen weiten Raum, der in der Ewigkeit ausläuft. Einen leblosen Raum, in dem es nur den Tod gibt. Und Schmeißfliegen. Sie kommen wie Heuschreckenschwärme auf sie zu, wütend, aggressiv, streifen sie, fliegen an ihr vorbei, machen wie auf Kommando kehrt, kommen wieder zurück. Und ihre Augen, großer Gott, ihre Augen, die sind facettiert, wie Radarschirme. Sie sehen alles, sie sehen das Pünktchen in der endlosen Weite, das sie ist. Sie fauchen aus blauglänzenden spitzen Rüsseln und gehen zum Angriff über, stürzen sich auf sie.

Ein brennender Schmerz in der einen Wange, dann wird ihr Körper hin- und hergeschleudert. Jemand schüttelt sie. Jemand ruft.

»Anne-kin, du musst aufwachen! Um Himmels willen, komm aus diesem Albtraum heraus!« Er schüttelt sie so heftig, dass ihre Zähne dabei klappern. Es ist Sundt. Und hinter ihm, in einem Nebelmeer, steht jemand, der ihre Uniform angezogen hat. So sieht es jedenfalls aus.

»Wir haben dein Geheul noch unten auf dem Hof gehört«, hört sie, »du hast tief in einem gediegenen Albtraum gesteckt.« Sie ist noch nicht ganz wieder da, zieht bei jedem Wort den Kopf ein, hält es für den Fliegenschwarm.

»Willst du deinen Traum erzählen? Was war das für ein Albtraum?« Das ist wieder Sundts Stimme, sie zittert ein wenig, ja, sie ist sicher, dass seine Stimme ein wenig zittert. Erzählen? Was soll sie erzählen? Dass sie wie Jesus auf dem Wasser gegangen ist?

Sie versucht sich zusammenzureißen, zurückzukommen.

»Irina«, sagt sie leise. »Wie geht es Irina?«

»Sie ist zu Bewusstsein gekommen«, ist die Antwort. Gott sei Dank, dann haben die Fliegen sie nicht erwischt, denkt Annekin, der noch immer ein Rest Albtraum im Leib sitzt.

»Aber sie ist noch nicht ganz da, braucht Ruhe«, Sundt streichelt plötzlich ihre Wange. »Und das brauchst du auch«, fügt er leicht verlegen hinzu.

»Ruhe«, erwiderte Anne-kin leise. »Ruhe scheint im Moment nur Albtraum zu bedeuten. Ich muss arbeiten, etwas tun.«

»Natürlich«, antwortet ihr Chef. »Du bist meines Wissens auch nicht beurlaubt worden. Und trittst morgen frisch und munter zur Schicht an? Vielleicht wäre eine kleine Schlaftablette eine gute Idee? Oder du erzählst von deinem Albtraum? Schaffst ihn dir aus dem Leib?«

»Ich brauche keine große Traumdeutung, Sundt«, antwortet Anne-kin Halvorsen, »das war alles ganz klar. Nämlich die Angst, dass ich es nicht an Land schaffen und als Geisel mitgenommen werden würde.« Sie erwähnt Irina und die Schmeißfliegen nicht. Und auch nicht die Lofotwand. Das sollen ihre »Details« bleiben. Sundt nickt. Diese Angst kann er verstehen.

»Die Ermittlungsleiterin hat uns erlaubt, das Boot zu entern«, sagt er. »Bei Ørlandet. Wir hatten es im Trondheimsfjord beobachtet und gesehen, wie etwas über Bord geworfen wurde.«

Anne-kin Halvorsen schließt die Augen. Ihr Handyspitzel, denkt sie, sie lassen also das wichtigste Beweismaterial über Bord gehen. Und das in einem Fjord, der so tief ist, dass weder Taucher noch der Arm des Gesetzes das Gerät wieder herausfischen können. Klasse Polizeiarbeit.

Sie starrt Sundt an. »Ja, und was jetzt?«, fragt sie.

»Das war leider wohl ihr Peilgerät«, murmelt er. »Aber der Zusammenhalt an Bord wirft jetzt Risse. Und alle vier sitzen derzeit auf der Wache.«

»Wirft Risse? Wie meinst du das?« Sie mustert Sundt gespannt. Sieht plötzlich, dass er mit einem Nicken ihren Kollegen, der in der Schlafzimmertür gestanden hat, aus dem Raum schickt. Der Kollege tippt an seine nicht vorhandene Mütze, die steckt in seiner Jackentasche, macht kehrt und ist verschwunden.

»Meine Güte, du hast vielleicht geheult, Halvorsen«, sagt er im Gehen. »Wir unten auf dem Hof haben gedacht, du würdest vergewaltigt.«

Das wurde ich auch, Kumpel. Aber das sagt sie nicht laut, sie lächelt ihn nur für einen Moment dankbar an.

»Danke«, sagt sie. Und liegt gleich darauf nicht mehr im Bett, zieht Jeans und Pullover an, achtet nicht auf Chef Sundts verlegenen Blick und fegt sie beide aus dem Schlafzimmer. Schließt die Tür hinter einem Albtraum aus Seeungeheuern, Schmeißfliegen, Lofotwänden, langen Eisschollen und gurgelnden Mooren. Knallt die Tür zu und setzt Kaffeewasser auf.

»Tee, wenn vorhanden«, sagt ihr Chef. »Ich trinke keinen Kaffee. Mit einem Löffel Honig. Hast du welchen?«

Das Leben sieht jetzt wieder fast normal aus.

43

Kommissarin Halvorsen tritt ohne Schrammen oder sichtliche Verletzungen auf der Wache an. Der Mann, der in ihrem Büro vor ihr sitzt, einem Büro, dessen Pappschild »Laufendes Verhör« dem Gang zugewandt ist, sieht nicht ganz so unversehrt aus. Sein Veilchen ist noch leuchtender gelbviolett. Richtig zugeschwollen ist sein Gesicht. Es ist schwer, seinen Blick einzufangen, meistens starrt er den Boden an. Und wenn er ein seltenes Mal aufblickt, sieht Anne-kin Halvorsen nur zwei schmale Striche, wo sich normalerweise Augen befinden. »Heftiges Fest«, hatte er im Hafen zu ihr gesagt. Aber das hat sie nicht für eine Sekunde geglaubt. Die Trondheimerinnen pflegen Gesichter nicht dermaßen systematisch zu zerstören, während hier jemand ausdauernd und in aller Ruhe an die Arbeit gegangen ist.

»Zeigen Sie mal Ihre Arme«, sagt sie. »Und Ihren Hals. Auch den Oberkörper.«

»Ja Scheiße«, ist die Antwort. »Soll ich hier etwa strippen?«

»Ja«, antwortet sie so samtweich sie nur kann. »Bitte, strippen Sie. Ziehen Sie das Hemd aus.«

»Haben Sie dafür eine Genehmigung«, murmelt er, versucht es mit dem letzten Ausweg.

»Sicher«, antwortet sie und schiebt sie ihm zu. Er rührt das Papier nicht an, sieht nur ein paar runde Stempel. Widerwillig zieht er sich Pullover und Hemd über den Kopf. Zeigt etwas, das in Anne-kins Augen nach ausgiebiger Misshandlung aussieht. Sie schluckt.

»Sie waren damit nicht beim Arzt?«, fragt sie. Er schüttelt den Kopf. Murmelt, das sei doch nicht der Rede wert. Das werde schon wieder verheilen.

»Nicht beim Arzt? Mit gebrochenen Rippen?« Er schweigt.

»Ziehen Sie sich wieder an.« Er gehorcht. Wimmert ein wenig bei dieser Anstrengung. Plötzlich sieht sie, dass er Tränen in den Augen hat. Rasch kneift er die Augen zusammen. Reißt einen Witz. Kann aber weder den genauen Ort noch den Zeitpunkt nennen, an dem dieser »Grobian« von Türsteher ihn niedergeschlagen hat. Nur, weil er ein Bier zu viel intus hatte. Vielleicht hatte er ja die Klappe ein wenig zu weit aufgerissen. Kommissarin Halvorsen hört zu und schreibt seine gesamte Aussage als Unsinn ab. Als Bluff und Lüge. Sie soll etwas ganz anderes als einen erfundenen streitlustigen Kneipenbesuch und mordlüsterne Türsteher überdecken. Bei einem derart ernsten Zwischenfall hätten die Zivilfahnder der Wache von dieser Episode gewusst. Sie stehen schließlich treu ihre Wache und haben die meisten Lokale im Blick. Außerdem hätten andere in der Schlange die Polizei angerufen und von brutalen Tür-Gorillas erzählt, die hinter Gitter gehören. In dieser Hinsicht herrscht Loyalität unter den Schlangestehern. Aber nichts war passiert. Kommissarin Halvorsen würde Junior gern damit konfrontieren. Aber auf der Wache gilt die Philosophie: nie der vernommenen Person die Antwort in den Mund legen, sie mit rein gar nichts konfrontieren, einkreisende Fragen stellen und das Objekt alles erzählen lassen, was die Verhörsleiterin ohnehin schon weiß.

»Schönen Arbeitsplatz haben Sie da«, sagt sie. »Mit der ganzen elektronischen Ausrüstung müsst ihr doch einen Hering quer durch den Atlantik verfolgen können. Und euch abends Brathering servieren lassen.« Immerhin kann sie ihm jetzt ein Lächeln entlocken.

»Sicher«, sagt er. »Die Brücke ist wirklich gut ausgerüstet.«

»Echolot?«

Er sieht sie an, als sei sie aus der Steinzeit entsprungen.

»Und Radar, Sonar, Asdic und ...«

Er bricht in ein kurzes Lachen aus. Greift sich dann an die Rippen und hustet.

»Sie haben wirklich Ihre Hausaufgaben gemacht«, sagt er.

»Ich hab einen Bekannten in derselben Branche, deshalb.« Sie lächelt ihn an.

»Ach so. Doch, ja, wir navigieren nicht mehr nach den Sternen.«

»GPS«, schlägt Kommissarin Halvorsen vor. »Ground Position System.«

Sie hat wirklich ihre Hausaufgaben gemacht. Er nickt. Verbreitet sich über Vorteile und Nachteile. Sie lässt ihn quasseln. Findet es gut, dass er sich warm redet.

»Der Kapitän ist Ihr Vater?« Diese Frage fällt wie ein Schuss. Sieht ein total verdutztes Gesicht und hört den wütenden Kommentar:

»Der ist verdammt noch mal nicht mein Vater, mein Vater hätte doch nie ...«

»Hätte nie was?«

»Vergessen Sie's«, sagt er leise. Und Kommissarin Anne-kin Halvorsen weiß Bescheid. Jetzt hat sie ihn.

Der Junge, der Stunden später tränenüberströmt und vor Schmerz zusammengekrümmt aus dem Büro getragen wird, wird gut versorgt. Ein Krankenwagen wird bestellt, er wird mit Stützverbänden umwickelt und bekommt schmerzstillende Mittel. Er ist auf den Boden gefallen und hat die Teile der Rippen gebrochen, die noch nicht gebrochen waren. Doch auch dann noch flehte er, nicht ins Krankenhaus zu müssen. Weinte und fluchte abwechselnd. Hatte mitten in diesen schrecklichen Schmerzen ganz offenbar eine Todesangst. Und dazu hat er auch allen Grund, denkt Kommissarin Halvorsen. Das schwächste Glied in der Kette. Der arme Teufel, ihm ist der Posten des schwächsten Gliedes in der Kette zugeteilt worden.

Sie und Vang wechseln einen Blick.

»Tja, und jetzt zu Sundt«, sagt ihr Kollege nach einer ganzen Weile. Anne-kin nickt, dreht das Schild mit »Laufendes Verhör« um, und zusammen wandern sie über den Gang zum Büro des Chefs.

Und Sundt begreift sehr schnell. Und handelt. Denn schon wenige Minuten später sitzen alle, die mit der Sache befasst und nicht draußen unterwegs sind, im Besprechungszimmer.

Geier, denkt Anne-kin. Restaurierer. Ich muss mir das so vorstellen, dass wir die von der Gesellschaft beauftragten Restaurierungsgeier sind. Und jetzt werden wir uns gleich hermachen über ... Sie sieht die verängstigten Augen des Jungen vor sich, Joakim Hansen. Verdrängt diesen Gedanken. Schließlich machen sie nicht Jagd auf ihn. Er, dieses arme Würstchen, hat einfach nur einige Türen weiter geöffnet. Und sie wollen doch weiterkommen. Zu denen, die hinter dieser Teufelei stecken, zu den Drahtziehern, den Profiteuren, den Zuhältern, den Menschenschmugglern, den Frauenzerstörern, diesen verdammten Scheißdreckskerlen ... Anne-kin Halvorsen schlägt mit der Faust gegen den Türrahmen, ehe sie zu den anderen ins Zimmer geht. Und dort nimmt sie brav und leise Platz.

Jetzt aufgepasst, denkt Vang mit einem Seitenblick auf Annekin, hier solltest du vorsichtig sein, Sundt. Sonst gibt es ein Erdbeben. Jetzt macht Halvorsen wieder ihr »Lasst-die-Schwachen-verdammt-noch-mal-in-Ruhe-und-konzentrieren-wir-uns-auf-die-MACHT!«- Gesicht.

Anne-kin Halvorsen sieht, dass Kollege Vang unruhig auf der Stuhlkante sitzt, dass er an seinem Schnurrbart zupft und sich alles andere als wohl zu fühlen scheint. Na gut, sie hat ihn auch nicht sonderlich gut behandelt. Aber warte nur, Vangi, denkt sie mit einem letzten Seitenblick auf ihn, wir arbeiten doch wirklich gut zusammen. Es wird interessant, wieder den Kontakt zu Murmansk zu übernehmen, es wird verdammt interessant, über das, was da oben läuft, das Neueste zu hören. Ob der Kollege im Osten bei der Arbeit Ellenbogenfreiheit hat. Anne-kin zweifelt daran. Sie macht es sich auf dem Stuhl bequem und wartet gespannt auf die ersten Worte des Chefs.

Inzwischen wird die Wache von Zeugen und Irren und redseligen Leuten mit Kontaktproblemen überrannt, die allesamt diesen »fürchterlichen Fall« klären wollen, weil sie die Lösung haben. Wenn die Polizei ihnen nur für eine Minute ihr Ohr leiht, dann wird alles bald gelöst sein. Und draußen wiederum klopfen die Medien an die Tür. Verlangen Informationen, wollen den Termin der nächsten Pressekonferenz wissen, wollen wissen, wie weit die Polizei gekommen ist, ob sich etwas Neues ergeben hat, ob sie Namen oder Motiv oder Mordwaffe haben. Zumindest sollen sie die Namen der Toten nennen und verraten, wann sie nach Russland zurückgeschafft werden, ob sie bereits identifiziert sind, ob die Angehörigen Bescheid wissen, ob sie . . . es ist die totale Hektik.

Aber um dieses Chaos müssen sich glücklicherweise andere kümmern, denkt die Beamtin, die am Hinweistelefon sitzt. Sie und ihr Kollege am zweiten Apparat sollen äußerst entgegenkommend sein. Das fällt ihnen nicht leicht. Sie sitzen nur da und sehnen sich nach einem frischen, nicht verschwitzten Hemd und einer stundenlangen Dusche. Sie wundern sich keine Sekunde darüber, dass so viele ihrer norwegischen Landsleute Kriminalromane schreiben; diese ganze auswuchernde Fantasie muss doch irgendwo Auslauf finden. In diesem Moment zum Beispiel über eine glühende Telefonverbindung zur Wache von Trondheim. Höflich notieren sie alle Informationen und denken daran, dass die Wartelisten bei Psychiatern und Psychologen einfach viel zu lang sind. Denn der Mann, der behauptet, es führe ein Geheimgang von der Insel Munkholmen im Trondheimsfjord bis in den Nidarosdom, hat es im Alltag sicher nicht gerade leicht. Jedenfalls nicht, wenn er erzählt, dass Griffenfeldt und Armfeldt es beide gleichermaßen auf ihn abgesehen haben. Weil er ihre Geheimnisse kennt. Die Frau am Telefon erfährt nicht, wie diese Geheimnisse aussehen. Vielleicht hat der Mann das ja vergessen, die beiden Herren sind schließlich seit Jahrhunderten tot.

Die Frau, nein, die *Dame*, die anruft und mitteilt, ihr Mann, nein, ihr *Gatte*, habe zur fraglichen Zeit in Møllenberg einen Fassadenkletterer gesehen, kann mit größerer Aufmerksamkeit rechnen. Bis sie ihre Angaben überprüfen und feststellen, dass der Gatte bereits 1963 gestorben ist und sie eine falsche Adresse genannt hat. Sie wohnt schon seit Jahr und Tag nicht mehr in Møllenberg. Jetzt lebt sie bei ihrer Tochter, die am Telefon ist, als sie dort anrufen.

»Tut mir Leid«, sagt die Stimme einer erwachsenen Frau, »aber meine Mutter hört sehr viel Radio und ist zwischendurch relativ klar im Kopf. Aber das hier ... tut mir wirklich Leid.«

Das wird Alter genannt, denkt die Beamtin. Sie kennt sich damit aus, sie hat einen Vater, der in der einen Minute voll da ist und in der nächsten mitteilt, man müsse »für Volk und Vaterland kämpfen, wie König Haakon und Premierminister Nygaardsvoll heute Morgen im Radio gesagt haben«. Und dabei klopft er sich an einen Eckzahn. Zwinkert listig und sagt, da sitze der Empfänger. Sie seufzt und widmet sich dem nächsten Anruf. Sieht, dass der Kollege, dessen Uniformhemd ebenso schweißnass ist wie ihr eigenes, derweil Grimassen schneidet.

»Nazinest in der Krypta unter dem Dom«, stöhnt er ins Telefon. »Herr Berg-Andersen, Sie glauben also, dass die alten Königsgräber als Nazinest missbraucht werden? Und was hat das mit den Schüssen in Møllenberg zu tun? Dasselbe, sagen Sie? Dass sie überall sind? Sicher, sicher, danke für den Hinweis.« Er knallt den Hörer auf die Gabel, fährt sich über die Stirn und sieht reichlich gequält aus.

»Ich hole Kaffee«, sagt er, schiebt seinen Stuhl zurück und verschwindet.

»Hallo? Hallo?« Ein dünnes Stimmchen flüstert ein leises Hallo. Eine Mädchenstimme. Vielleicht hat die Kleine sich verwählt, denkt die Beamtin, sie hört sich eher an, als suche sie den Kinderombudsmann.

»Ja, hallo?«, fragt sie und sehnt sich nach dem versprochenen Kaffee.

»Muss ich sagen, wie ich heiße?«

Die Beamtin schüttelt den Kopf. »Nicht doch«, sagt sie. »Nicht, wenn du das nicht willst. Aber es wäre ja nicht schlecht, zu wissen, wer du bist, ich sag's auch nicht weiter.«

»Ich find Pferde so toll«, sagt das Stimmchen. Die Beamtin bringt es nicht übers Herz aufzulegen. Ihre kleine Schwester findet Pferde auch so toll. Irgendwo unten in Ostnorwegen.

»Und deshalb ist das so komisch, ich war doch schon die ganze Zeit hier und weiß, wann sie zu Rennen fertig gemacht werden, denn dann darf ich doch helfen sie zu striegeln und alles vorzubereiten und deshalb . . .«

»Ja«, fragt die Beamtin aufmunternd.

»Ich weiß von allen Rennen und wann die Pferde hinmüssen und deshalb . . .«

»Ja?« Sie nickt zum Dank für die Tasse Kaffee, die vor sie hingestellt wird.

»Aber in letzter Zeit fahren sie einfach, so ganz ohne alles, fahren mit den Pferden nachts los. Ich kapier das alles nicht.«

Aber unheimlich ist es. Das ist es eben. Die Beamtin hört noch: »Ich heiße übrigens Barbro. Arbeite auf dem Gestüt Gryta. Bis dann.« Und dann hat die Kleine aufgelegt.

Das Herz auszuschütten, hilft ja ein bisschen, denkt die Beamtin, macht pflichtschuldigst ihre Notizen, trinkt einen Schluck Kaffee und ist bereit für den nächsten Anruf.

44

Wir sind von A nach B gekommen, denkt Kommissarin Halvorsen. Und vielleicht auch nach C. Aber bis zum Z ist es noch weit. Der Kapitän ist wirklich von der schweigsamen und stummen Sorte; er wirft nicht mit Worten um sich. Die beiden anderen auch nicht. Und dass der Jüngste, Joakim Hansen, die Schleusen aufgedreht hat und alles hervorströmen konnte, das erzählen sie den anderen nicht. Dass er das Abhorchen des Mobiltelefons und noch Schlimmeres zugegeben hat. Noch viel Schlimmeres. Weinend und schniefend. Zu diesem Zeitpunkt hatte Kommissarin Halvorsen Vang dazugerufen, das hier mussten sie sich zu zweit anhören. Der Jüngste registrierte kaum, dass noch jemand das Zimmer betrat. Er schlug nur mit den Fäusten auf die Stuhllehne und stöhnte, wenn er nicht gerade fluchte: »Dieser Arsch, dieser verdammte Arsch! Er hat gesagt, das hätte schon seine Ordnung, dass die Mädels in Norwegen eine Zukunft hätten, dass sie einen Job gefunden hätten, nur fehlte ihnen die verdammte Einreiseerlaubnis, aber da könnten wir ihnen helfen, wo wir ja doch nach Süden mussten. Und dass dann alles in Ordnung kommen sollte. Dass sie das selber so wollten, sie wollten sich in ihrer Kajüte verbarrikadieren und keinen Menschen sehen. Sie haben fast die ganze Zeit geschlafen. Fast immer, wenn ich ihnen das Essen gebracht habe, dann schliefen sie. Nur die eine nicht. Sie wollte mit mir reden, aber ich kann doch kein Russisch. Und sie hat nichts gegessen. Ich hab das alles nicht kapiert. Nur, dass sie sturzbesoffen waren, als wir im Hafen angelegt haben, und dass sie auf die Piste wollten, das hat jedenfalls ...« Er verstummt.

Die restliche Geschichte ergibt ein weitgehend klares Bild. Drei Stück Mann vom Fischkutter bringen drei Stück Frauen an Land. Die Frauen sind »sturzbesoffen«, wie der Junge sagt. Oder total zugedröhnt mit Drogen. Gegen ihren Willen zugedröhnt. Sie werden über die Reling hinuntergelassen und mehr oder wenige durch den Hafen getragen. Alle, die sie gesehen hätten, hätten gedacht: Ja, ja, hier haben wir wieder die hemmungslosen, wilden lockeren Vögelchen. Die nicht einmal aufrecht stehen können. O verdammt. Dass diese Sexgeschäfte im Hafen aber auch nie ein Ende nehmen! Oder sie hätten gesagt: »Vergiss es, Kumpel, die Damen sind viel zu breit, um noch Spaß zu machen. Such dir eine andere. Das hier ist doch fast schon Leichenschändung!«

Aber sie sollten nicht geschändet werden, jedenfalls nicht da und dort, denkt Kommissarin Halvorsen. Und als Leichen waren sie auch nicht vorgesehen. Sie sollten abgeholt, in ein wartendes Auto, einen Lieferwagen, gepackt und dann aus dem Hafen weggebracht werden.

»Wohin? Fragen Sie mich, wohin?«, schreit der Jüngste sie an. Woher zum Teufel soll er das wissen? Vielleicht zu ihrem neuen Job? Was weiß er denn schon? Oder in ein Hotel, um ihren Rausch auszuschlafen und dann am nächsten Morgen frisch wie drei Tautröpfchen ihrem Arbeitgeber vorgestellt zu werden?

»Und wer ist das, wie heißt der Arbeitgeber?«, wollte sie wissen.

»Wer das ist, der Arbeitgeber?«, er schnieft noch immer. Ob die Kommissarin fragt, ob er weiß, wer die Frauen abholen sollte? Anne-kin Halvorsen nickt.

»Das weiß ich nicht, hab keine Ahnung. Das haben sie mir nicht gesagt. Und ich konnte ja nicht kapieren, wieso die Mädels so verdammt viel saufen mussten, ehe sie an Land gegangen sind.« Jetzt schnauft er leicht verärgert.

»Fanden Sie es nicht seltsam, dass sie die ganze Zeit geschlafen haben, auch, wenn Sie ihnen das Essen gebracht haben, meine ich?« Auf diese Frage hin war er dann wirklich zusammengebrochen. Hatte sich an die Brust gefasst, sich zusammengekrümmt, um Atem gerungen.

»Wir haben sie in den Container geworfen«, jammert er. »O verdammt, wir haben sie wie ein totes Tier in den Container geworfen. Einfach so ...«

»Weil ihr Sirenen gehört habt«, sagt Kommissarin Halvorsen und verstößt damit gegen die Regel, den Verhörsobjekten keine Antwort in den Mund zu legen.

»Ja«, weint er. »Sirenen und Blaulicht. Ich musste zurückrennen, zusammen mit den anderen, an Bord springen und aufräumen. Es ist nicht gefährlich, hat er gesagt – wir holen sie, wenn der Bullenwagen verschwunden ist. Die haben es nicht auf uns abgesehen, hat er gesagt, aber da waren ein paar Betrunkene zugange.«

»Wann sind Sie zusammengeschlagen worden?«, fragt sie. Und erlebt einen Jungen, der sich unerwartet verhärtet.

»Ich bin in einer Kneipenschlange zusammengeschlagen worden«, sagt er mürrisch. »Erzählen Sie mir bloß nichts anderes.«

Dann nicht, soll er sich doch einreden, er könne ihr einreden, es sei so gewesen. Kommissarin Halvorsen setzt keine in Todesangst schwebenden Knaben unter Druck, sie lässt ihn seine letzte Bastion behalten, bis auf weiteres: nämlich nicht den Kapitän als Misshandler anzugeben. Doch in dem Moment musste dieser Idiot von Vang sagen: »Wir glauben Ihnen nicht, Hansen, wir glauben, dass Ihr Kapitän Sie zu Mus geschlagen hat. Damit Sie den Mund halten.«

Joakim Hansen hält sich die Ohren zu, erhebt sich halbwegs und kippt dann vornüber zu Boden. Die beiden anderen können nicht schnell genug reagieren und das seltsame knackende Geräusch, mit dem er gegen den Aktenschrank prallt, geht in ein Schmerzensgeheul über.

Den Rest der Geschichte kennen Kommissarin Halvorsen und Kommissar Vang. Das gilt auch für die restliche Fahndungsgruppe im Besprechungszimmer, als die über das Verhör informiert werden. Einige schütteln den Kopf, andere möchten sofort tätig werden, die meisten begreifen, dass das hier der Durchbruch war. Ein Trawler, ein Gefriertrawler, kommt mit einer Ladung aus mit Drogen betäubten Frauen, jungen Mädchen, nach Trondheim, und soll sie zu Geld machen. Verdammt. Und dann geht es schief, und zwar gründlich. Sie können nicht liefern und einkassieren, weil ein Suffkopp beschlossen hat, sich just im Moment der Übergabe erstechen zu lassen, was von einem Securitaswächter entdeckt wird. Großalarm und Absperrung der Umgebung. Wo nun die Frischwaren lagen, in einem Container, während das Verfallsdatum in Windeseile näher rückte. Diese Scheißtypen aus Finnmarken, denn sie kommen doch aus Finnmark? Die drei, die sich auf Menschenhandel verlegt haben, auf Frauenhandel? Oder? Oder sind sie nur Transporteure?

»Joakim Hansen, der Jüngste, der, der gelb und blau geschlagen worden ist«, sagt Anne-kin Halvorsen, »er behauptet, in gutem Glauben gehandelt zu haben. Sagt, es sei nur ein kleiner Nebenverdienst gewesen, was immer darunter zu verstehen ist. Aber während wir auf den Krankenwagen gewartet haben, hat er zugegeben, dass er wirklich vom Kapitän so nachdrücklich zusammengefaltet worden ist. Weil er einen hysterischen Anfall erlitten hatte, oder, in seinen Worten, eine ›Scheißreaktion‹. Weil Zeitungsschlagzeilen und der ganze Medienzirkus ihm klargemacht hatten, dass sie ›zum Henker endlich die Klappe aufmachen‹ mussten. Und da hat der Kapitän ihn zusammengeschlagen. Und ihm in ziemlich groben Worten mitgeteilt, von ›die Klappe aufmachen‹ könne hier keine Rede sein. Sie hätten nur ein paar Russinnen transportiert, hätten im Hafen ein wenig Pech gehabt, aber aller Dreck, der jetzt folgte, sei nicht ihre Sache.« Vang reißt die Augen auf, glotzt. Das hier hat er verpasst, er war zu eilig aus dem Zimmer gestürzt. Dann setzt er sich gerade und richtet seinen Blick auf Anne-kin, einen Blick, der sagt: »Siehst du, Halvorsen, meine direkte Konfrontationsmethode hat's gebracht!« Sie würdigt ihn keines Blickes.

»Aber dieses letzte Geständnis«, sagt sie dann, »können wir nicht ins Vernehmungsprotokoll aufnehmen. Der Junge hatte zu starke Schmerzen und vielleicht ist ihm diese Antwort auch zu nahe gelegt worden.« Vang flucht in Gedanken. »Immerhin hat er mir zugeflüstert, dass er das hier nie um alles in der Welt wiederholen wird. Oder zugeben. Das sollte ich mir klarmachen: mit den Mädels habe er nichts zu tun.«

»Aber wer denn dann? Wer hat mit ihnen zu tun, meine ich.« Niemand hat gemerkt, dass die Ermittlungsleiterin, Frau Svanhild Riis, das Besprechungszimmer betreten hat. Vermutlich schon vor einer ganzen Weile. Niemand hat einen Blick nach hinten geworfen, sie sitzen vornübergebeugt da und starren den »Lehrer am Pult« an.

Anne-kin schaut rasch zu Sundt hinüber, wüsste gern, ob auch der Lehrer seine Hausaufgaben gemacht hat.

»Dieses Schiff, diese Mannschaft kann zum Transport benutzt worden sein«, sagt Hauptkommissar Sundt. »Gegen Bezahlung. Ihre Bankkonten weisen allerdings keine unerwartet eingegangenen Summen auf. Ihnen kann auch aufgetragen worden sein, den Hafen nicht zu verlassen, Nyhavn, meine ich, sondern sich am Motor zu schaffen zu machen, damit eine Reparatur nötig würde.«

Am Motor, denkt Anne-kin Halvorsen, das war doch nicht der Motor, der »krank« war, das waren die »Kühlschränke«. Die Gefriermaschinen.

»Die Hafendirektion bestätigt, dass das Schiff um verlängerte Liegeerlaubnis eingekommen ist, weil die Maschinen gewartet werden müssten.«

Verdammt, denkt Anne-kin, was habe ich hier eigentlich alles verpasst? Ich dachte, ich sei auf dem Laufenden. Sie sieht, wie Sundt sich der Ermittlungsleiterin zuwendet.

»Das kann bedeuten«, sagt er und stemmt die Hände vor sich auf die Tischplatte, »das kann bedeuten, dass wir von der Theorie ausgehen können, jemand hier in der Stadt, jemand an Land, jemand mit leistungsfähigem ›Empfangsapparat‹ hat den Befehl erteilt, liegen zu bleiben. Damit sie fortlaufend darüber informiert werden könnten, wo der ›lebende Patzer‹, eben Irina, die überlebt hat und reden kann, sich befindet. Der Trawler wurde, wie ihr wisst, zu einem frühen Zeitpunkt aus dem Fall herausgecheckt. Die Technik konnte an Bord keine Spur von Frauen finden, weder in den Kajüten noch anderswo. Aber andererseits hatte die Mannschaft fast zwei Tage Zeit gehabt, um alles zu säubern. Wir haben Schiff und Mannschaft in Verbindung mit dem Mord an Søfting zwar untersucht.«

So hieß Manne also, denkt Anne-kin. Das wusste ich nicht. Vermutlich wussten seine Kumpels das aber auch nicht.

»Aber«, sagt Sundt derweil, »dabei wurde nicht gründlich nachgesehen und notiert, welche Instrumente es an Bord gab. Die Brücke war elektronisch hoch gerüstet. Es kann dort ein Peilgerät gegeben haben, das nicht in erster Linie für Fische und Fang gedacht war, ein Instrument nämlich, das eine gewünschte Frequenz suchen kann, eine Telefonnummer, eine Mobiltelefonnummer. Nicht zum Abhorchen, sondern um zu wissen, wo dieses Telefon sich gerade befindet.«

Jetzt kommt's, denkt Kommissarin Halvorsen und würde sich gern die Ohren zuhalten.

»Das System, auf das die Wache übergewechselt ist, nämlich NMT, lässt sich nicht aufspüren. Unser früheres dagegen, GSM, kann bei guten Kenntnissen und avancierter Ausrüstung bisweilen durchaus angezapft werden.«

Ja, ja, denkt Kommissarin Anne-kin Halvorsen und wartet auf den Rest. Jetzt wirst du zum Sündenbock der Wache ernannt, mein Mädel. Der Wirrkopf, der sich während der Urlaubswoche nicht alle Hausmitteilungen nachschicken lassen wollte. Aber Sundt ist »lieb« oder was immer er hier sein mag. Auf jeden Fall redet er weiter über »Hausroutinen, die leider nicht eingehalten worden sind« und über »Kommunikationsfehler«, für die er, als direkter Vorgesetzter, die vollständige Verantwortung übernehmen muss.

Aber nach der Besprechung wissen doch alle, dass hier die Rede von Kommissarin Halvorsens Mobiltelefon war.

45

Sie hatten ihr eine Chance von zwanzig Prozent gegeben, die Ärzte, die Fachleute. Eine Chance von einem Fünftel, die Operation zu überleben. Keine Chance überhaupt, wenn die Kugel nicht entfernt würde. Sie finden die Kugel, eine vom selben Kaliber wie die, die in der CD-Sammlung von Annekins Nachbarn gesteckt hat; 6,5 mm. Die Patientin stirbt nicht auf dem Operationstisch, sie überlebt den Eingriff, überlebt die Fahrt zur Intensivstation, wo sie an Leitungen und Messgeräte angeschlossen wird, die ihre verschiedenen Körperfunktionen überprüfen sollen. Die Narkose geht zu Ende, auch das überlebt sie. Aber danach ist Schluss. Fast. In ihrem schmalen Körper verlangsamt sich alles, so, als habe jemand Sand in ihr Getriebe gestreut, die Zahnrädchen schlingern und die Lebenspumpe setzt zwischendurch aus. Die Kurven auf diversen Oszilloskopen flachen aus und wogen dann wieder los. Es herrscht die totale Krise. Alle möglichen Leben erhaltenden Maßnahmen werden ergriffen. Aber das Leben verebbt ganz langsam. Der Tod schnappt sich die achtzig Prozent negativen Chancen, verzehrt sie in einem einzigen Bissen. Und macht sich an die übrigen zwanzig. Frisst sich auf die Null zu. Irina aus Murmansk hat im Grunde in ihrem ganzen Leben nicht mehr als zwanzig Prozent Chance gehabt, die Wahrscheinlichkeit war immer gegen sie. Trotzdem hat sie überlebt.

Und sie überlebt auch jetzt. Verbeißt sich ins Leben und

bringt das Krankenhauspersonal dazu, erst die Augen aufzureißen, dann den Atem anzuhalten, dann nicht zu hoffen wagen, dann zu warten. Und dann erleichtert aufzuatmen. Die Kleine hat den Prozess umgekehrt, sie hat sich an ihren zehn, fünfzehn Prozent festgeklammert und schleppt sich zurück ins Leben. Das zeigen die Messgeräte, sie zeigen eine angenäherte Normalität. Sie atmet, ihrem Gehirn wird Sauerstoff zugeführt, ihr Herz pfuscht nicht mehr. Aber sie kommt nicht zu sich. Zusätzlicher Sauerstoff wird zugeführt. Etwas passiert. Nach langer Zeit schlägt sie die Augen auf, was vom Krankenhaus an die Wache berichtet wird: Die Patientin ist bei Bewusstsein. Aber nur bei schwachem. Kontakt nicht herzustellen. Reflexe jedoch scheinen zu funktionieren. Die Augen sind offen.

Mit diesem Wissen fährt Kommissarin Anne-kin Halvorsen ins RiT, mit diesem Wissen und der Gewissheit, dass Irina von der Sorte ist, die wirklich auf dem Wasser wandeln kann. Die das Unmögliche zwingt, möglich zu werden, die sich an dem Einzigen anklammert, das sie hat. Dem Leben.

Anne-kin kauft im Foyer Blumen, wieder Nelken, haben die denn nichts anderes, und geht die Treppen hoch. Dort begrüßt sie den Kollegen, der vor Irinas Tür Wache hält, sie gehen jetzt kein Risiko mehr ein, und nachdem er ihren Ausweis überprüft und ihr einige gute Ratschläge mit auf den Weg gegeben hat, geht sie hinein. Obwohl alles so traurig ist, freut sie sich doch sehr darüber, dass sie jetzt mit einem Blumenstrauß durch diese Tür gehen und sagen kann: »Hey, how are you? It's me. Remember?« Sie fährt sich durch die Haare, räuspert sich, drückt auf die Klinke, öffnet die Tür, geht hinein, steht vor dem Bett.

Und begegnet Irinas Blick.

46

»Ich gebe alles zu«, sagt die Kleine. Doch gleich darauf sagt sie: »Ich gebe gar nichts zu, verdammt. Ich war das doch nicht.« Es dauert nicht lange, bis ihnen klar ist, dass es so weitergehen wird, vor und zurück, hin und her. Weil sie sich ganz einfach an nichts erinnern kann, sie hat keine klare Vorstellung von Messer, Streit, Trinkgelage oder überhaupt ihrem Leben an dem Abend, an dem Søfting, allgemein Manne genannt, in Nyhavn erstochen worden ist. Sie weiß nur, dass sie nichts weiß. Aber durch wiederholte Vernehmungen von mehreren aus der Junkie-Clique, die in dieser Nacht dort unten waren, und die vielleicht nicht ganz so zugeschneit waren wie sie, bildet sich ein Bild. Das nicht zu ihren Gunsten spricht. Konfrontation und Vergleich mit den gemurmelten Berichten der Alki-Bande bringen ebenfalls Licht in die Sache. Zwar kein strahlendes, aufklärendes Licht, aber immerhin ein Licht. Die Untersuchungshaft wird verlängert. Das Motiv ist unklar, es scheint sich vor allem um einen Wutausbruch zu handeln, weil jemand »Scheiß über sie geredet hat, als sie ihre Leute gesucht hat«, wie jemand von der Trinkerbande das ausdrückt. Die Mordwaffe ist nicht gefunden worden.

Das Messer.

Es hätte einen Monat später gefunden werden können, als die Stadt Trondheim in Person des Forstdirektors die Aufräumarbeiten fortsetzt, die die vielen in den Stürmen nach Weihnachten umgestürzten Bäume nun einmal verlangen. Zuerst hatte die Forstbehörde Bäume entfernt, die über Wegen und anderen Verkehrsadern lagen, dann machten sie sich über die weniger oft aufgesuchten Stellen her. Der Abdruck eines Mannes und einer Frau im Moos fiel dabei niemandem auf. Was auch kein Wunder war, denn er war schon längst verschwunden. Aber den Baum fanden sie, einen riesigen Baum, der halbwegs in die Luft ragte, halbwegs auf dem Boden lag. Um die nackten Wurzeln hatte sich eine kleine, aber tiefe Lache gebildet. Stillstehendes, wie Öl glänzendes Moorwasser, über dem Insekten herumschwirrten. Aber unten im Kolk lag ein in eine löchrige Plastiktüte gewickeltes Messer. Und es lag gut dort. In tausend Jahren könnte es vielleicht als Beweis für eine Besiedlungsstelle gerade dort gelten. Die Archäologen könnten sehr viele Deutungen vorbringen. Ohne auf Widerspruch zu stoßen.

Doch noch viele Jahre hindurch sollte das Messer im Moorkolk im Wald bei Trondheim eine ewig aktuelle Ursache für etwas sein, das wie Schamröte auf den Wangen von Anne-kin Halvorsen aussieht. Es lässt sich nicht verdrängen. Das Messer. Und selbst wenn sie denselben Weg hundertmal abgeht, immer den Blick fest auf den Boden gerichtet, so findet sie es doch nie. Und der Gedanke, die einzuweihen, die sie eigentlich einweihen müsste, wird immer unerträglicher. Der »Indianer« erwähnt das Messer nie wieder, verliert kein Wort über den Besuch der Bullenfrau oben bei seinem Bau. Auch Anne-kin schweigt. Und der Polizist, Veteran-Aasen, der den Bau des »Indianers« menschenleer vorgefunden hatte, macht auch kein großes Aufheben. Er hatte einen Tipp erhalten, gekauft. Aber der Vogel war ausgeflogen, und damit hatte es sich. Misserfolge gehören mit zum Spiel.

Der Anwalt der Kleinen hat dagegen gute Karten. Nicht zuletzt, weil der klapperdürre, kindlich aussehende Teenie hoch und heilig beteuert, dass sie weg will, raus aus diesem beschissenen Leben, das sie geführt hat. Dass sie einen neuen Anfang machen will. Ehrenwort.

47

Der Kapitän ist vielleicht nervös, schweigsam ist er sicher. Sagt kein Wort, öffnet nicht einmal den Mund, um das Mineralwasser zu trinken, das sie ihm serviert haben. Und die beiden mittleren Chargen hatten verängstigt ausgesehen, denkt Anne-kin. Hatten nur den Kopf geschüttelt, ihre Fäuste betrachtet und geschwiegen, einfach nur geschwiegen. Alle sitzen jetzt in Untersuchungshaft, wegen Vernichtung von Beweismaterial. Die Ermittlungsleitern war großzügig. Die Verhöre, genauer gesagt, die Monologe und die Fragen der Ordnungsmacht an die Verhörsobjekte, waren zahlreich und allesamt gleichermaßen ergebnislos.

Aus keinem ist auch nur ein Laut herauszuholen. Ihre Auftritte wirken wie eine Demonstration zäher Ausdauer. Keiner ist vorbestraft, abgesehen von Schiff und Kapitän zwei Jahre zuvor. Ursache: engere Maschenweite als zulässig. Buße bezahlt. Das Bewegungsmuster des Schiffes ist im Grunde das eines typischen Trawlers. Sie haben durchaus im Schlupfloch gefischt. Zusammen mit den isländischen Wikingernachkommen. Haben um den besten Monatslohn gewetteifert. Die Behörden zu Hause konnten noch etwas berichten, was im hohen Norden nicht ganz ungewöhnlich war. Touren über die Grenze, nach Nikel, Murmansk. Nicht mit dem Schiff, sie hatten dasselbe getan wie so viele andere nach Öffnung der Grenzen, hatten Bus oder Wagen genommen, um die nächsten Nachbarn zu begrüßen. Nicht weiter ungewöhnlich. Waren sie registriert worden, hatten sie damit zu tun, hatten sie das Angebot, das per Busladungen aus dem Osten kam, auf irgendeine Weise genutzt? Meinte die Trondheimer Wache hier die Wochenendbusse voller Frauen, die in Skipagurra und Tana eintrafen? Sie glauben, das schiefe Grinsen fast zu hören, mit denen der Kollege sie bittet, einen Blick auf die Karte zu werden. Skipagurra liegt meilenweit von ihrem Wohnort entfernt, so weit sogar, dass wohl nicht einmal Sexlust zu einer so weiten Reise motivieren kann. Kommissarin Halvorsen hört Sundt mit trockener Stimme kommentieren, dass die Wache demnächst in einen Atlas investieren wird, dann beendet er das Gespräch und legt auf.

Soll sie es jetzt sagen? Sie lugt zu ihrem Chef hinüber, öffnet den Mund und sagt: »Du, Sundt?«

»Komm«, unterbricht er sie, schaut auf die Uhr. »Es ist so weit. Vang wartet.« Und dann stürzt er aus der Tür, als habe er auf einer Startlinie gestanden. Sie trottet hinterher. Sieht den Chef das Pappschild mit »Laufendes Verhör« umdrehen, sieht ihn an die Tür klopfen, hört ihn Vang begrüßen.

»Viel Glück euch beiden«, sagt er und stürzt wieder davon. Und dann wird der schweigsame Kapitän, Mindor Hansen, zum Verhör geholt.

Wieder stellt Kommissarin Halvorsen diese einkreisenden Fragen, die Vang hasst. Wieder diese nicht suggestiven Fragen. Diese was hast du getan, was ist passiert, weißt du noch-Fragen. Und wieder bleibt der Kapitän stumm wie ein Fisch, nickt nur knapp, um Namen, Personenkennnummer, Adresse, Beruf zu bestätigen. Und wieder diese langen Pausen. Auch Annekin hat langsam die Umständlichkeit und Zaghaftigkeit dieses Vorgehens nach dem Lehrbuch satt. Weiß schon längst, dass Winter und Frühling vergangen sein werden, ehe sie mit einem Ergebnis dasitzen, wenn sie so weitermachen. Das einzige Ergebnis wird sein, dass die Stimmbänder des Kapitäns aus Mangel an Benutzung einrosten. Außerdem empfindet sie ein wachsendes physisches Unbehagen, wenn sie diesem Mann so dicht gegenübersitzt. Sie will die groben Arbeitsfäuste, die auf seinen Oberschenkeln ruhen, nicht ansehen. Joakim Hansens misshandeltes Gesicht steht ihr klar vor Augen. Kommissarin Halvorsen merkt, dass ihre eigenen Fäuste zu einem harten weißen Klumpen geballt sind. Jetzt, an diesem Punkt, weiß jede erfahrene Verhörsleiterin, dass sie aussteigen, das Verhör jemand anderem überlassen sollte. Weil jetzt die Gefühle überhand nehmen, Sympathien und Antipathien. So darf sie kein Verhör führen. Aber sie steigt nicht aus, sie nicht, verdammt! Denn der Unwille, den Mindor Hansen seinem Austausch mit der Polizei und dem Pflichtverteidiger gegenüber an den Tag liegt, kann zeitbestimmt sein. Kann Taktik sein, weil Kapitän Mindor Hansen erst wissen will, wo er steht. Das heißt, er will wissen, ob die wichtigste Zeugin, Irina, lebt oder nicht. Und darauf wartet er, in der Zelle und beim Verhör: Er wartet auf diese Nachricht. Erst dann wird er wissen, welche Version er der Polizei auftischen wird. Er hat sicher auch mit seiner Mannschaft die beiden Versionen exerziert. Anne-kin Halvorsen ist davon so ziemlich überzeugt. So hätte sie jedenfalls gedacht, wenn sie an Mindor Hansens Stelle säße.

Sie lehnt sich in ihrem Sessel zurück, zwingt sich, ihre Fäuste zu öffnen und spielt mit einem Bleistift.

»Gehören Instrumente zur Standardausrüstung von Fischkuttern, die sich auf Mobiltelefone einpeilen können?«, fragt sie und erlebt immerhin, dass er antwortet.

»Keine Ahnung, wovon Sie da reden«, grunzt er.

»Sie haben Ihren tiefgefrorenen Fang bei Frionor auf Brattøra abgeliefert und dann in Nyhavn angelegt. Warum?« Eine harmlose Frage, die er offenbar klären will.

»Können vor der Fischfabrik keinen Platz blockieren«, sagt er. »Und diese Maschinenfirma, die die Reparatur vornehmen sollte, hat uns den Liegeplatz angewiesen.« Spitze, denkt sie, jetzt hat sie ihm doch immerhin den Kiefer aufgebrochen.

»In früheren Vernehmungen haben Sie und die übrige Mannschaft ausgesagt, Sie hätten in der Nacht zum 17. in Ihren Kajüten geschlafen. Und seien erst aufgewacht, als die Polizei an Bord kam. Sie hätten die Sirenen nicht gehört und keine Ahnung von den Geschehnissen an Land gehabt. Stimmt das?« Er nickt.

»Diese Aussage weicht stark von einer anderen Zeugenerklärung ab.« Der Mann vor ihr zuckt unmerklich zusammen. Anne-kin lässt eine lange Pause folgen.

»Haben Sie dazu irgendeinen Kommentar?«, fragt sie dann.

»Wenn irgendein Suffkopp was anderes gesehen haben will, dann von mir aus«, faucht der Mann. »Soll die Polizei doch ihren Pennern glauben.«

»Ich rede hier nicht von Pennern«, sagt sie freundlich. »Ich rede von den Damen, die Sie transportiert haben.« Der Mann vor ihr hat sich fantastisch im Griff. Das Einzige, was sich bewegt, sind die Muskeln an seinem Hals. Sie straffen sich. Kollege Vang dagegen muss sich die Nase putzen, um die Aufmerksamkeit von seiner Reaktion abzulenken. Jetzt ist Halvorsen endlich in Gang, denkt er, wenn auch ein wenig nervös. Denn seine Schnurrhaare sagen ihm, dass sie etwas weiß, was er nicht weiß.

»Sie als Fischer, als Seemann, können mir sicher erzählen, was passiert, wenn ein Schiff die unsichtbare Grenze im Meer passiert? Die zwischen zwei Ländern?« Mindor Hansen schweigt, er will ihr absolut rein gar nichts erzählen.

»Ich begreife nicht, wie ich jemals gegen die NATO sein konnte«, sagt Anne-kin Halvorsen an Vang gerichtet. »Die haben doch diese Awacs-Flugzeuge, die mir unter anderem erzählen können, wo Stein-Jørgen in seinem Urlaub im hohen Norden fischt. Damit ich ihn unter Kontrolle habe.« Kollege Vang klappt das Kinn nach unten. Für einen Moment. Eine Sekunde darauf geht ihm auf, dass endlich die schon längst erbetenen Informationen eingetroffen sind. Von einer »Nato«, die offenbar Herbstferien hatte, die auf Elchjagd gegangen war. Jedenfalls hatten sie bisher auf ihre Fragen hin nur die ungefähren Positionen erhalten. Die NATO hat Wichtigeres zu tun, als der norwegischen Dorfpolizei zu helfen, hatte Anne-kin gesagt, als die Informationen auf sich warten ließen. Ein rascher Blick hinüber zu ihr, und Vang weiß, dass sie blufft. Halvorsen verfügt nicht über einen Zipfel mehr an Information als er. Die Frau spielt hoch. Zufrieden lässt er sich auf seinem Stuhl zurücksinken.

Im Kopf des Kapitäns wird jetzt energisch Gedankenarbeit geleistet, Kommissarin Anne-kin Halvorsen geht davon aus, dass er hin und her kalkuliert. Sind das hier Informationen, die die Polizei sich auf dem Dienstweg beschafft hat, oder existieren diese »Zeugenaussagen« wirklich? Sie lässt ihm nicht lange Zeit zum Grübeln.

»Wir wissen, dass Ihr Schiff auf offener See drei Frauen an

Bord genommen hat, unmittelbar außerhalb der norwegischen Gewässerzone. Wenn Sie höflich fragen, dann erzählen wir Ihnen auch, wie das russische Schiff geheißen hat.« Der Mann vor ihr lässt seinen Blick durch die Gegend irren, seine Muskeln, nein, die Adern an seinem Hals schwellen an.

»Soll ich die Reise für Sie beschreiben? Nach der Erinnerung der einen, die noch lebt? Soll ich? Irina Sverdlowska hat den beiden anderen fast all ihr Essen gegeben und Tee oder Kaffee oder was immer sie an Bord bekommen haben, hat sie nicht getrunken, sie . . .« hat vom Wasserhahn getrunken, will Annekin sagen, schweigt aber. Sie hat doch keine Ahnung, ob die Kajüte, in der die Frauen eingesperrt waren, einen Wasserhahn aufwies, ob sie überhaupt eine Kajüte hatten, sie weiß nicht, ob es so war. Aber der Kapitän weiß es auch nicht. Und offenbar liegt sie nicht gar zu sehr daneben, der Mann ist kreideweiß im Gesicht.

»Aber«, sagt sie dann mit seidenweicher Stimme. »Davon wissen Sie nicht viel, denn nicht Sie haben die Mahlzeiten serviert. Irina Sverdlowska sagt, dass immer ein junger Mann das Essen gebracht hat, der Jüngste an Bord, Joakim Hansen.«

»Was zum Teufel hat der Joakim sich da aus den Fingern gesogen, was zum Henker redet dieser Wirrkopf da für Quatsch?« Er versucht die Angst in seiner Stimme wie Wut klingen zu lassen.

»Joakim Hansen?«, fragt Anne-kin. »Nein, Joakim Hansen hat nicht viel gesagt, was er in seinen Fieber- und Narkosefantasien von sich gibt, weiß ich natürlich nicht, aber . . .«

»Was für Fieberfantasien?«, fällt der Mann gegenüber ihr ins Wort.

»Ach? Wissen Sie das denn noch nicht?« Sie schüttelt verständnislos den Kopf. Schaut ihn aus unschuldigen Augen an.

»Es haben sich ernsthafte Folgeschäden eingestellt, nachdem er von einem Türsteher niedergeschlagen worden ist, große innere Verletzungen, und deshalb liegt er im Krankenhaus. Soll ich von Ihnen grüßen?«

»Miststück«, hört sie so leise, dass Vang die Worte des Mannes sicher nicht verstanden hat.

»Was haben Sie gesagt?«, fragt Kommissarin Halvorsen leise. »Mir scheint, Sie haben sich soeben der Beleidigung einer Beamtin im Dienst schuldig gemacht, und das wird Ihnen für ziemlich viele Tage gratis Kost und Logis sichern.«

Sie lugt zu Vang hinüber, der sich alle Mühe gibt, normal auszusehen. Er sieht nicht für eine Sekunde normal aus, und wenn er ein Kater wäre, dann würde er jetzt schnurren.

»Also«, sie rutscht näher an den Mann heran, der ihr gegenübersitzt. Und bebt. Jetzt sieht sie ganz deutlich, dass er bebt. Als wenn etwas wütet in ihm, das er nicht aus sich herauslassen kann. Er wagt es nicht, seinen Gelüsten zu folgen und sie mit bloßen Fäusten zu erwürgen. Langsam.

»Also, fangen wir wieder von vorne an. Wo genau glauben Sie, diese drei Frauen an Bord genommen zu haben?« Er schweigt.

»Wer war Ihre Kontaktperson? War das der uns namentlich bekannte Kapitän des russischen Schiffes? Das verdorbenes Trinkwasser an Bord hatte, wie wir von den russischen Behörden gehört haben? So dass Sie, Ihr Schiff, helfen mussten?« Noch immer keine Antwort. Nur Adern, die immer mehr anschwellen.

»An wen sollten die ›Waren‹ in Trondheim geliefert werden?« Keine Antwort. Kommissarin Halvorsen seufzt in aufgesetztem Kummer.

»Dann nicht«, sagt sie. »Dann war sonst also niemand mit im Spiel. Niemand, der zur Rechenschaft gezogen werden müsste. Gut, dass Kapitän Mindor Hansen die Schuld nicht anderen zuschiebt, sondern die gesamte Verantwortung selbst übernimmt. Zugibt, dass die gesamte Operation von ihm selbst geplant und ausgeführt worden ist, es ist sicher ein ungeschriebenes Gesetz, dass der Kapitän die volle Verantwortung trägt. Dass er gelobt wird, wenn Lob fällig wird, und bestraft, wenn Strafe angesagt ist. Dass er mit seinem Schiff untergeht und seine Strafe auf sich nimmt. Sie haben Recht, so ist das.«

Doch dann knallt es. Für einen Moment glaubt Anne-kin, dass seine Adern geborsten sind. Dass ihr Gesicht von seinem heißen, feuchten Blut getroffen wird. Aber es ist kein Blut, sondern Schaum. Der Schaum aus seinem Mund, der sich in Kaskaden aus Speicheltropfen niederschlägt. Aus Tropfen, die plötzlich durch das Zimmer geschleudert werden. Und sie treffen.

»Verdammte Scheißhölle«, schreit er. »Das wäre ja noch schöner. *Ich* werde deshalb nicht im Knast verrotten! Scheiße, nein!«

Sie wartet geduldig. Bewegt sich nicht. Lässt die Speicheltropfen über ihre Wange laufen.

»Meint ihr wirklich, ich lass mir das einfach ganz brav gefallen?« Anne-kin wagt kaum den Kopf zu schütteln.

»Meint ihr wirklich ihr könntet mir die ganze Schuld aufhalsen? Was? Aber dann seid ihr schief gewickelt. Hören Sie? Schief gewickelt! Verdammt, ich steh ein für das, was ich getan habe, aber mit dem Rest will ich verdammt noch mal nichts zu tun haben. IST DAS KLAR?« Anne-kin Halvorsen sieht seine beschwörende Faust zwei Zentimeter vor ihrer Nasenspitze.

»Also«, sagt sie so ruhig sie kann. »Jetzt fangen wir noch mal von vorne an.« Sie rutscht ein wenig zurück. »Wo genau haben Sie die drei Frauen an Bord genommen?«

Mindor Hansen kann nicht als eifrigster Musterschüler durchgehen, er hebt nicht die Hand, er springt nicht auf, um allerlei Erklärungen und auswendig gelernte Gedichte und Sprüche herunterzuleiern. Die Worte wollen nicht so recht kommen. Die Erklärungen brauchen Zeit. Aber es geht voran.

Als der Polizist, der ihn vom Verhör holen und in seine Zelle bringen soll, auftaucht, geht Mindor Hansen auf geradem Weg aus dem Raum. Schaut sich in der Tür nicht um, hat weder einen tödlichen Blick noch einen freundlichen Abschiedsgruß für die beiden anderen. Er stapft einfach nur hinaus. Mit ganz leicht hängenden Schultern.

Kommissarin Anne-kin Halvorsen lässt sich in ihrem Sessel zurücksinken, schaut das Fenster an und denkt, jetzt muss ich wirklich aufstehen und das Fenster aufmachen. Lüften. Die Luft im Zimmer ist erstickend, es stinkt. Sie stinkt. Alles stinkt. Und sie ist einfach restlos fertig. In ihrem Kopf gibt es nicht einen einzigen Gedanken mehr, sondern nur Schlamm. Kein Triumphgefühl, nicht die geringste Spur von »ich kam, sah und siegte«. Nichts, was damit Ähnlichkeit hätte? Wie könnte ein Mensch innerlich in Jubel ausbrechen, nach einer Reise, wie sie jetzt hinter ihr liegt? Der Reise, in die Kapitän Mindor Hansen sie eingeweiht hat? Die mit einem Container voller Tod und Schmeißfliegen endete? Mit surrenden, fliehenden, angreifenden Schmeißfliegen? Einer Fliegensymphonie, einer unvollendeten Symphonie? Sie weiß nicht, ob sie seiner Beteuerung glaubt, dass er den letzten Satz dieser Symphonie nicht kennt, dass er nicht weiß, wer die Frauen holen sollte, dass er keinen Namen, keine Adresse, keine Telefonnummer kennt? Dass sein Auftrag einfach lautete, in der Nacht zum 19. September 1997 um 03.00 nachts drei Stück Frauen einem wartenden Lieferwagen im Trondheimer Nyhavn auszuhändigen, einem Wagen, der so stand, dass die Nummernschilder nicht zu sehen waren, und mit dem Stichwort »spitze, dann fahren wir die Mädels nach Hause«. Und direkt nach dem fatalen »Unfall«, als der ihnen der Messermord an Manne Søfting erschien, nachdem die Polizei an Bord gewesen war, Instrumente auf das Schiff gebracht worden waren, getarnt als Ersatzteile für den Motor, die bestimmte Mobiltelefonsysteme anpeilen und lokalisieren können. Mit denen er, als instrumentenkundiger Mann, umgehen kann. Warum wurden die aufs Schiff gebracht? Na ja, in einem Hafen wimmelt es nun einmal von Schiffen, Kränen, Büros, Hafenbehörden, allesamt mit Instrumenten, Kontrollsystemen, Bildschirmen, Signalen, die gesandt und empfangen werden. Aus einem Hafen werden Unmengen von elektronischen Signalen abgegeben.

Um eine eventuelle Ortung zu erschweren, hatte sie gesagt. Und ein kurzes Nicken als Antwort erhalten. Sie selbst hat eine andere Theorie, etwas, das Mindor Hansen nicht bedacht oder zumindest nicht benannt hat: nämlich dass sein Schiff damit noch tiefer in etwas hineingezogen worden ist, in das Netz, in dem er sich bisher für eine Randmasche gehalten hat. Jetzt wurde er zum aktiven Mitspieler, war nicht mehr nur Laufbursche, Lieferant von Rohwaren.

Sie erhebt sich langsam, geht zum Fenster, braucht Luft, reißt das Fenster sperrangelweit auf.

Und dann ist er da, Vang. Ihr Kollege, den sie fast vergessen hatte. Plötzlich steht er hinter ihr, packt sie an den Schultern und will sie umdrehen. Wie eine Wand steht er da. Dicht. Nah.

Dann lässt er ihre Schultern los, steht aber immer noch dicht hinter ihr. Und dann hört sie:

»O verdammt, Halvorsen, hast du wirklich das alles aus dem ›Spatz‹ herausholen können? Ich muss schon sagen, sie ist wirklich zum Leben erwacht.«

Da wendet sich Kommissarin Anne-kin Halvorsen vom offenen Fenster ab, erwidert Vangs Blick, sieht einen Kollegen, der einfach von Bewunderung erfüllt ist, weil sie in einem mehr als dreistündigen Verhör zu unorthodoxen Mitteln gegriffen hat. Einem Verhör, das jetzt mit den bisher besten Resultaten in diesem Fall prunken kann.

»Der ›Spatz‹, Irina Sverdlowska, hat das nie erzählt und wird es auch nie erzählen«, sagt sie leise. »Irina Sverdlowska hatte die leersten Augen, den leblosesten Blick, den ich je gesehen habe. Sie lebt, ja. Aber sie ist ein Stück Gemüse, ein Zombie, ist . . . aus ihrem Mund kommt nichts als Speichel. Die Ärzte sagen, dass ihr Zustand sich nicht bessern wird, ihr Gehirn ist verletzt, sie wird niemals . . .«

Kommissarin Halvorsen bricht zusammen, spürt, wie zwei starke Arme sie umschließen. Und sie weint wie ein Kind.

48

Die Technik findet in der Musterwohnung in Møllenberg Spuren. Markante Abdrücke von zwei Turnschuhen zwischen allen anderen Fußspuren auf dem Boden. Die Abdrücke zeichnen sich ab, nachdem der Boden mit einer feinen Sprayschicht bedeckt worden ist. Alle anderen Sohlenabdrücke zeigen ein natürliches Bewegungsmuster, von der Tür zum Fenster zur Küche zu Wohnzimmer, Schlafzimmer, Bad und zurück. Runde für Runde. Diese Abdrücke jedoch gehören keiner Person, die an einer Besichtigung teilgenommen hat. Sie führen von der Tür zum Fenster, dann zurück in die Zimmermitte, dann wieder zum Fenster und zurück. Dort bleiben sie stehen. Verlagern das Gewicht vom rechten auf den linken Fuß und vom linken auf den rechten. Die Schuhe sind wirklich nichts Besonderes, es gibt sie in jedem Schuh- und jedem Sportgeschäft. Größe 43. Aber sie weisen immerhin darauf hin, dass jemand in der Wohnung war, das Fenster geöffnet hat, zurückgegangen ist, die Fensteröffnung verbreitert hat, sich zurückgezogen hat und stehen geblieben ist. Und dieser Jemand könnte die beiden Schüsse abgegeben haben.

Per Fax und über schlechte Telefonlinien kommen Informationen aus Murmansk. Das neu eingerichtete Polizeibüro, das norwegische Konsulat und lokale Behörden erteilen Auskünfte. Die Angehörigen der drei Frauen sind gefunden, die der beiden Toten wissen bereits Bescheid. In Irina Sverlowskas Fall geht es nur um einen Bruder, um den älteren Bruder Andrej. Sie haben ihn noch nicht erreicht. Bis vor sechs Monaten hat er in einer Fabrik gearbeitet. Jetzt ist er arbeitslos. Der norwegische Polizist schickt Faxe: Vorläufige Untersuchungen, die er angestellt hat, zeigen, dass gegen den Mann nichts vorliegt. Offiziell. Aber dass er, als Arbeitsloser, mit Geld um sich wirft, das er nie im Leben von den Behörden bekommen hat. Das Muster ist vertraut, er ist einer der vielen Schlauköpfe, die wie die Helden der westlichen Seifenopern leben wollen und das auch schaffen. Weil in der ehemaligen Sowjetunion ziemlich gesetzlose Zustände herrschen und der Stärkste und der Gerissenste immer Recht hat. Fax Ende.

»Herrjemine«, stöhnt Anne-kin Halvorsen, sie hat sich schon längst die Tränen getrocknet und aus Vangs Umarmung befreit.

»Er, dieser große Bruder Andrej, kann doch verdammt noch mal nicht seine Schwester verkauft haben! Und zwei von ihren Freundinnen?«

»In Russland geht es im Moment brutal zu«, hört sie Vang antworten. »Gesetzlosigkeit und Netzwerke des alten KGB haben sich mit Mafiosi und Glücksrittern zusammengetan. Und kämpfen mit harten Bandagen. Alles geht um Geld. Um Dollars.« Er hört sich an wie ein Dozent.

»Ja, aber trotzdem! Man verkauft doch verdammt noch mal nicht die eigene Schwester!«

»Ich kenne einen Antiquitätenhändler, der behauptet, dass manche sogar ihre eigene Großmutter verkaufen würden, wenn jemand dafür bezahlte«, fährt das Orakel Vang unangefochten fort. »Und das hier in Norwegen.«

Sie wechseln einen Blick.

»Aufmunternd«, sagt Anne-kin Halvorsen. »Hast du noch weitere Sonnenscheingeschichten auf Lager?« Aber die Stimme, mit der sie das sagt, klingt tonlos und kleinlaut. Frauenhandel ist nichts Neues, nur waren sie bisher davon verschont, in ihrem Wolkenkuckucksheim. Bisher.

Die Stadt ist zu übersichtlich. So gut wie keine Straßenprostitution, oder wenn, dann nur ganz sporadisch. An- und Verkauf spielen sich an den gewohnten Orten ab, in Bars, Kneipen, Restaurants. Privatwohnungen. Und die kleinen Stricher, die eine Zeit lang in Ravnkloa am Werk waren, fielen dermaßen auf, dass sie bald wieder verschwunden waren. Jedenfalls von dort. Doch das alles war vor dem Jubiläumsjahr, den Messen, Skiweltmeisterschaften, dem Cutty Sark-Jahr 1997. Ehe Kongressveranstalter mit ihren internationalen Kongressen nach

Trondheim strömten. Zwei von drei Veranstaltungen dieser Art, die in Norwegen stattfinden, werden nach Trondheim verlegt. Fast in jeder verdammten Woche gibt es derzeit einen großen Kongress. Und abgesehen von der Messe »Frauen zeigen den Weg« sind das fast alles Männerangelegenheiten. Und natürlich brauchen die Knaben Damen, brauchen Feldgesellschaft, schlimm genug, dass sie so lange von ihren Lieben daheim fort sind, sie sollen nicht auch noch Not leiden. Sie versetzt einem Stuhlbein einen Tritt. Sieht Vangs Grinsen, Schnurrbart-Vangs Grinsen, und würde auch ihm gern eins vors Schienbein geben. Er weicht zurück.

»Ich hab schon verstanden«, sagt er. »Aber wir müssen . . .«

»Nichts da«, fährt sie ihm ins Wort. »Das müssen wir nicht, jedenfalls nicht mit einem Macho wie dir, dem der Schnurrbart schon steht, wenn er nur zwei Frauenbeine sieht.«

»Jawoll«, antwortet er mit dem breitesten Grinsen der Welt.

»Und warum hat sich Kommissar Vang eigentlich noch keinen Harem zugelegt? So frauengeil, wie du bist, musst du doch unwiderstehlich sein.« Sie möchte ihn richtig anpöbeln, bis er rot wird, und aus Erfahrung weiß sie, dass dazu nicht allzu viel gehört.

»Weil ich hoffnungslos in dich verliebt bin«, erwidert er. Und diese Antwort sorgt dafür, dass Kommissarin Halvorsen den Mund hält. Das mit dem Rotwerden ist plötzlich nicht mehr wichtig.

»Wie schön«, sagt sie nur leichthin und schaut zu einem soeben einlaufenden Fax hinüber. Es stammt von dem norwegischen Kollegen aus Murmansk. Er teilt mit, dass die beiden verunglückten (Herrgott, »verunglückt«, denkt Anne-kin) Frauen identifiziert werden müssen. Ihre Angehörigen können sich die Reise nach Trondheim nicht leisten, und die russischen Behörden wollen die Särge erst, wenn feststeht, dass es sich bei den Frauen wirklich um russische Staatsbürgerinnen handelt. Vang und Halvorsen stöhnen wie aus einem Munde.

Aber, heißt es weiter im Fax, wenn der norwegische Staat,

also die Polizei, die Reise bezahlt, dann ist der Fall geklärt. UAwg. Freundliche Grüße.

Anne-kin Halvorsen stöhnt noch einmal.

»Der ist schon zu lange aus Norwegen fort«, sagt sie. »Und hat nicht mitgekriegt, wie fest der voll gestopfte Geldsack in diesem bettelarmen Land zugeschnürt ist.«

»Erst seit März«, sagt Vang lakonisch. »Die Stelle in Murmansk ist erst im März dieses Jahres eingerichtet worden.«

»Dann hat der Kerl arge Probleme mit dem Kurzzeitgedächtnis«, gibt sie zurück, reißt das Fax aus dem Apparat und legt es auf einen ohnehin schon rasch wachsenden Papierstapel.

49

Der Bericht der Pathologie endet mit der Todesursache »Schießunfall« und endet auch wieder nicht damit. Einerseits, andererseits. Der Verunglückte, also der »Jäger«, ist dadurch ums Leben gekommen, dass ein Fremdkörper, in diesem Fall eine Kugel aus seinem eigenen Gewehr, zwischen zwei Rippen in seinen Brustkarten eingedrungen ist und die Aorta, die Hauptschlagader zum Herzen, zerfetzt hat. Anne-kin Halvorsen ist in ihre Kopie dieses Berichts vertieft. Sie lässt ihren Blick über die in schwer zugänglicher Terminologie beschriebenen Blätter fliegen. Liest den Schluss. Der also einen Schießunfall nicht ausschließt, mehr aber nicht sagen kann.

Der Bericht der Technik ist eine verständlichere Lektüre. Erhellender. Und trauriger. Die technischen Ermittler der Trondheimer Wache haben den Wald durchkämmt, haben zwei Tage in und vor der Kate in Kvarvet verbracht und alles untersucht, was sich untersuchen ließ. Gefunden haben sie nicht viel. Aber doch genug.

Nicht in der Kate, dort waren so gut wie alle Fingerabdrücke weggewischt worden, nicht einmal die des »Jägers« waren zu finden. Aber draußen, zwischen zwei Steinen, dort hatten die Hunde geschnüffelt und markiert. Urin markiert. Und auf den Steinen fanden sie Fingerabdrücke. Jemand hatte sich dort zum Pinkeln hingehockt, hatte sich an den Steinen festgehalten wie am Handgriff in einer Toilette. Und Männer setzen sich beim Pissen nur selten. Sie hatten diese Abdrücke gepudert und abgelöst und sie mit den Fingerabdrücken der vermissten Patientin verglichen. Sie stimmten überein. Es waren die des »Spatz«.

Anne-kin Halvorsen stöhnt. Stellt sich vor, wie Irina in die Hocke geht und den Dingen freien Lauf lässt. Sieht sie in Zeitlupe wieder in die Kate gehen, mit dem Gewehr auf den »Jäger« zielen und schießen. Oder sieht sie in die Kate gehen und mit dem »Jäger« in ein Handgemenge verwickelt werden. Und dann löst sich der Schuss. Der Schießunfall. Zwei Möglichkeiten. An Selbstmord glaubt sie nicht. Aber was immer sie glaubt, die Technik hat vor der Kate die Fingerabdrücke des »Spatz« gefunden. Irina war in der Kate. Die Frage ist, war sie die ganze Zeit dort? Seit ihrer Flucht aus dem RiT? Nein. Die Studentinnen in der Unikneipe, die Bier zapfende Studentin, können etwas anderes erzählen. Können erzählen, dass Irina zusammen mit dem »Jäger« gesehen worden ist, am Abend, ehe sie Anne-kins Mobiltelefon angerufen hat. Es geht hier nur um einen Tag.

Aber wo um alles in der Welt hat die Kleine in der Zwischenzeit gesteckt? Und warum zum Teufel ist der »Spatz« mit einem wildfremden Mann tief in den Wald gegangen, in eine Kate, in der Nähe von Trondheim? Anne-kin begreift nichts und weniger. Was hätte sie selber gemacht, wenn sie in einem fremden Land auf der Flucht wäre? So muss sie jetzt denken, muss versuchen sich in die Gedankenwelt der anderen hineinzuversetzen. In ihre Handlungen. Nur gelingt ihr das nicht. Denn wenn sie, Anne-kin Halvorsen, in einem Krankenhaus in Murmansk, Neapel, Kuala Lumpur oder Santa Fe aufwachte, dann würde sie die nächstgelegene Botschaft aufsuchen. Sei die nun norwegisch oder russisch, chinesisch oder iranisch. Sie würde sich nicht abweisen lassen, sondern hineinstürzen und laut verkünden: »I am a Norwegian Citizen and I want to speak to the Ambassador. At once!« Oder so. Warum? Weil sie nun mal nicht ins Land eingeschmuggelt worden ist. Das ist der Unterschied. Irina und die beiden anderen sind eingeschmuggelt worden. Sie betrachten Botschaften und andere Behörden als Feindinnen, machen einen großen Bogen um alles, was nach Staatsmacht und der Frage »can I please have your passport« riecht. Zwei dieser Frauen sind nicht einmal so weit gekommen, dass sie sich diese Möglichkeit überlegen konnten. Sie sind nicht weiter als bis zum Keller des RiT gekommen. Als Leichname, denen das neue demokratische Russland nicht einmal die Rückreise spendieren will. Falls nicht die Bestätigung erfolgt, dass es sich doch um russische Bürgerinnen mit einem legitimen Anspruch auf eine Beisetzung in russischer Erde handelt.

Was für eine Welt!

Sundts Anruf reißt sie aus diesem Gedankenwirrwarr. Sagt, sie solle sofort ins Büro der Ermittlungsleiterin, Svanhild Riis, kommen. Sofort.

Ja, ja, denkt Anne-kin und steht auf, spritzt sich Wasser ins Gesicht, fährt sich mit den Fingern durch die Haare. Jetzt will die Juristin uns sicher erzählen, was wir alles falsch gemacht haben und was wir von jetzt ab zu tun haben und warum. Die hat gut reden, sitzt da wie eine Scheißspinne mitten im Netz und kann sich alle Informationen vorlegen lassen, während wir uns draußen im Feld den Hintern abschuften müssen. Wird ja lustig sein zu hören, was die Frau Juristin auf dem Herzen hat. Ehe Kommissarin Halvorsen den Spiegel verlässt, schmiert sie sich noch eine Schicht Lippenstift auf den Mund. Zieht einen Schmollmund und behält ihn auf dem ganzen Weg zu Frau Riis' Büro. Vor der Tür steht ein nervös von einem Fuß auf den anderen tretender Vang. Anne-kin ist ganz sicher, dass er seinen Schnurrbart mit den Fingern gekämmt und eine Extraschicht Bartwichse aufgetragen hat. Er sieht einfach unwiderstehlich aus.

»Hallo, Kadaver«, sagt sie und versetzt ihm einen Rippenstoß. »Jetzt werden wir geschlachtet. Are you ready?«

»Ich war das nicht«, sagt er darauf. »Ich habe kein Scheißwort über deine Verhörtechniken gesagt. Ist das klar, Halvorsen?« Sie dreht sich um, sieht ihn an.

»Nein, auf die Idee bin ich wirklich nicht gekommen, Herr Kommissar Vang«, erwidert sie. »Wo *du* doch auch soviel Scheiß gebaut hast, bin ich auf die Idee wirklich nicht gekommen.« Sie starren einander an. Führen kurz Inventur über Patzer und Kompetenzüberschreitungen.

Dann klopft Anne-kin Halvorsen an die Tür, packt sich Vang und gemeinsam fallen sie ins Zimmer ein.

Aber sie sollen doch nicht geschlachtet werden. Sondern gepriesen. Oder so. In der Terminologie von Fahndungsleiterin Svanhild Riis hört sich das so an: »Ihr beide, Halvorsen und Vang, habt sehr gute Arbeit geleistet, ihr habt, wenn ich das so sagen darf, einen der dicksten Brocken geknackt, mit denen die Trondheimer Wache bisher je zu tun hatte. Ich habe das Verhör mit Kapitän Mindor Hansen gelesen, das mit dem jungen Joakim Hansen, ich habe ... und überhaupt. Und deshalb will ich, wollen wir ... will die Trondheimer Wache in diesem Fall, so, wie er jetzt steht, für morgen um zwölf zu einer Pressekonferenz einladen. Um Punkt zwölf. Danke.«

Und damit ist die Besprechung beendet.

Meine Güte, denkt Anne-kin Halvorsen, was ist bloß in uns gefahren? In mich und Vangi? Und in Sundt, in den für den Moment stummen, schweigsamen Sundt, der in einer Ecke sitzt und nur lauscht und nickt? Was zum Teufel ist in uns gefahren? Wir bringen ja kein Wort heraus! Lassen uns nur allerlei sagen.

»Komm«, hört sie. Das ist ihr schnurrbärtiger Kumpel, ebenso schweigsam wie sie selber. »Komm, wir trinken ein Bier. Das hier müssen wir doch feiern.«

Feiern? Wovon redet der Kerl?«

»Sie hat uns gelobt«, hört Anne-kin. »Hast du das gehört? Sie hat uns wirklich und wahrhaftig gelobt!«

»Na und?« Anne-kin befreit sich vom Arm des Kollegen. »Na und? Dass ein Juristenmensch uns lobt, was zum Teufel du unter Lob verstehst, na und?« Sie starrt ihn wütend an, bereit, jegliche Erklärung, die aus seinem Mund kommt, in Fetzen zu reißen.

»Nichts«, sagt er. »Gar nichts.« Vang hat gelernt. »Aber wir können das doch bei einem Bier diskutieren?« Er hat doch nichts gelernt. »Bitte? Ich geb einen aus.«

Und durch die Hintertür der Trondheimer Wache gehen zwei Stück Polizei, ein Mann und eine Frau, sie schwanken in nüchternem Zustand zur nächstgelegenen Theke.

50

Das Hinweistelefon läuft wieder heiß. Und die Presseleute treten von einem Fuß auf den anderen. Nicht nur die aus Trondheim und Umgebung, der Fall ist längst zu internationaler Bekanntheit gelangt. Ansonsten geht das Leben auf der Trondheimer Wache seinen gewohnten Gang. Die Routinen werden eingehalten. Dazu gehört, dass um 06.05 eine Autostreife zu einer Adresse mitten in der Stadt geschickt wird. Eine ältere Frau hat angerufen. Sie ist wütend auf ihre Nachbarin. Genauer gesagt, sie besteht darauf, dass die Ordnungsmacht die Zustände in der Wohnung überprüft, die ihrer gegenüber liegt. Dort laufen Männer aus und ein, dort laufen Frauen aus und ein. Tag und Nacht. Woche für Woche. Der Streifenwagen seufzt, genauer gesagt, die zweiköpfige Besatzung seufzt. Sie besteht aus einem Männlein und einem Weiblein.

»Die Alte hat vergessen, dass sie auch mal jung war«, sagt das Männlein. »Und dass nicht alle um zehn Uhr schlafen gehen. Und warum um Himmels willen schlafen die Leute um sechs Uhr morgens nicht?« Sie biegen in die Prachtstraße der Stadt ab und halten genau gegenüber der königlichen Residenz in Trondheim, dem Stiftsgård. Die Polizistin, Britt, kichert.

»Ob bei den Majestäten so eine Rennerei herrscht«, fragt sie lachend. Das männliche Wesen, Svein, gibt keine Antwort. Er überprüft die Hausnummer.

»Genau gegenüber«, sagt er. »Die genannte Adresse liegt genau gegenüber.« Sie starren das Haus an, die Fassade. Sie ist wirklich alles andere als schön zwischen den niedrigen Holzhäusern.

»Arme Sonja«, seufzt Britt, »immer, wenn sie nach Trondheim kommt, hat sie diese Bude genau vor der Nase.«

»Da ist eine Gegensprechanlage«, sagt ihr Kollege. »Wir sollen bei der Dame klingeln, bei Frau Lauritsen, dann macht sie uns auf. Sonst macht sie nichts, sie macht nur für uns auf.«

Sie fahren einmal um den Block und stellen den Wagen auf der Rückseite ab. Von dort führt ein schmaler Gang, einer der schmalsten Gänge in Trondheim, zurück zur Munkegate. Mitten in diesem Gang liegt ein kleiner Hofplatz, umkränzt von Glas und noch mehr Glas. Und in der Ecke finden sie die Tür mit der Gegensprechanlage. Sie schellen. Hören einen Summton und eine ziemlich tiefe Frauenstimme, die wissen will, wer sie sind.

»Polizei«, antworten sie wie aus einem Mund. Noch ein Summen und die Tür ist offen.

Im Haus schauen sie sich zuerst einmal um. Sie stehen wirklich im Treppenhaus eines Wohnhauses. Mitten im geschäftigsten Teil der Stadt liegt hier doch wirklich ein ganz anonymes Haus mit Luxuswohnungen. Sie nehmen nicht den Fahrstuhl.

Sondern gehen die Treppen hoch, öffnen im richtigen Stock die Durchgangstür und staunen nur noch.

»Verdammt, was ich alles über die Wohnmöglichkeiten in Trondheim noch nicht gewusst habe«, sagt Svein. Kollegin Britt stößt einen Pfiff aus.

»Was für eine Architektur«, sagt sie. »Mal was ganz anderes.«

Zu den Wohnungen führen Laufstege, etagenweise geht es aufwärts, stählerne Laufplanken zu den einzelnen Wohnungen. Sie schlingen sich wie Spiralen zum obersten Deck hoch, zur Dachterrasse. Alles ist aus Glas, Beton und Stahl. Der pure Wahnsinn.

»Und hier wohnt wirklich eine alte Dame?«, fragt Bitt. Rasch schaut sie nach ganz oben und kann keine einzige Geranie hinter Häkelgardinen entdecken. »Ich glaube auch nicht, dass diese Brücke trägt«, flüstert sie, als Kollege Stein die ersten vorsichtigen Schritte über eine durchlöcherte Zugbrücke unternimmt. Die Brücke führt zur Nachbarwohnung der alten Dame. Er winkt Britt zu sich, zeigt auf eine Tür, die Tür, durch die der Anruferin zufolge rund um die Uhr Männer aus und ein gehen. Und Frauen. Dicke Vorhänge versperren den Einblick, diese dicken Textilien hängen hinter Fenstern und Türen. Genau wie bei den Nachbarn. Draußen steht ein Blumenkasten mit Stiefmütterchen und Margeriten, dazu in einem Topf ein großer grüner Busch.

»Warum zum Teufel hat die Brücke eigentlich Löcher! Ich werd noch seekrank, kriege Höhenangst! Britt klammert sich an einer Stahltür an, die als Geländer dient, und wagt nicht nach unten zu blicken. Das Deck ist nicht stabil, der Brücke, die sie hier überquert, ist alles zuzutrauen. Dass sie einfach abstürzt, zum Beispiel.

»Scheißarchitekten«, schnaubt sie. »Den Leuten so was zuzumuten!«

Ihr Kollege steht jetzt neben ihr, er legt den Finger an die Lippen und untersucht die Tür. Das Namensschild verrät, dass hier eine gewisse »Inger Andresen, System Consult« haust. Svein hebt die Hand zum Klingelknopf, will darauf drücken.

»Es ist offen«, flüstert seine Kollegin. »Die Tür ist offen.« Ehe er etwas sagen kann, hat sie schon die Tür geöffnet. Und sieht einen Gang, einen Flur, eine Diele. Mitten in der Diele befindet sich ein Rücken, ein breiter, gebückter, mit einem Sakko bekleideter Rücken, der etwas vom Boden aufhebt.

»Endlich«, murmelt der Rücken. »Endlich kommt ihr. Wir müssen das wegschaf . . .« Der Rücken dreht sich um. Und alles, was er in Händen hatte, fällt wieder zu Boden. Dröhnend. Eine Tür hinten im Gang wird geöffnet, eine Gestalt taucht auf, ein weiterer Mann im Sakko. Er reagiert schneller als die beiden Eindringlinge, Britt sieht nur einen Mann, der plötzlich auftaucht und sofort wieder verschwindet. Durch eine andere Tür.

»Polizei«, sagt Svein und hebt seinen Dienstausweis. »Bei uns sind Klagen eingelaufen . . . und da wollten wir nur . . .«

Britt nimmt nur Bruchstücke wahr, als ihr Kollege seinen Spruch aufsagt. Sie will jetzt in die Wohnung. Und gelangt in die Wohnung. Der Mann, der vor ihr aufragt, scheint aus einem amerikanischen Gangsterfilm entsprungen zu sein, er sieht aus wie der Prototyp, das Klischee eines Leibwächters. Er strotzt nur so vor Testosteronmuskeln, einmal tief einatmen, und sein Sakko platzt. Seine Mutter hat ihn sicher einmal für einen niedlichen Knaben gehalten, jetzt sieht er kein bisschen niedlich mehr aus. Sondern nur noch blöd. Für einen Moment. Dann bricht er in Hektik aus, versperrt den Weg, will noch einmal den Dienstausweis sehen, fragt, worum zum Teufel es hier geht, wer sich beklagt hat und warum. Sie haben weder laute Musik gehört noch die Nachbarn auf andere Weise gestört und . . . Sein Wortschwall wird von einer Stimme unterbrochen, die weiter hinten im Gang sagt:

»Lass die Polizei doch hereinkommen, Hans, du musst die Polizei hereinkommen lassen. Dann können wir über alles reden. Kommen Sie doch!« Der Sakko tragende Mann spricht gut

Norwegisch, hat aber einen deutlichen Akzent. Und jetzt versperrt er den Weg in den hinteren Wohnungsteil. Doch die Türen zu drei Zimmern, die von der Diele aus zu sehen sind, stehen halb offen, und der Anblick, der sich dort offenbart, lässt Britt Verstärkung rufen.

»Warum noch mehr Polizei«, fragt der Elegante und breitet die Arme aus. »Ich sehe mir Wohnung an, vielleicht zum Mieten, vielleicht nicht. Muss aufgeräumt werden. Chaos. Wie kann ich Ihnen behilflich sein?«

Komischer Zeitpunkt für eine Wohnungsbesichtigung, denkt Svein und bittet um die Personalien. Name, Adresse, Beruf. Hormon-Hans will nicht, sieht nicht ein,, wozu das gut sein soll, er runzelt die Stirn und muss von seinem Chef zur Ordnung gerufen werden. Denn es muss der Chef sein, der Sakko tragende Mann strahlt eine Autorität aus, die den anderen in einen braven Buben verwandelt.

»Wir würden gern einen Blick in die Wohnung werfen«, sagt Svein und tritt einen Schritt vor. In diesem Moment hören sie vor der Wohnung Schritte. Meine Güte, sind die Kollegen heute schnell, denkt er und steht plötzlich etwas gegenüber, das nun wirklich nichts mit der Trondheimer Wache zu tun hat. Eine Sekunde genauer Musterung, Aug in Aug, dann machen die beiden Männer, die vor der Tür stehen, auf dem Absatz kehrt, klappern über die perforierte Stahlbrücke und gleiten im Haus nach unten. Die Verstärkung von der Wache, die drei Minuten später eintrifft, hat weder fliehende Menschen noch ein anfahrendes Auto gesehen. Spurlos verschwunden.

»Kenne diese Menschen nicht«, sagt der Mann, der sich als Victor Bussni vorgestellt hat. »In der Adresse geirrt, kenne sie nicht.«

In der Adresse geirrt? Um sechs Uhr morgens in einem Wohnhaus mit Gegensprechanlage? Britt verdreht die Augen. Auch die anderen schweigen zu dieser Behauptung. Aber die Vögel sind ausgeflogen.

»Bitte, gehen Sie durch den Flur und öffnen Sie die Tür dort hinten«, sagt Svein mit einem Nicken. »Dann reden wir weiter. Alles klar?«

Sie betreten ein Wohnzimmer. Oder einen Raum, der als Wohnzimmer geplant war. Jetzt hat er keine große Ähnlichkeit mit einem solchen. Nichts in dieser Wohnung hat große Ähnlichkeit mit einem Wohnraum, die Kinderzimmer sind absolut keine Kinderzimmer, es gibt kein einziges Donaldbild an den Wänden, keine Fußballhelden oder Popstars, keine Spur von Spielzeug oder unaufgeräumten Schreibtischen, von in die Ecken geworfenen Schultaschen und Turnhemden und Turnschuhen. Es fehlt die Pinnwand mit den Merkzetteln, es fehlt alles. Britt geht nicht mit den anderen ins »Wohnzimmer«, sie geht von einem Zimmer zum anderen, öffnet Türen, schaut sich um. Denkt, das ist nicht möglich, das ist nicht wahr, dass es so etwas hier geben kann. Dann geht sie zu den anderen ins Wohnzimmer.

Schwere Vorhänge verbergen die Fenster, im Zimmer herrscht Chaos, was heißt, es herrscht Aufbruch. Manches ist verpackt worden, anderes liegt herum. Aber Chaos oder nicht, Aufbruchphase oder nicht, verbergen lässt sich nichts. Oder wegdiskutieren. Dass es sich bei dieser verdammten Wohnung um ein Massage-Bordell-Nuttenhaus-Unternehmen handelt. Der Geruch von Öl und Parfüm, von Männern und Brunst hängt in den Wänden. In Kinderzimmern und Wohnzimmer. Die Küche enthält Tresen und Barschrank. Flaschen. Erdnüsse in Schälchen und glitzernde Kristallgläser. Ein Archiv. Einen kleinen Aktenschrank, den ihre Kollegen beschlagnahmen. Victor Bussni versucht sie mit einem Wortschwall aus allem wegzureden, der Mann lässt nicht locker, er kann fast alles erklären. Nur ihre Fragen kann er nicht beantworten. Die Wohnung gehört ihm nicht, er will sie nur mieten, warum sie so aussieht, weiß er wirklich nicht, wer eben vor der Tür stand, ist ihm, wie gesagt, restlos unbekannt. Ansonsten ist er ein so guter Norweger wie alle anderen, fast zumindest. Er lebt seit »vielen achtzehn Jahren« in dieser Stadt und ist ein angesehener Unternehmer. Er drückt der Polizei eine Visitenkarten in die Hände. Verkauf & Service, steht darauf, Drehbänke und Industriemaschinen. Svein ist diese Firma bekannt, sie kommt auf irgendeine Weise über die Runden, mit russischem Stahl, der bei der anspruchsvollen norwegischen Industrie keine Begeisterung auslöst. Billige Produkte, das schon, aber miese Qualität.

»Wir schließen die Wohnung, sie wird versiegelt«, sagt er zu den anderen. »Und die beiden Herren nehmen wir mit auf die Wache. Zum Gespräch.« Bussnis Protestrede ist laut und lang.

»Warum? Warum? Warum?«, fragt er und fuchtelt mit den Armen.

»Herrgott, Mann«, sagt ein Polizist. »Schauen Sie sich doch um! Wir stehen hier doch mitten in einem Bordell! Die Frage ist nur, was Sie mit den Damen angestellt haben.« Er öffnet die Wohnungstür und schiebt die anderen hinaus. Bussni und Hormon-Hans, die derweil die Wand anfauchen, werden abgetastet. Keine Waffen.

»Kommst du«, ruft er nach hinten, seiner Kollegin Britt zu. Sie hat die Tür mit dem Herzchen geöffnet und ist hineingegangen. Sie hören Leitungen rauschen. Dann kommt sie wieder zum Vorschein. Zwischen Zeigefinger und Daumen baumelt ein triefnasser Revolver.

»Alter Trick«, sagt sie. »Die Knarre im Spülkasten verstecken.«

Was jetzt aus Victor Bussnis Mund strömt, ahnen sie nicht. Sie können schließlich kein Russisch.

Die zweite Streife nimmt die beiden mit auf die Wache. Zum Gespräch. Britt und Svein bleiben zurück, versiegeln die Wohnung und klingeln bei Frau Lauritsen. Sie müssen viele Male schellen, ehe die Dame die Tür einen Spaltbreit öffnet. Die Sicherheitskette bleibt geschlossen. Die Gnädige faucht, dass sie in nichts hineingezogen werden will, das war doch so abgemacht, oder was? Als sie angerufen hat. Ja, das stimmt. Die alte Dame fragt und antwortet zugleich. Aber wenn die Polizei unbedingt mit ihr reden will, dann sollen sie hereinkommen. Jetzt, wo die anderen weg sind.

Sieh an, hinter ihren Vorhängen hat sie alles im Blick, denkt Britt. Sie werden in die Wohnung gelassen und nehmen Dame und Lokalitäten in genaueren Augenschein. Es gibt hier nicht ein einziges Häkeldeckchen, keinen bestickten Läufer, weder Geranien auf der Fensterbank noch andere Topfblumen. Dagegen stehen und hängen überall Figuren, Theaterfiguren, Puppen und lange Stoffbahnen, von Wänden und Decken, sie sehen große Plakate und Originalkunst nebeneinander, ein nach Westen gewandtes Fenster ist mit Tomaten gefüllt, mit winzigen knallroten Tomaten. Die Wohnung hat absolut keine Ähnlichkeit mit der Wohnung einer alten Dame. Das Einzige, was sich mit Alter in Verbindung bringen lässt, ist ein Vergrößerungsglas auf dem Schreibtisch. Es liegt vor dem Computer. Der ausgeschaltet ist.

Ihnen werden zwei Becher Tee angeboten, genauer gesagt, in die Hände gedrückt, noch ehe sie sich gesetzt haben. Der Tee riecht nicht im Geringsten nach Lipton's oder Earl Grey. Er riecht nach Kräutern, nach Hexensud. Und die Dame selber sieht aus wie eine, die einige Jahrhunderte zuvor garantiert auf dem Scheiterhaufen gelandet wäre. Sie ist klein und dunkel. Nein, schwarz. Kohlschwarz ist sie. Zumindest ihre Haare. Und sie hat die blauesten Augen, die Britt je gesehen zu haben glaubt. Seit trägt eine weite Hose wie der Kleine Muck und darüber einen japanischen Kimono. Sie ist kugelrund. Und wach. Sehr wach.

»Ich habe erst jetzt angerufen«, sagt sie, ehe ihre Gäste auch nur eine einzige Frage stellen können. »Aber ich habe mir so meine Gedanken über diese ›Inger Andresen‹ gemacht. Sie hat einen riesigen Freundeskreis, habe ich gedacht, kennt ja wirklich unglaublich viele Männer. Doch dann hat sie vor einigen Monaten ein neues Türschild angebracht. Inger Andresen, System Consult, stand darauf. Und da konnte ich mir diese Rennerei bei ihr besser erklären.«

»Arbeiten Sie zu Hause?« Britt kann eine Frage dazwischenschieben.

»Ich bin Rentnerin«, lautet die nachdrückliche Antwort. »Ich brauche nicht mehr zu arbeiten. Ich spiele, ich erschaffe. Ich kann den Tagesablauf auf den Kopf stellen, wenn ich will. Ich fühle mich wie die Made im Speck. Ich . . . nein, also, zurück zu dieser Rennerei.« Svein atmet erleichtert auf, er kann die ablenkende Frage seiner Kollegin nicht begreifen.

»Alle Wohnungen hier im Haus werden vermietet. Sie sind schweineteuer, das kann ich Ihnen sagen. Wir kennen einander kaum vom Sehen, das heißt, ich kenne alle. Und als sie dann das neue Türschild hatte, da war mir klar, dass die Frau ihre Firma zu Hause betreibt, dass sie sich mit etwas namens ›System Consult‹ befasst. Und deshalb hatte ich mir ihre Nummer im Telefonbuch rausgesucht und angerufen. Ich dachte, sie könnte mir vielleicht mit dem da helfen.« Sie nickt zum Computer hinüber. Svein öffnet den Mund, will etwas sagen, will den Wortschwall unter Kontrolle bringen. Seine Kollegin legt schnell ihre Hand auf seine, morst »nein«. Denn das hat sie von Kommissarin Halvorsen gelernt: die Leute reden lassen, einfach drauflosreden lassen. Wenn sie in ihrem eigenen Tempo erzählen dürfen, dann lassen sie ungeheuer viele Informationen herausfließen. Wenn sie nicht das Gefühl haben, gelenkt zu werden.

»Ja, ich habe ihr von meinem Problem erzählt«, sagt ihre Gastgeberin jetzt, »aber nicht, dass ich in der Wohnung gegenüber sitze. Und dann habe ich gefragt, ob sie sich damit auskennt. Das ist aber nicht der Fall. Sie entwickelt Programme und Systeme für die Wirtschaft, hat sie gesagt. Aber sie war so nett, mir zu sagen, wer mir mit diesem verflixten Apparat helfen kann.« Die Gnädige schielt wütend zu ihrem Macintosh hinüber. Es ist ein alter Jahrgang.

»In diesem Dings sitzen zweitausend stupide Mannsbilder

und arbeiten gegen mich«, schnaubt sie. Britt lacht laut. Findet, die Zeit sei reif für eine Frage.

»Aber warum haben Sie angerufen? Was hat Sie dazu gebracht, sich an die Wache zu wenden?«

Als Antwort gibt es einen seltsamen Blick und eine etwas seltsame Aussage.

»Ich mache mir Sorgen um Inger Andresen. Sie war vorhin nicht in ihrer Wohnung, oder? Ich habe alles beobachtet, habe gesehen, dass die Polizei zwei Männer mitgenommen hat. Aber was ist mit Inger Andresen? Haben Sie sie gefunden?«

»Nein«, antwortet Britt. »Wir haben weder sie noch andere Frauen gefunden.«

»Andere Frauen? Nein, natürlich haben Sie keine anderen Frauen gefunden. Die sind weggebracht worden, eine nach der anderen, das war früher heute Nacht. Junge schöne Frauen, so berauscht, dass es eine Schande war. Sie konnten nicht allein gehen.«

Die Polizei fährt in ihren Sesseln hoch, will davonstürzen. Bittet Frau Lauritsen, sich zur Verfügung zu halten, die Wohnung nicht zu verlassen, sie muss mit weiterem Besuch von der Wache rechnen. Ob sie verstanden habe? Sie nickt. Fragt, ob die Wohnung durchsucht worden sei, ob Inger Andresen nicht irgendwo versteckt sein kann, in einem Schrank oder ... Unmittelbar, ehe sie gehen, fragt Bitt: »Sind Sie ihr begegnet? Dieser Inger Andresen?« Die alte Frau nickt. »Ja«, sagt sie und zieht den Kimono fester um sich zusammen.

»Und können Sie sie beschreiben? Wie sieht sie aus?«

»Sie hat Ähnlichkeit mit meiner Mutter«, lautet die Antwort. »Groß und robust. Mitte fünfzig. Gelassen und handfest. Praktikerin. Stahlgrau.«

Mutter und Tochter. Liebe und Hass, denkt Britt, als sie zurück zur Wache fahren und dort ihren Bericht zu Papier bringen.

51

Sie wurde von einigen Katzen geweckt. Oder von einigen Gespenstern. Jedenfalls erwachte sie in aller Frühe. Der Kneipenbesuch mit Kollege Vang war kurz gewesen und hatte mit Cola und Eiswürfeln geendet. Und mit einem unerwarteten Stein-Jørgen, der aufgetaucht war, sich im Lokal umgesehen, sie und Vang entdeckt hatte, und ehe Anne-kin ihn zu sich rufen konnte, machte der Kerl auf dem Absatz kehrt und war wieder verschwunden. War einfach gegangen. Anne-kin begriff das nicht, hatte er sie denn nicht gesehen?

Warum war er abgehauen? Als sie bei ihm anrufen wollte, ging er nicht ans Telefon. Sie erreichte nur den Anrufbeantworter. Sie hinterließ eine Nachricht. Endete mit »tausend Küsse«. Es kam ihr leicht bescheuert vor.

Es ist lange vor der Arbeitszeit. Sie fährt trotzdem zur Wache, sie duscht und rutscht die Hänge vor ihrer Wohnung in Øvre Møllenberg hinunter. Begegnet keinem Menschen, nur einem Bäckerwagen und einem Zeitungswagen, die über die Backbrücke fahren. Auf dem Geländer stolzieren Möwen hin und her, ihnen gehört in diesen frühen Morgenstunden die Stadt. Als sie über den Marktplatz läuft, sieht sie das Heck eines Securitas-Wagens. Begrüßt einen erschöpften Kollegen von der Nachtschicht und geht in ihr Büro. Dort vertieft Kommissarin Halvorsen sich in den jetzt umfangreichen Ordner, den sie »Containerfrau« getauft hat. Sie liest und liest, wiederholt und fasst zusammen, überprüft Tatsachen und testet Theorien. Denkt »wenn es so war – was dann?« Versucht, so genanntes Wissen mit Fantasie zu kombinieren. Hat sie das nicht bei diesem Job gelernt? Der Fantasie ihr Recht zu lassen? Nein, das hat sie nicht, niemand in ihrer Branche redet von Fantasie – zur Not ist dort von »Einfühlungsvermögen« die Rede. Das bedeutet im Grunde dasselbe, denkt sie, bedeutet, dass die Schleusen geöffnet werden, dass wir uns im Sessel zurücksinken lassen und uns in den Fall einfühlen. Oder fantasieren. Egal wie.

Doch nachdem sie einige Minuten lang ihre Fantasie und ihr Einfühlungsvermögen umgestülpt hat, schaltet sie die Kaffeemaschine ein. Der Besitzer der unregistrierten Waffe, mit der der »Spatz« herumgefuchtelt hat, bleibt weiterhin anonym. Und weder Besitzer, Täter noch die Mauser, die aus der Dachwohnung zwei Schüsse abgegeben hat, tauchen auf. Die Fahnder haben zwar große Augen gemacht und an ihr Glück geglaubt, als sie von einigen Hunde besitzenden Damen angerufen wurden, die die Umgebung der Festung Kristiansten von Abfällen und Flaschen, Hundekacke und Papier befreiten. Sie hatten von einem Fund berichtet. Zwei Stück Geldtresore im Gebüsch. Offen. Und eine, Waffe. Interessant. Aber leider war es ein verrosteter Revolver, kein kürzlich benutztes Mausergewehr. Und das eigentliche Vorgehen im Fall, der Frauentransport von Murmansk nach Norwegen per Gefriertrawler, ist auch nicht so leicht zu begreifen. Ungeheuer komplizierte Methode des Frauenschmuggels. Aber originell. Unvorhersagbar. Und einwandfrei sicherer, rentabler als Bus, Auto, Bahn und Flugzeug, bei denen es überall zu Grenz- und Passkontrollen kommt. Niemand will einen Ausweis sehen, wenn jemand auf See eine Grenzlinie überquert oder streift.

Oder? Sie liest noch einmal einen Abschnitt, der ihre Fantasie nun wirklich anheizt. Dann blättert sie weiter, sieht sich Ausdrucke und Bildschirm an. Firma Nybo AS, repräsentiert durch Sivert K. Ljaam und Gattin, besitzt die Wohnung in Øvre, aus der die Schüsse abgegeben worden sind. In der Nachbarwohnung wohnt eine hyperaktive Journalistin, die mit ihrem wilden Wortschwall den Fahndern allerlei Steine in den Weg legt. Dazu kommen verschwundene Schlüssel, altertümliche Küchenaufzüge und tonnenweise Anrufe, Tipps von Leuten, die erzählen wollen, was sie gesehen, erlebt, erfahren haben. Alles vom Irren, der die Krypta unter dem Nationalheiligtum, dem Trondheimer Dom, für einen Aufenthaltsraum für

Nazipack hält, bis zu der pferdeliebenden jungen Barbro, die vom Gestüt Gryta anrief und Unrat witterte, weil die Pferde nachts und ohne ihr Wissen weggebracht wurden.

Das einzig Handfeste, das wir haben, denkt sie mit geschlossenen Augen, das einzig Handfeste ist: drei Frauen, zwei sind tot, eine lebt – in gewisser Hinsicht. Und das Geständnis des Kapitäns und des Jüngsten an Bord. Die Kugel, nein, zwei Kugeln, die mit der Mauser Kaliber 6.5 abgegeben worden sind. Schuhabdrücke in der Wohnung. Dutzendware-Schuhe. Können wir uns damit vor die Presse wagen? Sie gönnt der Ermittlungsleiterin, Frau Svanhild Riis, das Sperrfeuer aus Fragen, das bald einsetzen wird. Die Frau hat einen Knochen hingeworfen. Aber an dem Knochen sitzt kein Fleisch. Auf dem Flur, unterwegs zu »Damen«, sieht Kommissarin Halvorsen den Rücken ihres Chefs. Sundt scheint zum Orientierungslauf zurückgekehrt zu sein, er hat ganz einwandfrei einen Posten im Visier.

»Sundt!«, ruft sie hinter ihm her und sieht, wie er abwehrend die Hand hebt.

»Warte bis zur Besprechung, Halvorsen«, ruft er zurück und ist verschwunden. Ja ja, denkt sie gespannt, das wird also eine außergewöhnliche Unterredung. Ich freue mich.

52

Aber die Frauen, wo sind die Frauen? Ein Bordell ohne Frauen oder Freier macht irgendwie nicht viel her. Das ist die Frage, die den meisten ins Gesicht geschrieben steht. Kollege Vang sitzt auf der Stuhlkante, er will sich nicht eine einzige Silbe aus Sundts Mund entgehen lassen.

Irgendwer muss ihnen einen Tipp gegeben haben, denkt Anne-kin Halvorsen, oder vielleicht gibt es mehrere Wohnungen, eine Art Rotationssystem. Und sie waren ja kurz vor dem Umzug. Auch sie lässt ihren Chef nicht aus den Augen, liest ihm zwar nicht von den Lippen ab, sondern findet seine Körpersprache interessant. Seine mitteilsame Haltung. Sundt hat noch mehr auf Lager. Nach allen weniger wesentlichen Informationen hat der Mann noch mehr auf Lager, da ist sie sich sicher. Und richtig. Er erwähnt einen Namen.

»Victor Bussni«, sagt Sundt. »Einer der beiden, die in der Wohnung aufgegriffen und hergebracht worden sind, ist der erste Dolmetscher, den wir für Irina Sverdlowska besorgt hatten. « Kommissarin Halvorsen fährt hoch. Starrt ihn aus großen Augen an.

»Der Erste, den sie abgewiesen hat«, sagt Sundt.

»Hast du das gehört, Vang?« Anne-kin versetzt ihrem Kollegen einen Rippenstoß. »Endlich ein bisschen Fleisch auf den Knochen.«

»Pst!«, flüstert Vang. Sein Adamsapfel wandert auf und nieder.

»Victor Bussni lebt seit achtzehn Jahren in Norwegen«, sagt Sundt derweil. »Und er wurde von einem Übersetzungsbüro empfohlen, an das wir uns um Rat gewandt hatten. Spricht gut Norwegisch, wurde aber von Irina Sverlowska abgewiesen.« Ja, das ist noch harmlos ausgedrückt, denkt Kommissarin Halvorsen. Ich habe in meinem Bericht geschrieben, dass die Kleine geheult hat: *Wrong! Wrong! Wrong! Tell your boss wrong man! Bad, bad man. Business.* Wortwörtlich.

»Als wir das kurze Gespräch, das sie geführt haben, ehe Irina Sverdlowska die Verbindung abbrach, abgespielt und übersetzt hatten, konnten wir nicht feststellen, warum sie solche Angst hatte«, sagt Sundt. »Victor Bussni hat sie nicht bedroht und ihr keine Angebote gemacht. Die andere Dolmetscherin, die Studentin, hat uns ganz normale gängige russische Höflichkeitsfloskeln übersetzt.«

»Die Dolmetscherin ist keine Russin«, sagt Kommissarin Halvorsen. »Es kann doch subtile Codes geben, eine Botschaft zwischen den Zeilen, die Irina begriffen hat. Die einer Nicht-Russin aber verborgen bleiben. Irina hatte jedenfalls eine Sterbensangst.«

»Victor Bussni stammt nicht aus Murmansk«, sagt Sundt. »Sondern aus St. Petersburg. Und wenn die Russen einen solchen Subtext für ihre Höflichkeitsphrasen entwickelt haben, dann ist dieses Phänomen einer, die diese Sprache studiert, sicher nicht unbekannt.« Dann wippt er eine Runde auf den Fußballen hin und her, ehe er hinzufügt: »Als Bussni als Dolmetscher abgewiesen wurde, worüber er sich nebenbei bemerkt sehr ärgerte, konnte er mir übrigens erzählen, sie habe ›gesprochen wie eine Hafenratte‹. Und mit dieser Aussage kann die Dolmetscherin gar nichts anfangen.« Genau, denkt Annekin Halvorsen, zwischen dem »Spatz« und Victor Bussni ist etwas vorgefallen.

»Das Kaliber des Revolvers, den die Streife im Spülkasten entdeckt hat, ist 7.62 mm. Herr Bussni besitzt keinen Waffenschein, jedenfalls keinen norwegischen. Was auf dem russischen Dokument steht, mit dem er herumgewedelt hat, ist uninteressant.« Sundt holt Atem, macht eine kleine Pause, sagt dann:

»Im Moment versuchen zwei Kollegen sich so viele Informationen wie möglich über diese Inger Andresen, Syst. Consult, zu verschaffen. Das ist die Frau, die die Wohnung gemietet hat.«

Ein kleines, aber deutlich unzufriedenes Grunzen ist von Kollege Vang zu hören. Er fühlt sich übergangen. Eines Tages werde ich ihn auffordern, eine Detektei zu eröffnen, denkt Anne-kin, damit er wirklich alle Arbeit selber machen kann. Dann könnte er Paare in flagranti knipsen und sich so richtig amüsieren. Kaum hat sie diesen erbaulichen Gedanken gedacht, als einer der Kollegen hereinkommt. In der Hand hält er einige Blätter, die er Sundt überreicht. Und wenn Kommissarin Halvorsen von Lippen ablesen könnte, dann könnte sie das lesen, was niemand hören kann, abgesehen von dem Kollegen, der einen halben Meter von Sundt entfernt steht.

»Diese Informationen ... aus diesem Archiv ... hast du die Genehmigung eingeholt ... Datenschutz ...« Der Kollege kann weder ja noch nein sagen, denn nun dreht Sundt sein Stimmvolumen auf absolut hörbare Stärke hoch:

»Was zum Teufel«, sagt er, der Mann, der niemals flucht. Und glotzt aus zusammengekniffenen Augen das Papier an. Dann scheint ihm sein Kragen zu eng zu sein, er schiebt einen Finger zwischen Hals und Hemd, reißt einen Knopf los und hat offenbar endlich Luft genug.

Ich falle in Ohnmacht, denkt Anne-kin Halvorsen. Wenn diese Trantüte von Chef nicht bald losflucht, dann falle ich in Ohnmacht.

»Frau Inger Andresen, Mieterin der vorhin erwähnten Wohnung, Firma Syst. Consult.« Er holt Luft.

Nein, fleht Kommissarin Halvorsen. Bitte, sag nicht, dass sie tot ist. Noch mehr Leichen können wir wirklich nicht brauchen, Sundt.

»Ist verheiratet mit Sivert K. Ljaam, Besitzer und Geschäftsführer von Nybo AS«, verkündet jetzt Sundt. »Andresen war ihr Mädchenname, den sie unter anderem bei der Anmietung dieser Wohnung benutzt hat.« Sundt lässt die Papiere sinken und lässt seinen Blick durch die Runde schweifen.

Tiefes Schweigen senkt sich über das Besprechungszimmer. Die Gehirne koppeln und kombinieren, es ist förmlich zu hören, wie es in ihren Computern knistert und Funken sprüht. Einige erleiden einen Kurzschluss, fallen aus und blättern in ihren Unterlagen, andere lassen lange Gedankenketten sich entfalten wie DNA-Ketten. Einige sind clever, intelligent, andere lassen sich von ihrer Erfahrung tragen. Manche lieben Rebus und Kreuzworträtsel, die meisten stehen mit Gleichungen mit zwei Unbekannten immer noch auf Kriegsfuß. Aber nur wenige von ihnen haben während der Nacht noch einmal alle Details im Fall »Containerfrau« gelesen. Nur Sundt, der eigentlich kaum im Bett gewesen ist, bei ihm gab es nur ein paar

Stunden auf einem Sofa. Und außer Anne-kin Halvorsen, die in den frühen Morgenstunden von einigen Katzen geweckt wurde.

Was sie weiß, was sie sich zusammengelesen hat, ist das Hobby von Sivert K. Ljaam, das irgendein geschickter Computermensch unter den Kollegen ausgespürt und in die Informationsmasse über diesen Mann eingespeichert hat: Pferde. Zucht. Rennen. Derselbe schnellfingrige und schnelldenkende Kollege hat außerdem, wie einen Anhang fast, dazugesetzt, dass die Frau des Hauses den Führerschein für Bus und LKW besitzt.

Sag, dass die Besprechung beendet ist, Sundt, bittet Anne-kin in Gedanken. Gib uns einen kurzen Überblick über unsere weiteren Aufgaben. *Aber sag, dass die Besprechung zu Ende ist. Mach schon!* Wir dürfen keine Minute verlieren, wir müssen feststellen, ob Sivert K. Ljaam in der Stadt ist, er und seine Frau, wir müssen das Gestüt aufsuchen, durchsuchen, wir müssen ... Verstehst du? Aber Sundt versteht nicht, er will einen Posten nach dem anderen durchgehen, bis zur Ziellinie.

Wenn er zu entscheiden hätte.

Ein spitzer Ellbogen trifft sie in der Seite, er stammt von Vang.

»Du, Halvorsen«, flüstert er. »War da nicht so ein Mädel am Hinweistelefon, eine Anruferin, die etwas über seltsame Pferdetransporte gesagt hat und ...«

Anne-kin schaut Vang überrascht an, der Kollege war also auch früh auf den Beinen und hat gelesen. Oder er besitzt ein unglaublich gutes Gedächtnis.

»Doch! Genau! Du sagst es. Und sag es jetzt Sundt. Du bist an der Reihe«, flüstert sie zurück. Ziemlich überrascht, weil er ihr zuvorgekommen ist, weil er ihre Gedanken formuliert hat. Er räuspert sich, räuspert sich noch einmal und will die »Bombe« hochgehen lassen.

Doch dann entpuppt Sundt sich als »Bombensprenger«. Plötzlich scheint das Gehirn des Hauptkommissars alle Kuppelungen und Kombinationen im Griff zu haben, alle losen Fäden zu binden, zu vertäuen. Jetzt sieht er wahrlich das Licht, denkt Anne-kin und starrt ihrem Chef fasziniert ins Gesicht.

»Mortensen und Frøysa nehmen Kontakt, persönlichen Kontakt zu Sivert K. Ljaam auf«, hört sie ihn sagen. »Stellt fest, ob er in der Stadt ist oder nicht, und das gilt auch für die Gattin. Wenn nicht, findet heraus, wo sie stecken. Seht nach, ob Inger Andresen Mitglied eines Schützenclubs ist oder überhaupt einen Waffenschein besitzt. Und ihr«, er wendet sich an Halvorsen und Vang, »ihr fahrt zum Gestüt Gryta.« Die restliche Aufgabenverteilung hört Kommissarin Halvorsen sich nicht mehr so genau an, sie will jetzt sofort ans Werk gehen.

Nicht die Pressekonferenz vergessen, denkt sie, dann können wir ihnen Knochen mit viel Fleisch hinwerfen. Ist nur so ein Gefühl von mir, Sundt.

53

Sie rufen vorher nicht an, sie fahren einfach. In Zivil.

»Wenn diese Information etwas taugt«, sagt Kommissarin Halvorsen, »dann bedeutet das, dass die Betreiber des Gestüts in die Sache verwickelt sind.«

Sie hat sich eben über die Besitzverhältnisse informiert, es handelt sich um eine Aktiengesellschaft. Wo Frau Ljaam oder Frau Andresen eine der Aktionärinnen ist. Im Gegensatz zu ihrem Gatten. Oder zu Victor Bussni.

»Davon gehe ich aus«, erwidert Vang, als sie Pflastersteine und Stadt verlassen und das Umland ansteuern. Die Stadt Trondheim geht rasch ins Umland über, Blocks, Reihenhäuser und Einzelhäuser gehen relativ bald in offenes, hügliges Terrain mit Feldern und Wiesen über. Vor allem mit Feldern, mit Getreidefeldern. Die meisten sind abgeerntet, kahl. Es war ein schöner Nachsommer und ein trockener Herbst. Das Stroh liegt herum und wartet darauf, in den Boden gepflügt oder zu Ballen gebündelt zu werden. Die uralte Tradition, die Stoppelfelder abzuflämmen, ist zum Erliegen gekommen. Die Gesetze haben dem Flämmen im Frühling und im Herbst ein nachdrückliches Ende bereitet. Anne-kin Halvorsen hat keine Beziehung zum Tun und Lassen der Bauern, ihre einzige Assoziation zu Feuer unter freiem Himmel besteht aus Grasbränden in ihrer Kindheit. Wo jemand ein Streichholz anriss und das vertrocknete Gras zwischen Mietskasernen, Holzhäusern und Gärten unter den Erwachsenen eine wilde Panik auslösen ließ. Und zu Beschimpfungen und Ohrfeigen für den Streichholzdieb führte. Auch Anne-kin hat eine Vergangenheit als Graspyromanin. An der Brüderchen Kristian sich ein Vorbild genommen hat. Feuer ist im Halvorsenschen Haushalt ein brisantes Thema.

»Jetzt nach links«, sagt Vang und zeigt auf eine Einfriedung, in der einige schlanke Stuten mit einjährigen Fohlen zu sehen sind. Anne-kin biegt nach rechts ab, sie hat einen Weg entdeckt, der hinter die Stallgebäude führt. Er wird wenig benutzt, zwischen den Wagenspuren wächst Gras. Sie hält den Wagen an und sie steigen aus. Über dem Gestüt hängt der Geruch von Gäulen, ein leicht herber, reifer Pferdegeruch. Die Pferde, die sie sehen, sind jedoch keine Gäule, sie sind schmal und schlank und haben glänzendes Fell. Das Wohnhaus liegt hinter den Stallungen, zurückgezogen und nicht zu sehen. Das kommt Kommissarin Halvorsen wie gerufen. Die Türen zu den Stallungen stehen offen, drinnen ist keine größere Aktivität zu erkennen. Nur leichtes Rascheln in der Spreu, Pferdeköpfe, die sich in dieselbe Richtung drehen, Luft, die durch Nüstern entweicht, unruhige Hufe. Ansonsten ist alles seltsam still. Dann wird die Stille von einem Auto gebrochen, es fährt über den Hofweg zum Wohnhaus. Hält dort an. Und in diesem Moment tritt ein Mädchen in die Stalltür, in der einen Hand hält sie einen Eimer, in der anderen einen Besen. Sie ist dreizehn oder vierzehn, munter und sommersprossig. Jetzt entdeckt sie Anne-kin und Vang, stellt ihren Eimer ab und blickt sie unsicher an.

»Hallo«, sagt Anne-kin. »Heißt du zufällig Barbro?« Das Mädchen nickt und macht ein erstauntes Gesicht.

»Du kennst uns nicht«, sagt Anne-kin, »aber du hast uns einmal angerufen. Wir arbeiten auf der Trondheimer Wache.«

»Ach«, hören sie und sehen, wie die Kleine einen raschen, verstohlenen Blick zu Wohnhaus und Hofplatz hinüberwirft. Der Wagen hat angehalten und sie lauschen den Stimmen, die im Haus verschwinden.

»Bis du Barbro?«, fragt Anne-kin. Das Mädchen nickt.

»Ja«, sagt sie leise. »Aber ich will keinen Ärger. Ich will meinen Job hier nicht verlieren . . . Ich darf mit den Pferden arbeiten, ich bin ja eigentlich zu jung, es war blöd von mir anzurufen, aber . . .« Sie verstummt und starrt unglücklich ihre Schuhspitzen an.

»Aber nicht doch«, sagt Anne-kin, »wir sind nicht hergekommen, um dir Ärger zu machen, aber wir müssen doch allen Hinweisen nachgehen.« Barbro nickt. Anne-kin Halvorsen beschließt direkt zur Sache zu kommen:

»Wie viele Pferde sind heute Nacht also weggebracht worden?«, fragt sie.

Barbro blickt die Kommissarin überrascht an. Schweigt lange. »Zwei«, murmelt sie dann. »Zwei Stück. Rino Rex und Valla Bless. Und die sollten zu keinem Rennen.«

Vang und Halvorsen wechseln einen Blick. »Sind sie in solchen Dingern weggefahren worden?« Anne-kin nickt zu einigen Einzelpferdetransportern hinüber, die am Rand des Grundstücks stehen. Barbro schüttelt den Kopf.

»Nein, mit Spezialwagen, in denen ist Platz für drei Tiere.« In diesem Moment werden Stimmen laut, Männerstimmen, die näher kommen. Flink wie ein Hermelin verschwindet Barbro im dunkelsten Stall, das Einzige, was sie noch schnell sagt, ist: »Bitte, nicht verraten, dass ich . . . ich werde alles abstreiten, damit Sie's wissen.« Dann halten die Stimmen inne, ändern ihre Richtung, entfernen sich wieder. Vang steht schon so, dass kein Auto ungesehen den Hofplatz verlassen kann. Anne-kin winkt ihn zu sich, sie gehen den Weg zurück, den sie gekommen sind, setzen sich ins Auto und rufen die Wache und Sundt an.

»Heute Nacht ist ein Pferdetransport von hier abgegangen«, sagt sie. »Zwei Pferde in einem Spezialwagen für drei. Uhrzeit unbekannt.« Sein Atem ändert ein wenig seinen Rhythmus.

»Und, Sundt, können wir die Kleine, Barbro, die Informantin, aus der Sache raushalten?« Das wird überraschend schnell zugesagt. Sundt ist toll. Anne-kin beendet das Gespräch und fährt die eigentliche Auffahrt hoch. Der Wagen steht noch immer dort. Zwei Männer schlendern auf den Waldrand und einen Pferch zu. Der eine ist Sivert K. Ljaam. Sie haben das Auto gehört, bleiben stehen und drehen sich um. Dann wechseln sie ein paar Worte und kommen auf den Hofplatz und ihre beiden Gäste zu.

»Ja, ja«, sagt Vang leise. »Wir haben doch die Genehmigung, die beiden mit zur Wache zu nehmen?« Anne-kin nickt.

»Blankovollmacht«, sagt sie. »Am Besten wäre es, wenn wir uns auch noch die Gnädige schnappen könnten. Aber die ist sicher inzwischen mit ihrer Last schon in Østerdalen oder Gudbrandsdalen angelangt.«

Vang nickt. »Weißt du, Halvorsen, ich glaube, genauso ist es«, sagt er.

54

Das glaubt auch Hauptkommissar Sundt. Und Ermittlungsleiterin Svanhild Riis ist so von dieser Theorie angetan, dass die Kollegen in Gudbrandsdalen und Østerdalen von der Trondheimer Wache angerufen werden. Ob sie bitte alle in Richtung Süden unterwegs befindlichen Pferdetransporte anhalten können? Aber sicher, sie haben schon viel seltsamere Aufträge ausgeführt. Aber was will die Trondheimer Polizei von diesen Tranporten? Nachdem sie die Antwort gehört haben, fragen Einzelne der Angerufenen, ob in der Stiftsstadt der 1. April sei. Das nicht, nein. Höchste Priorität? Ja, sicher.

Können sich Schusswaffen im Wagen befinden? Danke für den Tipp.

Hauptkommissar Sundt und Ermittlungsleiterin Riis sitzen in Riis' Büro.

»Und die Straßen nach Norden, Sundt?«, fragt sie. »Wir wissen doch nicht, in welche Richtung der Transport gefahren ist. Er kann ja auch nach Osten oder Westen unterwegs sein.«

»Ja«, gibt Sundt zu. »Aber wenn er nach Osten gefahren ist, ist er wahrscheinlich schon über die Grenze. Und dann müssen wir uns an die schwedischen Kollegen wenden. Und nach Westen«, er überlegt. »Das kommt mir unwahrscheinlich vor, zu kleine Verhältnisse, zu kleine Orte. Der Süden dagegen . . .« Sie nickt.

»Østlandet, Oslo, Europa, ja, das klingt plausibler. Aber nimm Kontakt nach Østersund auf«, sagt sie. »Begrenz den Auftrag auf die Transitstraße. Und um Gottes willen«, jetzt faucht sie fasst, »kein einziger norwegischer Polizist darf über die Grenze, um Ordnung zu schaffen!« Sundt zieht es vor, keinen Kommentar zu der peinlichen Episode abzugeben, als übereifrige Kollegen aus Nord-Trøndelag über die Grenze gefahren sind, um schwedische Hell's Angels an der Teilnahme an einem MC-Treffen in Norwegen zu hindern. Es gefiel den Schweden gar nicht, dass das Nachbarvolk sich auf schwedischem Boden zu schaffen machte. Viel Ärger und Zeitungsschreibereien.

Sie beenden das Gespräch und Sundt geht, um sich über die Entwicklung des Verhörs mit Victor Bussni und seinem guten Helfer zu informieren. Frau Inger Andresen alias Frau Elle Ljaam alias System Consult hat sich nicht ausfindig machen lassen. Der Geschäftsführer der Firma Nybo AS, Sivert K.

Ljaam, dagegen ist soeben auf der Wache angelangt. Er und eine bisher unbekannte Mannsperson. Sie sitzen bei Halvorsen und Vang in Verwahrung.

Und staunen. Haben einfach keine Ahnung und »verstehen nur Bahnhof«, dass es schon an Schmierenkomödiantentum heranreicht. Aber natürlich möchten sie helfen, worum immer es hier gehen mag. Wo die Gattin steckt? Im Büro oder zu Hause, wohl eher im Büro. Das nicht? Und zu Hause auch nicht? Na, dann geht sie wahrscheinlich einkaufen, macht mit ihren Freundinnen Kaffeeklatsch, pusselt im Garten herum, besucht das Enkelkind, woher soll er das wissen, zum Teufel?

Auch der andere ist Geschäftsführer. Des Gestüts. Es wird von einer Aktiengesellschaft betrieben und jetzt muss er machen, dass er zurückkommt, dort ist nur ein junges Mädchen im Dienst, und sie kann doch nicht die alleinige Verantwortung für diesen Riesenbetrieb tragen? Es gehe nur um ein paar Stunden? Na gut, aber machen Sie schnell.

Hauptkommissar Sundt schwitzt. Kommissarin Halvorsen und Kommissar Vang schwitzen, die Ermittlungsgruppe hat schon dunkle Ränder unter den Ärmeln ihrer Diensthemden, Frau Svanhild Riis schmiert sich eine Schicht Full-Stop-Deo unter die Arme und unten in der U-Haft verflucht ein Kapitän die ganze Welt. Oben in den Stallungen schmiegt ein Mädchen den Kopf gegen eine weiche Pferdemähne und weint bitterlich. Und in einem Zimmer im Krankenhaus werden bei einer jungen Russin die Windeln gewechselt. Sie merkt es nicht einmal. Der junge Joakim Hansen schließlich schaut eine Krankenschwester flehend an und beteuert: »Es geht mir doch gut, ich will nach Hause.«

Und die Temposünder unten in Gudbrandsdalen und Østerdalen preisen sich glücklich, weil sie von der soeben vorübergefahrenen Streife nicht angehalten worden sind. Die Streife lag mindestens zehn Stundenkilometer über der zugelassenen Höchstgeschwindigkeit.

Das einzige, was jenseits der Grenze die schwedische Polizei anhält, ist ein einzelner Pferdetransport, ein braver Gaul, der während der nordischen Haustiertage die Kinder in Frösöns Tierpark unterhalten soll. Der Polizist flucht und sagt, ja Scheiße, haben wir in Schweden nicht Viehzeug genug, müssen wir solches Elend aus Norwegen importieren? Die einzige Antwort besteht aus einem leisen Wiehern. Und aus Papieren, die ein wütender Pferdebesitzer ihm in die Hände drückt, und aus denen hervorgeht, dass bei diesem Pferdetransport alles mit rechten Dingen zugeht.

Derweil hängen die Schweißwolken dicht über der Trondheimer Wache. Nervosität und »Alles auf eine Karte-Setzen«-Strategie lassen sich nicht verbergen. Einige denken, bei den starken Indizien muss doch ... Andere mit Erfahrung können sich nicht auf Empirie stützen, sie haben das Gefühl, keinerlei festen Boden unter den Füßen zu haben, noch andere, logischere Seelen, denken, so muss es doch zusammenhängen. Weil a zu b führt, und das zu c, ist das die wahrscheinlichste ... Aber ob Deduktion oder Reduktion, Empirie oder Spürnase, die Leute schwitzen.

Kommissarin Halvorsen schaut auf die Uhr. Anderthalb Stunden bis zur Pressekonferenz. Kollege Vang braut Kaffee. Den besten auf der Wache. Dynamitstark und herrlich. Für den Moment. Führt zu Sodbrennen und Angst, wenn er zu oft konsumiert wird. Im Laufe der Zeit. Jetzt wird er konsumiert. Ununterbrochen. Kaum hat Vang eingeschenkt, schon sind die Tassen wieder leer. Beim vierten Becher klingelt das Telefon. Just dieses Telefon. Just dieser Anschluss.

Endlich, denkt Kommissarin Halvorsen. Jetzt haben wir sie. Die ganze Kiste, die ganze Saubande, das ganze Spiel. Jetzt haben wir sie. Jetzt rufen die Kollegen aus Alvdal an und berichten von einem Pferdetransport mit Spezialwagen, in dem sich zwei schlanke weibliche Wesen der vierbeinigen Art und noch mehr weibliche Wesen der zweibeinigen Art befinden. Jetzt kommen die »Innereien« des Bordells in der Munkegate zum

Vorschein. Jetzt haben wir sie. Die Drahtzieher. Die, die Frauen wie Vieh verschachern, zur Erbauung und Unterhaltung von Männern, die immer Heimweh haben und deshalb solche Angebote brauchen, weshalb es immer einen Markt gibt für . . . Jemand packt ihre Hand. Es ist Vang.

»Das wird der totale Reinfall«, flüstert er, bleich und blond. Sein Schnurrbart hat sich schlafen gelegt. Vangi sieht traurig aus.

»Das wird der totale Reinfall«, flüstert er noch einmal. »Diese ganzen Theorien, diese ganze Konstruktion, die ist doch, die ist . . . Wir haben doch nichts Handfestes, zum Henker«, murmelt er. Anne-kin Halvorsen sieht ihn an, forschend. Harter Mann, hartes maskulines Äußeres, ängstlich wie ein frisch eingestellter Lehrer in einem hart belasteten Wohngebiet. So geht das nicht.

»Reiß dich zusammen«, faucht sie. Und erlebt, dass Vang in seinem Sessel zurückfährt.

»Wenn wir uns blamieren, dann wenigstens mit Stil!«

Er gönnt ihr nur einen vergrätzten Seitenblick. Dann haften seine Blicke an Sundt. Und sie, die harte Anne-kin Halvorsen, ist innerlich so labil und zitternd, dass sie sich auf einem Kinderfest in eine Schüssel legen und als überreifer Wackelpeter serviert werden könnte.

55

Es ist kein Kollege aus Alvdal, der anruft. Und auch keiner aus Tynset. Sondern einer aus Koppang. Der einen Fisch gefangen hat. Doch der Fisch gefällt ihm nicht. Der Transport auch nicht, so etwas Übles hat er noch nie gesehen. Den Pferden, zwei prächtigen Stuten, geht es ausgezeichnet. Aber die Frauen, die er in der dritten, vollständig abgeteilten Box gefunden hat, denen geht es alles andere als gut. Sie sind soeben mit einem Krankenwagen ins nächstgelegene Krankenhaus gefahren worden. Sie atmen, sind ansonsten aber gänzlich leblos. Stehen sicher unter Drogen.

Sundt hat das Telefon laut gedreht und die Mitteilungen des Kollegen aus Koppang sind im ganzen Zimmer zu hören. Ansonsten herrscht tiefe Stille, die berühmte Stecknadel würde sich anhören wie ein gediegenes Erdbeben.

»Der Fahrer«, fragt Sundt. »habt ihr den Fahrer festgenommen?« Eine überflüssige Frage, natürlich hat der Kollege aus Koppang sich den Fahrer geschnappt. Und das Gewehr.

»Das war unter dem Sitz festgeklebt, wir mussten diesen seltsamen Transport doch genau durchsuchen.«

»Kaliber«, fragt Sundt.

»Mauser 6,5«, lautet die Antwort. »Aber sie sagt, sie habe einen Waffenschein.«

Sie! Es ist also eine Sie. Anne-kin springt so plötzlich auf, dass dabei ihr Stuhl umkippt.

»Inger Andresen«, sagt sie atemlos. »Es ist Frau Ljaam. Oder nicht?«

»Wagenpapiere und Führerschein sind auf den Namen Inger Andresen ausgestellt«, hört sie den Kollegen sagen. »Und mehr will sie nicht verraten, sie behauptet, die Frauen, die wir gefunden haben, müssten sich in den Wagen eingeschmuggelt haben, sie habe nur zwei Pferde zu einem Rennen nach Bjerke bringen sollen. Ich habe das überprüft, und zu dem angegebenen Datum findet wirklich ein Rennen statt. Zu dem die Pferde angemeldet sind. Ganz zum Schluss der Anmeldefrist.« Der Kollege ist schnell, denkt Anne-kin, meine Güte, der war vielleicht schnell. Und wenn Sundt nicht gerade sagt, »steckt sie in eine Zelle«, so sagt er doch etwas Ähnliches.

»Dürfte sich ein armer Dorfpolizist wohl die bescheidene Frage erlauben, worum er hier geht?«, hören sie. »In fünf Minuten haben wir die Lokalpresse hier, und dann müssen wir ja etwas erzählen können. Klar?« Sundt nickt dem Telefon zu, dieses Problem ist ihm vertraut. »Wir haben hier eine Pressekonferenz«, er schaut auf die Uhr, »in fünfzehn Minuten. Dann werden wir mitteilen, dass der Fall ›Containerfrau‹ kurz vor der Auflösung steht. Dass . . .«

»O verdammt«, sagt der ferne Kollege. »Darum geht es hier also? Frauen als Handelsware? Euren Fall da oben. Das sind also Russinnen, die Frauen, die wir gefunden haben. Darf ich diese Informationen weiterleiten?«

»Ja«, sagt Sundt. »Aber erst nach unserer Pressekonferenz um zwölf Uhr. Dann können Lokalzeitungen und Rundfunkstationen alles erfahren. Ich werde euch die Pressemitteilung der Ermittlungsleiterin zufaxen.«

56

Drei Wochen später spielt sich in der Wohnung von Kommissarin Anne-kin Halvorsen ein Drama ab. Auf dem Sofa sitzt ein graues und verhärmtes Frauenzimmer, dem die Tränen übers Gesicht strömen. Ihr gegenüber sitzt eine ältere Frau mit stahlgrauen Haaren und blitzenden Augen. Ihr Mund ist missmutig verzogen. Und auf dem Tisch befinden sich zwei Kaffeetassen und ein Stapel Waffeln mit Marmelade. Es sieht fast aus wie ein Kaffeeklatsch, so unter Nachbarinnen.

»Hören Sie auf zu weinen«, sagt die Ältere. »Tränen helfen hier nicht weiter.«

Anne-kin Halvorsen schluchzt, putzt sich mit der Serviette die Nase und schaut rotäugig und verheult ihre Nachbarin an, Frau Rakel A. Steen.

»Wie können die nur«, sagt sie. »Wie zum Teufel können die das tun. Irina, den ›Spatz‹ aus Norwegen wegschicken. In irgendeine beschissene psychiatrische Klinik in Murmansk! Sie in ein Leben zurückschicken, das kein Leben ist . . . warum kann sie . . . was ist bloß los mit uns . . . die Kleine hat doch genug gelitten . . . ich kann die Vorstellung nicht ertragen . . .« Sie wirft sich über die Sofakissen und weint wieder los.

»Kommt nicht in Frage«, hört sie. Eine sanfte Frauenstimme mit Stahlkanten sitzt ihr gegenüber und sagt: »Das kommt nicht in Frage.«

»Wenn Sie aufhören könnten zu weinen, Kommissarin Halvorsen, dann könnte ich Ihnen erzählen, was ich in letzter Zeit unternommen habe.« Anne-kin setzt sich auf, schaut ihre Nachbarin an.

»Ich mag zwar eine pensionierte Missionarin sein, wie Sie mich vermutlich nennen, aber ich habe noch immer meine Beziehungen. Und meine Prinzipien. Und es gefällt mir gar nicht«, sie hebt einen Zeigefinger, »es gefällt mir gar nicht, wenn die Schwächsten leiden müssen. Der Heiland hat gesagt ...«

Anne-kin steht auf, hält sich die Ohren zu, geht ins Badezimmer und spritzt sich kaltes Wasser ins Gesicht. »Es gefällt mir nicht«, ihre Nachbarin ist ihr gefolgt, steht jetzt hinter ihr und lässt ihrem Wortstrom freien Lauf. »Und deshalb habe ich alle meine Beziehungen aktiviert und das sind nicht wenige, kann ich Ihnen sagen, hier auf Lokalebene und ja, sogar im Parlament, wo wir eine Opposition gebildet haben! Weil das Schussopfer hier, die, die auf der Treppe zu meinem Haus angeschossen worden ist, durchaus nicht aus Norwegen fortgeschickt werden soll.« Anne-kin Halvorsen glotzt. Dreht sich mit rotgeränderten Augen und einem Handtuch in der Faust um und glotzt.

»Meinen Sie ... heißt das, Sie haben so großen Einfluss, dass Irina nicht als Paket zurückgeschickt wird?« Sie packt die Schulter ihrer Nachbarin, drückt zu. »Stimmt das wirklich? Sie machen keine Witze?«

»Essen Sie jetzt Ihre Waffel«, lautet die Antwort. »Und dann beruhigen Sie sich ein bisschen, wir wollen doch die Nummer mit dem Peruaner aus dem Erdgeschoss nicht wiederholen, oder?« Anne-kin schüttelt den Kopf.

»Die kleine Russin, die ich ins Haus gelassen habe, wird nie, nie zurückgeschickt werden. Sie wird hier gepflegt werden, und vielleicht kann sie so ganz peu à peu ins Leben zurückfinden. Glauben Sie mir!«

57

Am folgenden Tag oder in der folgenden Woche, vielleicht im folgenden Monat, macht Kommissarin Anne-kin Halvorsen sich in ihrem Büro in der Trondheimer Wache an Papieren zu schaffen. Blättert in dem riesigen Unterlagenstapel namens »Containerfrau«. Sie ist eigentlich fertig mit diesem Fall, bearbeitet schon den nächsten. Alles ist an die nächste Instanz weitergeleitet worden, an die Juristen, ans Gericht. Der Staatsanwalt hat gute Karten. Der Kapitän hat zugegeben, dass ihm knapp außerhalb der norwegischen Gewässer drei Stück Frauen übergeben worden sind. Dass sie an Bord des russischen Bootes gegangen sind, das verdorbenes Trinkwasser gemeldet hatte, was aber nur ein abgesprochenes Tarnmanöver war. Und der ehemals so schweigsame Kapitän hat noch mehr erzählt, so ganz aus freien Stücken hat er von Überfischung der Quoten erzählt, von Fang, den er nach Murmansk gebracht hat, wo man das alles nicht so eng sieht. Bis die Leute dort ihn dann im Griff hatten. Er hat versucht, sich als bedrohtes und erpresstes Opfer darzustellen. Und der Benjamin an Bord hat erzählt, wie die Frauen in den Container geworfen wurden, weil im Hafen ein Mord geschehen war und die Polizei mit Blaulicht anrückte, weshalb die »Ware« verschwinden musste.

Sivert K. Ljaam, der Besitzer der Wohnung, aus der die Schüsse auf Irina abgegeben worden sind, ist stumm und verschwiegen. Sagt nichts. Victor Bussni dagegen sagt jede Menge. Er ist wütend, beruft sich auf »achtzehn Jahre in Norwegen als braver Bürger und Leiter einer Firma«, der sich nur die Wohnung ansehen wollte. Hormon-Hans dagegen ist geplatzt, er gibt zu, dass die Wohnung gegenüber der Königlichen Residenz ein Bordell war, nein, kein Bordell, das klingt so billig, es war ein exklusives Massage-Institut, eingerichtet, weil die Stadt, die Jubiläumsstadt Trondheim, von Besuchern der Seminare und Messen, deren steife Hals- und Rückenmuskeln massiert werden müssen, geradezu überläuft. Ansonsten hat er vor allem als Türsteher Dienst geschoben.

Frau Ella Ljaam alias Inger Andresen bleibt stumm wie das Grab. Im Grund sind die beiden Ljaams ein recht schweigsames Ehepaar. Weder zu den Besitzverhältnissen der Wohnung, dem Transport von zwei Pferden und drei zugedröhnten Frauen durch Østerdalen, dem Fund eines nicht zugelassenen Mauser-Gewehrs Kaliber 6,5, aus dem aus der Wohnung der Nybo AS in Øvre Møllenberg auf Irina geschossen worden ist, mag sie sich äußern. Zu einer Wohnung, zu der nur sie und ihr Mann Schlüssel hatten. Die angeblich gestohlen oder verloren worden sind. Sie zeigt sich nicht einmal geschmeichelt, als ihr die Bestätigung ihrer glänzenden Schießkünste vorgelegt wird. In ihrem reich gefüllten Kleiderschrank finden sie keine Schuhe, die zu den Abdrücken in der Wohnung passen. Keine Turnschuhe. Nur sachliche Pumps, Größe 43. Die Dame lebt auf großem Fuß. Aber hinter einer Box, hinter Spreu und Pferden, finden Sundt & Co die Turnschuhe. Frau Ella Ljaam presst ihre Lippen noch fester aufeinander.

Staatsanwalt und Verteidiger sind mit etwas beschäftigt, das für Trondheim den größten Prozess aller Zeiten bedeutet.

Zwei Särge werden nach Murmansk geschickt. Bruderherz Andrej ist wie vom Erdboden verschwunden, die Polizei da oben behauptet, ihn energisch zu suchen. Aber Murmansk ist einer der geschäftigsten Häfen der Welt, Fischerei, Fracht und Militär in trauter Einheit. Der norwegische Polizist dort oben mag nicht ausschließen, dass die Ermittlungen schon eingestellt worden sind. Die Polizei in Russland wird schlecht bezahlt, weshalb viele auf allerlei Weisen ihren Lohn aufbessern. Aber ist natürlich nie im Leben eine offizielle Mitteilung gewesen, klar?

Kommissarin Anne-kin Halvorsen »versteht«, wie die anderen auf der Wache auch »verstehen«, dass das russische Schiff längst identifiziert worden ist, weshalb es Gründe und Ursachen haben muss, dass nichts passiert. Nur allerlei Gefasel darüber, dass das Schiff wirklich ein elendes Trinkwassersystem besitzt und »danke für die Hilfe«. Ansonsten ist alles unbekannt und unbegreiflich. Aber wir gehen allem energisch nach.

Was für ein Unsinn! Sie schließt den Ordner und lässt ihren Blick über den neuen Fall gleiten, der ihr und Vang übertragen worden ist: organisierter Fahrraddiebstahl von großen Ausmaßen, vermutlich Bestellungsarbeit.

Aber draußen in Trolla, in den Lokalen der Hell's Angels, sitzt ein Mann und atmet erleichtert auf. Erleichtert, weil die Frau, die er aufgelesen hat, der er ein Dach über dem Kopf gegeben hat, die er gepflegt und ernährt und gefickt hat, und die sich als Polin ausgegeben hat, jetzt wie ein Stück Gemüse im Pflegeheim Zion liegt. Auch seine Kumpels sind mit diesem Stand der Dinge nicht unzufrieden. Und der Revolver, mit dem sie abgehauen ist, ist ihm schon längst ersetzt worden.